천마신교 낙양본부 8

정보석 新무협 판타지

초판 1쇄 찍은 날 § 2021년 1월 27일
초판 1쇄 펴낸 날 § 2021년 2월 3일

지은이 § 정보석
펴낸이 § 서경석

편집책임 § 김범석
디자인 § 노종아

펴낸곳 § 도서출판 청어람
등록번호 § 제387-1999-000006호
등록일자 § 1999. 5. 31
어람번호 § 제2-2859호

주소 § 경기도 부천시 부일로 483번길 40 서경B/D 3F (우) 14640
전화 § 032-656-4452 팩스 § 032-656-4453
http://www.chungeoram.com
E—mail § chungeorambook@daum.net

ISBN 979-11-04-92304-3 04810
ISBN 979-11-04-92204-6 (세트)

天魔神教
洛陽本部

정보석 新무협 장편소설

FANTASTIC ORIENTAL HEROES

천마신교
낙양본부

8

天魔神敎
洛陽本部

천마신교
낙양본부

次例

第三十六章　　　　7

第三十七章　　　　73

第三十八章　　　　131

第三十九章　　　　187

第四十章　　　　247

第三十六章

휘이잉ㅡ!

바람은 한없이 부드러웠지만, 그 힘은 강력했다.

무허진선은 도저히 이해할 수 없었다.

그는 가공할 내력을 돌려 곤륜파 최고 경공인 운룡대구식(雲龍大九式)을 극성으로 펼치고 있었다. 이는 곤륜의 제자들이 곤륜산의 가파른 석봉들을 오가기 위해 익히는 경공으로, 내공이 부족해도 강풍을 타고 허공답보(虛空踏步)를 흉내낼 수 있게 해 주는 이점이 있었다. 때문에 바람이 적은 세속에선 그리 제대로 위력을 발휘할 수 없지만, 이처럼 강력한 바람 앞에선 어느 경공보다 더욱 뛰어난 위력을 발휘한다.

그런데 그것을 십성도 모자라 십이성 대성한 무허진선이 제자리걸음을 하고 있었다. 무허진선의 몸은 위로 들렸다가 그대로 땅에 떨어지기를 반복했다. 세찬 바람을 뚫고, 펄럭이는 도복을 이끄는 그의 모습만 보면 누구라도 흠모할 만하지만, 전혀 앞으로 나아가지 못하는 꼴을 보면 그만큼 우스꽝스러운 것도 없었다.

무허진선은 생각을 달리했다. 몸을 가볍게 하는 경공으로 인해서 오히려 뒤로 물러나니, 본래 무게를 되찾고 걸음을 달리하는 보법으로 승부하는 것이다. 그는 운룡대구식을 거두면서 곤륜파 최고 보법인 용형보(龍形步)를 펼쳤다.

하지만 이도 무용지물. 무허진선의 움직임에는 큰 변화가 있었지만, 앞으로 나아가지 못하는 것에는 전혀 변화가 없었다. 아니, 이젠 뒤로 밀려나기 시작했다. 그의 몸을 감싸고 뒤로 미는 바람은 곤륜의 경공으로도 보법으로도 도저히 뚫어낼 수가 없었다.

그렇다면 답은 하나.

무허진선은 앞으로 세운 태허공검의 검끝에서 내력을 거두었다. 그리고 그것을 검 안에서 반 바퀴 돌려 검날에 채웠다. 점(點)에 모였던 그의 내력이 선(線)으로 고르게 퍼지면서, 첨(尖)은 예(銳)가 되었다.

휘이잉—!

바람은 더욱 거세게 그를 밀어냈다. 무허진선은 더 이상 채울 수 없을 만큼 가득 내력을 채운 태허공검을 허리춤에서부터 횡으로 휘둘렀다. 내력으로 인해 한없이 얇은 예기를 지닌 태허공검은 그 바람을 완전히 두 쪽으로 갈라 버렸다.

부— 웅!

검에 의해서 바람이 갈리는 일순간, 주변의 모든 공기가 완전히 멈췄다. 무허진선의 검격은 단순히 가르는 것을 넘어서 바람을 죽인 것이다. 태허의 길을 쫓는 곤륜의 무학, 그 정점에 서 있는 무허진선의 태허공검에는 곤륜의 가르침이 그대로 녹아 있었다.

그때 길게 이어진 무허진선의 흰 두 눈썹이 꿈틀거렸다. 완전히 죽어 버린 바람 속에서 또 다른 움직임이 포착된 것이다. 마치 그가 죽인 바람이 시체를 남겨 놓은 것 같은 찜찜한 기분. 그의 예상은 틀리지 않았다.

처음엔 앞으로 뻗어진 검.

오로지 검 하나였다.

하지만 곧 불길이 그 검에서 일렁였다.

아니, 그 검이 곧 불씨가 되었다.

화르륵—!

무허진선은 그 작은 불씨가 뜨겁게 타오르는 것을 보며 자기도 모르게 뒤로 한 걸음 물러났다. 작디작은 불씨에 불과했지만, 그 속에 담은 가공할 힘은 도저히 인간의 것이라 볼 수 없는 수준이었다.

"자연검(自然劍)……."

무허진선은 곤륜파의 가르침의 끝자락에 있는 그것을 입 밖으로 말하지 않을 수 없었다. 불씨는 순식간에 화염으로 변하여 무허진선의 전신을 덮치려 들었다. 그것은 끝까지 사냥감을 바라보며 조용히 때를 기다리다, 일순간 앞발을 들고 달려드는 호랑이와도 같았다.

무허진선은 도저히 이해할 수 없는 그 현상에 마음 한편으로 그것이 환상이 아닐까 하는 의심까지 했다. 자연을 부리는 검이라니? 그것이 과연 실존한단 말인가? 하지만 피부 위로 느껴지는 열기는 도저히 환상이라고 치부할 수 없었다. 머리카락과 도복의 끝자락이 그을리며 나는 탄내까지도 이것이 현실이라 말해 주고 있었다.

무허진선은 당장에라도 한 줌의 재로 변할 그 상황에서 고요히 눈을 감았다. 그리고 태허공검을 양손으로, 또 역으로 들고는 즉시 땅에 내리꽂았다. 그 순간 그의 검이 확대되며 그의 앞에 머무는 진한 검강을 만들었다.

그 검강의 색은 무(無). 흑색이 아니다. 투명이 아니다. 흑색이라면 검게 보였을 것이고, 투명했다면 뒤의 사물을 그대로

보여 줬을 것이다. 하지만 그 검강은 무(無)라고밖에 설명할
수 없는 색이었다.

그때쯤 화염이 그를 잡아먹었다. 무허진선이 만든 무색의
강기는 자신에게 뿜어지는 화염을 그대로 잡아먹었다.

화르르륵!

둘로 갈라진 불은 강렬하게 타올랐다. 무허진선으로 떨어
지는 화염은 대부분 검강에 잡아먹혔지만, 그 주변을 타고 흘
러들어 오는 열기가 있었다. 그 증거로 태허공검은 그 검면이
주홍빛으로 물들었고, 머리카락과 도복자락이 타오르기 시작
했다. 무허진선은 그 뜨거운 검을 놓치지 않기 위해서 남은
내력을 따로 돌려 자신의 양손을 강기로 보호했고, 그것을 넘
어서 전신까지 강기로 둘러 머리카락과 도복 자락에 피어난
불길을 껐다.

불길은 밤하늘 위로 치솟으며 마지막까지 자신의 위용을
드러냈다. 그리고 밤의 찬 공기가 주변을 채웠다.

곧 화염이 사라졌다.

그러자 열기에 밀려난 서늘한 밤공기가 서둘러 안으로 찾
아왔다.

치이익.

무허진선의 전신에서 물 끓는 소리가 났다. 그와 동시에 그
와 몸과 검에 내재된 열기가 사방으로 퍼져 나갔고 이로 인해

후끈 달궈진 공기는 마치 남만(南蠻)에 온 듯한 착각을 주었다. 그렇게 모든 열기가 비산하자 무허진선은 전신과 검에 붙잡아 두었던 강기를 갈무리했다.

그는 다시 한 손으로 태허공검을 잡았다. 그리고 스페라 앞에 나타난 운정을 바라보았다.

고요하기 짝이 없는 두 눈.

살아 숨 쉬는 듯한 태극지혈 두 자루.

무허진선은 입을 열었다.

"운정 도사로군."

운정은 단조로운 어조로 말했다.

"강기(罡氣)를 검신에 붙잡아 두는 강기충검(罡氣充劍)을 넘어서, 호신강기(護身罡氣)을 전신에 붙잡아 두는 기의 운용. 그것을 보아하니 입신의 경지인 것이 분명한 듯합니다. 그걸 뭐라 불러야 할지도 모르겠습니다."

"그 또한 또 다른 강기충검에 불과하지. 검과 내가 하나가 되는 신검합일을 이뤘다면 강기를 검에 붙잡는 것과 몸에 붙잡는 것에 무슨 차이가 있다는 말인가?"

운정은 크게 고개를 끄덕였다.

"없겠군요."

무허진선이 검을 몇 번 휘적거리며 그나마 있던 잔열(殘熱)을 털어 버렸다.

"기세를 보면 생사혈전을 원하는 듯하나, 살기가 없는 걸 보면 그도 아닌 듯한데, 무슨 의도인가?"

"사과드리겠습니다. 제 초식이 그 정도의 위력을 지닐지 몰랐습니다. 제 의도는 단지 이 여인을 지키려고 했을 뿐입니다."

무허진선이 운정을 위아래로 훑어보았다. 그의 검이 그의 손을 벗어나 그의 검집으로 절로 들어갔다.

"나도 어리석었네. 그 정도의 검술을 펼치는 자를 운정 도사라고 오해했다니. 그 자체만으로도 자연을 다스리는 운정 도사에게 큰 결례를 범했어."

운정이 뭐라 하려고 할 때, 무허진선의 뒤에서 소리가 들렸다.

"지금까지 운정 도사로 가장한 건 도플갱어(Doppelganger)다. 분명 그것일 거야."

무허진선이 뒤를 보자, 고바넨이 왼손으로 들고 있는 것을 그에게 내밀었다.

진보(辰寶)였다.

"진보를 가져온 것인가?"

고바넨은 운정을 향해 고갯짓을 하면서 말했다.

"이게 뭔지는 모르겠지만, 금지마법과 동일한 효과를 내는 건 알겠다. 하지만 저 운정 도사가 일으키는 바람과 화염은 막지 못해. 그렇다면 차라리 이 효과를 *끄*는 게 우리 쪽에 유리해."

"……."

무허진선은 아무런 말도 하지 않고 그것을 물*끄*러미 바라보았다. 고바넨은 답답한 듯 진보를 흔들면서 재촉했다.

"효과를 꺼. 저 미치광이가 쓰는 마법은 내가 상대하지. 넌 운정 도사만 신경 써라."

그 때 운정의 뒤에서 높은 어조의 목소리가 흘러나왔다.

"I think I heard something weird, didn't I? I believe, a esproc just talked as if she is alive by wearing some beautiful rings."

그 말을 들은 고바넨의 얼굴이 구겨졌다.

무허진선은 진보를 받아 들고는 자신의 품에 넣었다. 그러자 얼어붙었던 주변의 기류가 다시 정상적으로 흐르기 시작했고, 네 명 모두 그것을 느낄 수 있었다.

무허진선이 말했다.

"운정 도사."

"예."

"진보의 영향 안에서 그런 것이 가능할 줄은 꿈에도 몰랐군. 교주에게 이것을 받은 이후 곤륜의 모든 검공을 시도해 보았지만, 그 영향을 이겨 내는 것이 없었네. 물질에 내재된 내력까지는 가능하지만, 그것이 스스로 발현될 경우 그 즉시 소멸했지. 하지만 운정 도사의 바람과 불은 그 영향을 받지 않는 듯하네. 이 불초에게 가르침을 줄 수 있는가?"

무허진선의 질문에, 고바넨과 스페라 또한 조용히 운정을 바라보았다. 진보의 영향을 마법적으로 바라보자면 바로 노매 직(No magic). 그것은 인위적인 마나의 움직임을 완전히 제한하는 마법으로 그 영향 아래서는 어떠한 마법도 시전될 수 없다. 그런데도 자연에서도 찾기 어려울 만큼 강력한 바람과 강렬한 불길을 일으킨 운정의 비밀은 두 마법사의 호기심을 충분히 자극할 만했다.

운정은 손에 든 태극지혈을 물끄러미 보았다.

"제가 한 것이 아닙니다."

"……"

"……"

"……"

"제가 한 것 아닙니다. 그뿐입니다."

침묵 속에서 운정은 같은 말을 반복할 뿐이었다.

무허진선은 태허공검을 내리며 말했다.

"술 한잔 어떤가? 오해도 풀 겸 말이지. 저 마법사도 소개시켜 주고. 저 마법사가 자네를 흉내 내는 마법을 쓰는 걸 보니, 매우 친밀한 듯한데 말이지."

운정 도사는 고개를 저었다.

"내일 할 일이 많고 시간이 늦어 안 될 듯합니다."

단호한 대답에 무허진선의 두 눈길이 운정의 태극지혈을 향했다. 그는 마음에서 솟아나는 질문들을 억누르며 나지막하게 말했다.

"아쉽게 되었군. 그럼 다음에라도 보는 건 어떤가? 자네와 함께 나누었던 걸 더 많이 나눠 보고 싶군."

운정은 공손한 어조로 말했다.

"저번에는 맹주님께서 절 부르셨으니, 이번에는 제가 맹주님을 초대하겠습니다. 오늘은 날이 저문 지 오래되었으니, 각자 집으로 돌아가는 것이 어떻습니까?"

무허진선은 스페라를 부드러운 눈길로 보았다.

스페라는 고바넨을 가소롭다는 듯 보았다.

고바넨은 운정을 경계 어린 시선으로 보았다.

운정은 무허진선을 무심한 눈으로 보았다.

무허진선이 몸을 돌리며 말했다.

"좋네. 그때 꼭 이야기함세."

그는 가벼운 포권을 취하더니 공터에서 내려가려 했다. 그때 스페라가 큰 소리로 외쳤다.

"잠깐!"

무허진선이 그녀를 돌아보자, 스페라는 운정의 앞으로 걸어

나오더니 손가락으로 고바넨을 가리키며 그녀에게 말을 이었다.

"당신이 내 제자를 죽이고 훔친 물건은 내놓고 가야 할 거예요."

무허진선은 눈살을 찌푸리더니 고바넨을 보았다. 고바넨은 잠시 무허진선의 눈치를 살피더니 스페라에게 말했다.

"무슨 소리를 하는 거지?"

스페라가 뭐라고 하려는데, 무허진선이 먼저 말했다.

"고바넨 소저, 저 여인이 하는 말이 사실인가?"

고바넨은 차갑게 대꾸했다.

"전혀. 무슨 소리를 하는지 모르겠군."

스페라는 지팡이를 굳게 잡더니 말했다.

"당신이 내 제자를 죽였으니, 난 기필코 당신을 죽이고 제자의 원한을 갚을 겁니다."

무허진선은 고바넨의 앞으로 걸어오며 운정을 향해 말했다.

"과거에 무슨 은원이 있었던, 오늘 이곳에선 누구도 죽지 않을 것이네."

운정도 스페라 앞으로 걸어오며 무허진선에게 말했다.

"물론입니다. 하지만 제자에게 선물한 물건을 원수가 들고 있는 것을 보고도 참으라는 말은 아니겠지요?"

"……."

"……."

침묵이 오가고, 무허진선은 고개를 돌려 고바넨을 보았다. 무허진선의 고요한 눈길 속에 담긴 의미를 읽은 고바넨은 얼굴을 일그러뜨렸다.

"내가 왜 그래야 하지?"

무허진선이 말했다.

"과거에 이미 저지른 파렴치한 행동은 지금 와서 어찌할 수 없지. 하지만 나와 함께하려면 적어도 그 과거를 후회하는 모습을 보여야 할 것일세. 아니면 과거를 후회한다는 그 참회가 거짓이었는가?"

"……."

"어찌하겠나? 우리와 함께하겠나? 아니면 고집대로 굴 텐가?"

고바넨은 입술을 살짝 깨물더니, 신경질적으로 페이즈 클록(Phase Cloak)을 벗어 스페라에게 집어 던졌다. 스페라는 지팡이를 이용해 그것을 공중에서부터 천천히 이끌어 손에 쥐었다.

고바넨은 몸을 휙 돌리고는 산 아래로 내려가기 시작했다. 무허진선은 한숨을 쉬고는 다시 포권을 취했다.

"다음에 꼭 보세."

그가 고바넨을 따라 공터에서 내려가니, 운정도 그와는 조금 다른 방향으로 걸었다. 하지만 스페라는 페이즈 클록을 받아 든 채 그 자리에 서서 움직이지 않았다. 이를 느낀 운정이 고개를 돌려 그녀를 보곤, 곧 몸을 멈추었다.

그는 다시 스페라에게 걸어왔다.

"제자의 일로 상심이 크리라 생각합니다. 유감입니다."

왼손으로 페이즈 클록을 쥔 스페라는 고개를 숙이고 있었다. 화려한 금발이 그녀의 얼굴을 가려 운정은 그녀의 표정을 볼 수 없었다. 그녀는 잠시 후 침을 한번 꼴깍 삼키더니, 고개를 마구 흔들었다. 그녀의 금발이 물결처럼 흔들거렸다.

운정은 허리를 조금 숙이고 스페라와 눈을 마주치려 했다. 스페라는 더욱 시선을 내려 운정과 눈을 마주치려 하지 않았다.

운정은 동정심을 담은 표정으로 나지막하게 말했다.

"제가 잘 위로를 못하는지라 이렇……."

스페라는 입술을 한번 비틀더니, 운정과 눈을 마주치며 그의 말을 막았다.

"죽었어요. 전. 방금 죽은 거예요. 죽음이… 아직도 느껴져."

그녀는 제자의 유품을 들고 슬픔에 빠진 것이 아닌 듯했다. 방금 전 느꼈던 그 죽음의 공포에서 아직도 벗어나고 있지 못하고 있기에 움직이지 못한 것이다.

운정의 얼굴에서 연민의 빛이 사라졌다.

"살아 있기에 공포를 느끼는 겁니다. 그 사실에 집중하면 죽음을 떨쳐 내는 데 도움이 될 겁니다."

스페라는 얼굴을 살짝 찡그리더니 고개를 확 들며 큰 소리로 말했다.

"알아요! 알아! 그게 쉬웠으면 이렇게 있지도 않았죠!"

쉴 새 없이 떨리는 그녀의 두 눈동자와 속눈썹은 각기 다른 생물인 것처럼 굴었다. 입술은 혈색을 잃어 파랗게 변해 있었고, 원래부터 흰 피부는 더욱 창백해졌다.

운정은 그녀가 방금 전까지 보여 주었던 거만한 모습이 연기였다는 것을 알 수 있었다. 지금 이렇게 두려움에 떠는 모습이 진실이다.

운정은 낮게 내려앉은 눈길로 그녀를 보며 말했다.

"괜찮습니다, 이제. 두려워할 이유가 없습니다."

스페라는 양팔로 자신의 어깨를 감싸 안으며 부르르 떨었다. 그녀의 눈에선 눈물이 흘러나왔는데, 그것이 공포로 인한 것인지 분함으로 인한 것인지 본인도 알 수 없었다.

그녀는 왼손을 들어 얼굴 피부를 벗겨 버릴 듯 세게 눈물을 닦았다.

"우습죠? 내가."

"아닙니다."

"흐흑. 거짓말 말아요. 그렇잖아요? 당신들 무림인들은 죽음의 공포쯤이야 매일같이 옆에 달고 살잖아요? 흑. 그러니, 한 번 죽을 뻔했다고 애처럼 울어 재끼는 내가 우습겠지. 하아아."

그녀는 고개를 반쯤 돌리곤 떨리는 어깨를 강제로 내리며 호흡을 토했다. 하지만 속을 옥죄는 굴욕감은 커지면 커졌지 더 작아지진 않았다.

운정이 조용히 말했다.

"무공은 상대적이고, 마법은 절대적이니, 당신이 느꼈을 죽음의 공포는 죽음 그 자체였으리라고 생각합니다. 또한 그 절대성 때문에 지금까지 있었던 격한 싸움 중에서도 죽지 않는다는 확실한 계산이 있었을 테니, 그 두려움에 적응할 기회도 없었으리라 생각됩니다."

위로도 논리적으로 하는 운정 때문에 스페라는 어이가 없는 기분을 느꼈고 때문에 굳게 닫힌 입에서 작은 웃음이 흘러나왔다. 그렇게 마음속을 가득 메우던 두려움은 입술 사이의 틈을 통해 새어 나오기 시작했다.

운정은 조용히 그녀를 기다려 주었고, 어느 정도 두려움을 떨쳐 버린 그녀가 물었다.

"프레임(Frame)을 찰나(刹那)라고 하죠? 한어로."

"예."

그녀는 고개를 돌려 운정을 응시했다. 그녀의 두 눈에는 더이상 두려움은 없었지만, 대신 분함이 가득했다.

"중원인들은 찰나와 찰나 사이에서 어떻게 움직일 수 있죠?"

운정이 대답했다.

"중원에는 핸즈프리즈(Hands—Freeze)와 비슷한 개념으로 황홀경(怳惚境)이란 것이 있습니다. 제 생각으론 그 경지에 이른 자는 마법사가 정지한 그 시간 속에서도 움직일 수 있다고 생각됩니다."

스페라는 자기도 모르게 두 주먹을 불끈 쥐었다.

"절대로 불가능해요! 움직일 수 있다면, 그것에 맞춰서 시간축이 알아서 움직이기 때문에, 제 시점에선 저절로 시간이 정지한 채로 맞춰져요. 그 속에서 어떻게 움직인 것이죠? 나는, 나는 거기서 죽음을 봤어요."

"……"

눈동자에 가득했던 분이 스페라의 표정 전체에 퍼지기 시작했다. 그녀는 양팔을 벌리며 조금 높은 어조로 말했다.

"마나가 반응하질 않았어요. 이렇게! 이토록 많고 많은 마나가! 내 의지에 어떠한 반응조차 하질 않았어요! 그러니 나는 죽었어. 모든 게 가능한 세계에서 그냥 죽은 거라고. 그런데 어떻게 살아 있는 것이죠?"

운정은 아무렇지도 않게 그녀의 말을 정정했다.

"무허진선은 당신의 단전을 노렸지만, 살기가 없었습니다. 따라서 죽이려 한 것이 아니라 가볍게 기절시키려고 했을 겁니다."

스페라는 신경질적으로 말했다.

"그걸 내가 어떻게 알아요! 아무튼! 나는 죽었다고 생각했다고요! 정지한 시간 속에서 죽음을 기다려 봤어요? 당신이 그 기분이 어떤지 알아요?"

운정은 작은 미소를 짓더니 말했다.

"화는 보이지만, 두려움은 보이지 않는군요. 그만 투정 부리시고 산에서 내려가십시오. 저도 이 상태로 오래 있을 수 없으니, 그 전에 천마신교로 돌아가는 것이 좋을 것입니다."

"이 상태?"

"……"

운정은 더욱 깊은 미소로 화답할 뿐 말을 아꼈다.

스페라의 눈빛이 강렬하게 변했다. 그는 운정의 머리를 뚫어 버릴 듯이 바라보며 그의 앞에 섰다.

그녀가 말했다.

"노매직의 영향 아래에서 어떻게 마나를 움직였죠? 당신이 일으킨 바람과 불은 자연적이지 않았어요. 그 정도의 세기라면 자연적이어도 자연적인 게 아니야. 어떻게 그게 가능했죠?"

"다시 말씀드리지만, 제가 한 게 아닙니다."

"어떻게 가능하냐고요! 어떻게! 패밀리어가 둘인 것도 그렇고! 프레임과 프레임 사이에서 움직이는 것도 그렇고! 이젠 노매직 영향의 아래에서 마나를 움직이다니! 당신은… 대체 어떻게 그런 일들을 하는 거예요! 내가 아는 상식을 넘어선 일을 대체 몇 번이나 반복해야 속이 시원하겠어요?"

"……."

운정이 침묵한 채 그저 미소로 화답하자 스페라는 짜증 어린 표정을 지었다.

그녀가 따지듯 물었다.

"정말로 말 안 해 줄 거예요?"

운정은 무허진선이 사라진 쪽으로 고개를 돌리며 말했다.

"엘리멘탈로부터 기운을 받는 건 너무나 순수한 기운이 소모되기에 오랫동안 이 상태로 있을 수 없습니다. 무허진선께서 마음을 바꿀 리 없겠지만, 만에 하나 호승심을 이기지 못하고 다시 우리에게 온다면 그땐 제가 그를 막을 수 있을지 모릅니다."

"얼마나요?"

"대략 한 식경 정도. 내력을 소모하면 더 줄어들 겁니다."

"그럼 이왕 이렇게 된 김에 그거나 도와줘요."

"뭘 말입니까?"

"그거 있잖아요! 그거!"

스페라는 오른손으로 지팡이를 쉭쉭 휘두르면서 왼손으로 무언가 나가는 시늉을 했다.

운정이 물었다.

"검기 말입니까? 아니, 무허진선에게 본 것이니 검강을 말씀하시는 것이겠군요."

스페라는 한쪽 나무를 가리키면서 말했다.

"일단 한번 보여 줘요."

운정은 의문스러운 표정을 지었지만, 스페라의 표정을 보아하니 말을 들어 줄 때까지 절대 산에서 내려갈 것 같지 않았다. 운정은 하는 수 없이 태극지혈을 들어 아무런 형태도 띠지 않는 검강을 태극지혈의 검신에 본떠 쏘았다.

쿠궁—!

나무에 박혀 들어간 검강은 나무줄기를 잘라 버리며 동시에 가공할 운동량을 전가했고, 나무줄기가 폭발한 듯 사방으로 비산했다.

스페라는 이마에 손 그늘을 만들면서 그것을 주시하더니 말했다.

"저거 나한테 쏴 봐요."

"예?"

"여기서 살아남으려면 일단 저거 없애는 것부터 연습해야겠으니까. 나한테 쫘 보라고요. 노매직을 기반으로 좀 더 간결한 스펠을 짜서 논벌블(nonverbal)로 시전이 가능하게 될 때까지 부탁할게요."

다시 말하면, 검강을 말도 안 하고 눈빛만으로 없애 버릴 때까지 마법을 연습하고 싶다는 것이다.

운정이 말했다.

"전에 카이랄이 무영창으로 검기를 없애려면 하루는 연습해야 한다고 들었던 것 같은데, 지금 전 검강을 남발하면 스무 발도 못 쏘고 힘을 잃을 겁니다."

"흥. 내 재능이라면 아마 열 번만 연습하면 될 거예요. 그리고 정 위험하다고 생각하시면 자리를 옮기면 되잖아요. 제가 텔레포… 아악!"

스페라는 쭉 넓어지는 시야에 비명을 지르지 않을 수 없었다. 마치 잠에서 깨어날 때 꿈에서부터 멀어지는 것처럼, 그녀는 그녀가 밟고 서 있었던 그 땅으로부터 완전히 떨어졌다.

운정은 스페라를 양손으로 안아 들고 한없이 높은 공중 위에 착지했다.

탁.

그리고 그 위를 걷기 시작했다.

저벅. 저벅.

그는 분명 한 걸음씩 앞으로 갔지만, 그의 몸은 1리씩 움직였다.

"……."

운정은 문득 자신의 품속에서 말없이 자신을 바라보는 스페라의 시선이 느껴졌다. 그는 스페라를 내려다보며 말했다.

"아. 걱정 마세요. 강기를 열 번 정도 사용할 내력은 남겨두겠습니다."

"……."

"정말입니다. 그리 놀란 눈으로 보지 마세요."

스페라는 떨어지지 않는 입을 억지로 벌렸다. 그리고 말을 하려는데, 그 순간 그녀의 몸이 추락하기 시작했다. 때문에 겨우 나오려던 그녀의 말을 비명이 앞질러 버렸다.

"아아악!"

탁.

한적한 공터에 선 운정은 스페라를 보더니 말했다.

"이쯤이면, 무허진선이 찾아온다 해도 그 전에 낌새를 알아차리고 천마신교로 텔레포트를 할 여유가 있을 겁니다."

스페라는 운정의 품에 안긴 채로 가만히 있었다. 그러다가 자신을 응시하는 운정의 시선을 느끼고는 얼굴이 벌게진 채 확 그의 품에서 내려왔다.

그녀는 엉거주춤 서서 일정거리를 벗어나더니, 곧 자신의 뺨을 몇 번 때리곤 말했다.

"후. 좋아요. 자. 진정하자. 자. 오케이. 좋아. 그 우, 운정 도사님, 그 검강이라는 거 쏴 봐요. 꼭 나한테 쏴야 해요."

운정이 걱정스럽다는 듯 말했다.

"제 검강은 꽤 빠릅니다. 그 정도 거리면 순식간에 도달할 겁니다. 좀 더 거리를 벌리시는 게 어떻습니까?"

스페라는 정신을 차리고는 다시금 머릿속으로 계산해 봤다.

"아니요, 이 정도가 딱 괜찮아요. 아까 쐈던 정도로 동일하게 쏘면 돼요."

"만에 하나 계산이 틀리면 죽을 수 있습니다."

스페라는 뭔가 이상한 소리를 들었다는 듯이 아리송한 표정을 지었다. 그러곤 곧 한 손에 든 페이즈 클록을 내려다보면서 말했다.

"하기야, 로스부룩은 핸즈프리즈를 못 쓰는 어프렌티스(Apprentice)이니, 제대로 가르쳐 줄 리 만무하지. 걱정하지 말고 쏴요. 핸즈프리즈 속에선 시간은 상대적이니, 못 피할 상황은 나오지 않으니까. 당신이 말한 거잖아요, 절대성. 이해 못 하겠어요?"

운정이 대답했다.

"대강 아는 정도입니다."

"핸즈프리즈 주문은 지팡이 그리고 패밀리어와 더불어서

위저드(Wizard)의 삼대 요소에요. 그러니까, 마법을 제대로 익히기 전에는 그런 궁금한 표정 지어도 소용없어요. 당신네 무공에 비유하면, 검강이 아무리 화려해도 검술부터 배워야지 검강부터 배우려 하면 되겠어요?"

그녀의 비유는 어린아이라도 깨달을 수 있을 정도다.

운정이 알겠다는 듯 되물었다.

"아, 그런 겁니까?"

"네. 그래요. 그러니 일단 궁금증은 접어 두고, 나한테 검강을 쏴요. 걱정 말고."

아직 마법에 관해서 제대로 알려 주지도 않아 놓고, 본인부터 뭔가 배우려는 그 모습은 참으로 이기적이었지만, 운정은 그녀를 이해했다.

그녀는 방금 죽음을 맛보았다. 그 두려움에서 벗어나는 방법은 죽음을 맛보게 한 대상을 피하거나 극복하는 것. 그녀는 공포를 즉시 극복하지 않으면 안 되는 사람인 것이다. 두려움에 떨었다는 그 사실에 깊게 상처 입은 자존심이 회복될 수 없는 것이다.

운정은 그녀 말대로 전과 정확히 동일한 속도와 위력의 검강을 뽑아 그녀에게 쏘았다. 그와 동시에 그녀는 지팡이를 들며 말했다.

[노매직(No magic).]

순식간에 날아간 검강은 그녀의 코앞에서 완전히 증발해 버렸다. 하지만 그 속에 담긴 운동량은 사라지지 않아, 그대로 스페라의 얼굴을 덮쳤고, 스페라는 뒤로 발라당 넘어져 버렸다.

쿵.

꼴사납게 땅에 누운 그녀의 이마에 핏줄이 돋아났다.

"아. 아아. Fuck! Shit! 젠장! 으이씨!"

"괜찮으십니까?"

다채롭게 욕설을 내뱉으며 운정의 말을 무시한 스페라는 신경질적으로 자리에서 일어나 외쳤다.

"다시! 이번엔 운동량도 없애야겠어."

고집스러운 그녀의 태도에 운정은 하는 수 없이 다시금 검강을 쏘았고, 스페라는 다시금 지팡이를 들며 마법을 시전했다.

[노매직(No Magic).]

이번에는 그녀 앞 반 장 정도 거리에서 검강이 사라졌다. 그리고 방금 전처럼 꼴사납게 넘어지는 일도 일어나지 않았다.

스페라는 미소를 짓더니, 말했다.

"다시!"

그렇게 반복된 연습이 열한 번까지 이어졌을 때, 스페라는 처음으로 무영창, 논버블로 검강을 없애 버렸다. 마법이 모르는 사람이 보기에는 눈빛만으로 없애 버린 듯했다.

스페라는 고개를 몇 차례나 끄덕이며 뿌듯한 듯 말했다.

"좋아요. 좋아. 막상 해 보니 쉽네. 요령도 생기고."

운정이 말했다.

"다 된 겁니까?"

스페라가 고개를 끄덕이며 운정에게 다가왔다.

"네. 좋아요. 이제 웬만한 건 무영창으로 다 없앨 수 있겠어요."

운정이 말했다.

"그럼 이번엔 제가 물어봐도 되겠습니까?"

"으응? 뭘요?"

"아까 전에 콜스? 스? 그게 무슨 뜻입니까?"

"아. Corpse. 시체라는 뜻이에요. 근데 내가 그런 말을 했었나요?"

"예. 고바넨에게 말했습니다."

"……."

"아무튼 다 되셨으면, 내려가도 될 듯합니다."

운정과 스페라는 그길로 공터에서 내려왔다.

어느 정도 걸음을 옮기던 와중에 스페라가 운정의 눈치를 살피더니 물었다.

"엘리멘탈은 잘 모르지만, 불은 잘 알죠. 자연 속에서 불을 이끌어 내시던데, 그건 한 가지 방법밖에 없어요. 혹시 살라만 드라와도 계약을 하신 건가요?"

운정은 오른손으로 쥔 태극지혈을 내려다보며 말했다.

"그렇게 되었습니다."

말을 아끼는 그를 보며 스페라는 답답함을 느꼈지만, 최대 한 조심스럽게 물었다.

"그러면 혹시 엘리멘탈 모두와 계약을 하신 건가요? 전에 보니, 실프와 노움이 함께 있었잖아요."

"예. 운디네까지 함께 내부에 자리 잡았습니다."

스페라의 두 눈은 보름달처럼 떠졌다.

"설마 했는데, 그들까지도 같이하다니. 정말 놀랍군요."

"하지만 마법을 제대로 배우지 않은 저는 그들을 패밀리어 로 부릴 수 없습니다. 그저 기운을 주고 또 빌리는 데 사용하 여 불안전한 무공을 완성시켰을 따름입니다."

"완성했다면 왜 그 모습을 오랫동안 유지하지 못한다는 것 이죠?"

운정은 나지막하게 설명했다.

"살라만드라(Salamandra)로부터 나오는 리기(離氣)와 운디 네(Undine)로부터 나오는 감기(坎氣)는 태극음양마공(太極陰陽魔功)의 마기(魔氣)를 이루고 실프(Sylph)로부터 나오는 건기(乾氣)와 노움(Gnome)으로부터 나오는 곤기(坤氣)는 무궁건곤선공(無窮乾坤仙功)의 선기(仙氣)를 만듭니다. 이 둘, 선기와 마기는 곧 태극마심신공(太極魔心神功)에서 융화하여 진정한 의미의 마선공(魔仙功)이 되었습니다."

"……."

"하지만 문제는 이 마선공이 절대적으로 순수한 엘리멘탈의 기운들을 기반으로 하기 때문에, 이에 필요한 건곤감리의 기운 자체가 순수해야 한다는 것입니다. 순수한 리기와 순수한 감기는 다행히 이 태극지혈을 통해 걸러서 흡수할 수 있습니다만, 건기와 곤기는 그런 수단이 없습니다. 대자연의 기운을 운기조식을 통해 흡수하여 쌓는 수밖에 없는데, 그렇게 정제되고 나면 그 양이 거의 남지 않습니다."

"……."

"그러니 평소에는 부족한 건기와 곤기를 기반으로 한 무궁건곤선공을 오로지 혈관을 보호하는 데만 사용하며 태극음양마공으로 조화를 잡은 태극마심신공의 리기와 감기만으로 역혈지체를 흉내 냄으로 혜쌍검마의 심득을 빌려 마공화된 무당의 무공을 펼치는 수밖에 없습니다. 다행인 점은 그건 엘리멘탈의 힘을 받지 않으니 순수할 필요가 없어서 태극지혈이 없이도 절정 수준의 위력을 낼 순 있을 겁니다. 혜쌍검마의 심득을 연구하면 더 늘어나기도 할 것이고."

스페라는 걸음을 멈췄다. 한 발자국 앞서 나간 운정이 그것을 눈치채고 같이 멈추자, 스페라가 그를 보더니 툭하니 말했다.

"그거 알아들으라고 하는 말은 아니죠?"

운정이 대답했다.

"고바넨의 신변을 넘기는 것으로 제게 마법을 가르쳐 주겠다는 조건을 바꾸고 싶습니다. 로스부룩에게 한 제안과 동일하게 말입니다."

"……."

"중원의 무학을 가르쳐 드리겠습니다. 제가 여러 패밀리어를 얻게 된 것은 분명 그것이 이유일 것입니다. 그것을 배우는 조건으로 제게 마법을 가르쳐 주십시오. 논리적으로도, 장기적인 약속은 장기적인 조건으로 맞추는 것이 맞습니다. 단기적인 조건으로 장기적인 약속을 하면 결국 불편해지지 않겠습니까?"

스페라는 가만히 운정을 보다가 곧 대답했다.

"내가 고바넨을 잡는 데 계속해서 협조한다는 조건까지 해서 그렇게 하죠."

"좋습니다."

"그나저나, 이름이 필요하겠어요."

"예?"

운정의 되물음에 스페라가 웃으며 대답했다.

"네 엘리멘탈과 함께하는 그 모습이요. 뭔가 명칭이 필요하지 않을까요? 흐음."

운정도 살짝 고민하더니 말했다.

"하긴, 세 내공과 네 엘리멘탈을 융합한 그 마선공에도 새로운 이름이 필요할 것 같긴 하군요."

"제가 만들어 볼게요."

스페라는 흥미진진하다는 표정을 지었다.

                    *   *   *

해가 지는 저녁쯤, 지자추는 거구를 이끌고 원로원(元老院)의 대문으로 갔다. 지금까지 낙양본부에 귀환한 뒤 단 한 번도 원로원 밖으로 나가지 않았기에, 대문 쪽에 있던 시비들과 다른 원로들은 그가 어디로 가는지 궁금증이 들었고, 그중 대머리인 한 노마두가 그에게 물었다.

"지 의원 아닌가? 어딜 그리 바삐 가?"

지자추는 그를 쳐다보지도 않고 갈 길을 바삐 하며 툭하니 대답했다.

"알 거 없어."

대머리 노마두는 자리에서 일어났다. 그러면서 은근슬쩍

다리로 바둑판을 쳐서 판을 망가뜨려 버렸다. 그의 상대였던 다른 노마두는 쌍욕을 내뱉으며 대머리 노마두에게 소리를 질렀지만, 그는 모른 척하며 얼른 지자추에게 다가와 따라 걸으며 말했다.

"그 무당파 새끼 만나러 가는 건 아니고?"

그 말을 듣자, 절대 멈출 것 같지 않던 지자추의 걸음이 뚝 멈췄다.

"무당파 새끼?"

대머리 노마두는 의미심장한 미소를 짓더니 말했다.

"왜 그 자식이 지 의원을 찾아왔었다고 그러던데."

"……."

"그, 친하면 말이야. 내 말 좀 전해 줘. 태극마심신공 구결을 내게 알려 주면, 내 연구 자료들을 다 공유해 주겠다고 말이야. 응? 그놈도 아마 굉장히 좋아할걸? 혜쌍심마의 것보다 더 뛰어난 거라고 말해 줘."

지자추는 그 대머리 노마두를 위아래로 훑어보더니 말했다.

"됐다. 갈 길 바쁘니, 방해 말어. 그리고 그놈 만나러 가는 것도 아니다."

"그럼 빨랑 가지. 참 나."

대머리 노마두는 인상을 팍 쓰더니 자기 자리로 돌아가며

구시렁거렸다.

지자추는 다시 걸음을 바삐 해서 원로원에서 나가 지고전(知高殿)으로 향했다.

안으로 들어서자, 그를 기다리고 있던 시비가 그에게 공손히 말했다.

"전주께서 기다리고 계십니다. 따르시지요."

"오냐."

지자추는 시비를 따라 제갈극의 실험실로 들어갔다. 다른 사람보다 머리 두어 개는 더 높은 키를 가진 그에게는 그곳의 천장이 너무 낮았다. 그는 어쩔 수 없이 고개를 푹 숙이고 복도를 걸어야만 했다. 그렇게 허리가 아파 올 즈음 제갈극이 있는 방에 도착했다.

그는 중앙에 있는 여인을 보고는 얼굴이 굳었다.

"정말이군. 소청이라나⋯ 많이 성숙해졌지만 얼굴이 그대로 남아 있어."

소청아는 한 손에 검을 든 채로 방 한가운데 그대로 서 있었다. 평범한 흑장삼을 입은 그녀는 마치 아름다운 인형과도 같았다.

방 한쪽에서 책자를 찾던 제갈극이 툭하니 말했다.

"내가 말한 그대로이니라. 확인해 보려면 얼마든지 확인해 보거라."

지자추는 미동도 없이 눈길로만 자신을 따라가는 소청아에게 다가가며 말했다.

"섭혼술인가? 나를 바라보는 눈동자만 아니면 살아 있지 않은 인형이라 해도 믿겠군."

"살아 있지 않느니라. 강시와 비슷한 것이니."

지자추는 믿을 수 없다는 듯 중얼거렸다.

"운정 도사가 이런 짓을 하다니. 심성이 많이 바뀌었어. 이래서 그가 아는 다른 화산의 제자가 누군지 내게 끝까지 숨긴 것이로군."

제갈극이 퉁명스럽게 말했다.

"그는 이미 마성에 많이 젖었느니라. 네가 알던 사람과는 다른 사람이다."

가만히 소청아를 보던 지자추는 손가락을 뻗어 소청아의 옷 속에 넣었다. 그리고 그녀의 단전쯤에 얹고는 눈을 감았다. 이질적인 느낌이 들었지만 일단 무시하고 그 안에 돌고 있는 내력을 확인했다.

곧 그는 손가락을 떼며 말했다.

"그런데 단전에 박힌 건 뭐지? 사람의 살이 아니던데."

"연구 중에 있는 것이니라. 아무튼, 네가 만든 옥녀마공의 마기가 느껴지느냐?"

지자추는 부정할 수 없었다.

"확실히. 오랜 세월 동안 느껴 보았던 옥녀신공의 기운과 동일하지만 역혈지체에서나 느낄 법한 역천의 기운을 내포하고 있어. 정말로 옥녀마공이 성공했군."

제갈극은 찾으려던 책자 하나를 드디어 찾았는지, 그것을 꺼내 상 위에 올려놓고 지자추를 보았다. 그는 안타까운 눈길로 소청아를 보고 있었다.

제갈극이 말했다.

"우선 소청아를 통해 이 강시가 마공을 익힐 수 있는지 실험할 계획이니라. 그것을 위해선 네가 마공화한 화산의 무공들이 필요하지. 말한 대로 가져왔느냐?"

지자추는 소청아에게 시선을 고정한 채로 말없이 품속에서 책자 몇 개를 꺼내 제갈극 쪽으로 건넸다. 제갈극이 걸어가 그것을 잡는데, 지자추가 갑자기 책자를 잡은 손에서 힘을 빼지 않고는 고개를 휙 돌려 제갈극을 보았다.

"너와 운정 도사는 소청아를 강시로 만들어 부리려는 것이냐?"

제갈극은 그를 올려다보며 말했다.

"자세한 건 운정 도사에게 물어보거라. 나도 내 실험을 위해 그에게서 이걸 빌려 쓰는 입장이니. 한 가지 확실한 건, 너도 나도 똑같다는 거다. 각자 만들어 낸 걸 이 좋은 실험체에 실험해 보고 싶은 것 아니겠느냐? 하지만 소청아를 어떻게 사용할지는 전적으로 운정 도사에게 달려 있느니라."

"……"

지자추는 소청아에게로 시선을 옮기며 손에서 힘을 뺐다. 제갈극은 그가 건네준 책자를 들고는 상 위에 휙 던져 놓았다. 그리고 언짢은 표정을 짓고 있는 지자추에게 말했다.

"내가 알기론, 네게는 또 다른 실험체가 있다고 들었는데 아니더냐? 그것도 매우 아름다운."

지자추는 얼굴을 일그러뜨리더니 대답했다.

"제자다."

"제자라? 그녀도 널 스승으로 인정하느냐?"

지자추는 제갈극을 노려보며 말했다.

"무슨 말을 하고 싶은 것이냐?"

제갈극은 어깨를 들썩이며 말했다.

"이곳으로 정채린을 데려와라. 본좌가 그녀를 손아귀에 넣으면 운정 도사를 본좌의 뜻대로 할 수 있다. 물론 본좌는 그녀에게 특별히 시킬 것이 없으니 대부분의 시간 동안 네게 맡길 수도 있지. 네가 무슨 짓을 하던 상관하지 않겠느니라."

지자추는 코웃음을 치더니 말했다.

"흥. 노부는 그 애 어미가 그 애를 낳다 죽는 걸 지켜보았다. 지금까지 자라면서 수없이 그 몸을 치료했다. 그 애의 벗은 몸을 몇 번이나 봤다 생각하느냐? 그런데 노부가 그 애를

탐한다? 그래서 내가 그 아이를 제자로 받고 화산의 무학을 가르치는 것이라 생각하느냐? 과연 노부가 본부에 귀환한 것 같긴 하군. 다들 사고방식이 짐승과 다를 바 없으니."

이번엔 제갈극이 코웃음 쳤다.

"그저 딸처럼 아낀다 아낀다 하지만 그 속엔 더러운 욕구가 숨어 있는 것이 인간이니라. 그저 모른 척, 아닌 척할 뿐이니라. 이곳은 마교다. 네가 그리한다 해서 아무도 뭐라 하지 않아. 그보다 더 심한 짓을 하는 자가 널리고 널렀다."

지자추는 더럽다는 듯 옷깃을 한번 털고는 몸을 돌리며 말했다.

"됐다. 행여나 내 제자에게 해코지를 했다간, 가만히 두고 보지 않을 것이다, 제갈 전주. 내 말을 명심해라. 그리고 운정 도사… 겉으로는 그리 선한 척을 하더니 소녀를 강시로 삼고 부리는 파렴치한 짓거리나 하다니. 흥!"

그는 그렇게 거친 발걸음으로 지고전에서 나왔다. 그런 그의 뒷모습을 보며 제갈극은 의미심장한 미소를 지었다.

그렇게 그는 원로원에 있는 자신의 처소로 돌아갔고, 그곳에는 정채린이 공손한 자세로 앉아 있었다.

정채린은 화사한 표정을 얼굴에 띠며 그를 반겼다.

"성공했습니다!"

뜻밖의 만남에 지자추는 기쁨을 감추며 상석에 걸어가 앉으며 말했다.

"성공?"

정채린은 연신 고개를 끄덕이며 말을 이었다.

"가르쳐 주신 옥녀마공 말입니다. 그 구결을 조금 응용하니, 제 안의 마성을 완전히 배제한 채로 화산의 무공을 펼칠 수 있었습니다."

지자추는 눈썹을 모으더니 말했다.

"어허. 아직 그것은 불안전할 수 있으니 익히지 말라고 하지 않았느냐? 그런데 하루를 참지 못하고 익힌 것이냐? 혹시나 이상이 생기면 어쩌려고 그러느냐?"

정채린은 밝은 표정으로 대답했다.

"익히진 않았습니다. 다만 그 구결을 이용해서 마기를 몰아냈을 뿐입니다. 사실 이제 익힐 필요도 없지만."

지자추는 속내를 숨기며 마지막 말을 되물었다.

"익힐 필요도 없다?"

정채린이 고개를 끄덕였다.

"아침에 일러 주신 옥녀마공의 구결을 듣고 깊이 생각해 보았습니다. 과연 마공답게, 해석할 필요도 없을 만큼 직관적이고 노골적이어서 한두 시진 안에 모두 이해할 수 있었습니다."

"……."

"그러다가 점심쯤 되어서 내력을 사용할 일이 생겼습니다.

그때 드는 생각이 옥녀마공의 구결을 조금 이용하면 제 속에 내재된 마성을 통제할 수 있겠다는 생각이 드는 겁니다. 그래서 시도해 보니 정말 마성을 완전히 억누른 채로 화산의 무공을 펼칠 수 있게 되었습니다. 전과 전혀 차이가 나지 않을 만큼 말입니다."

"그, 그래?"

"예! 정말로 감사합니다. 이 은혜를 어찌 갚아야 할지 모르겠습니다."

정채린은 자리에서 벌떡 일어나더니 큰절을 올렸다. 그 모습을 떨떠름하게 보던 지자추는 헛기침을 하더니 말했다.

"크흠. 그렇구나. 조, 좋다. 그 방금 막 옥녀마공의 안정성에 대해서 알아보고 오는 길이다. 내가 말했듯이 아무리 안전한 마공도 제삼자의 의견을 들을 필요가 있으니까. 그래서 난 결론은 충분히 안정적이라는 것이다. 앞으로 그것을 익혀도 문제가 없을 것이다."

정채린은 그 말을 듣고는 눈을 동그랗게 뜨더니 말했다.

"아, 제가 말입니까?"

지자추는 안 좋은 예감이 들었지만, 우선 물었다.

"왜 그러느냐?"

정채린은 지자추의 눈길을 조금 피하면서 말했다.

"그 구결을 이해하는 와중에 알게 된 건, 그것은 결국 역혈지체를 이룩한 자에게 필요한 것이라는 겁니다. 역혈지체가 되어 버려 화산의 무공을 제대로 사용하지 못하는 자들에게 알맞게 만들어진 것이지요. 하지만 저는 역혈지체를 이룬 것이 아니라 그저 마성이 있는 것입니다."

지자추는 그녀를 지그시 보더니 말했다.

"역혈지체를 이룩하지 않은 채로 마성을 가지고 있으면, 결국 미쳐 버린다. 시간의 문제일 뿐이지. 역혈지체를 이루고 마공으로 마를 확실히 제어해야만 서서히 미쳐가는 자신을 통제할 수 있다. 자, 내가 원로원의 노마두들을 통해서 그나마 세상에 남은 마단(魔團)을 구할 수 있을 테니 그것을 섭취하고 역혈지체를 이룩해 옥녀마공을 익히거라."

정채린은 잠시 침묵하더니 곧 조용한 목소리로 말했다.

"그렇게까지 제게 신경 써 주시지 않으셔도 됩니다. 이렇게 마교에 제 자리를 마련해 주시고 옥녀마공의 구결을 알려 주신 것만으로도 이미 갚을 수 없는 은혜를 얻었습니다. 하지만, 그 이상으로 마공을 익히는 건 아무래도 제겐 어려울 듯합니다."

"채린아."

정채린은 굳은 표정으로 자리에서 벌떡 일어났다.

"오늘 점심에 회주가 되었습니다."

"회주?"

"고지회라고 새로운 단채가 만들어졌는데, 그곳의 회주 자리를 얻게 되었습니다. 그래서 이곳에서 편안히 있을 수 있도록 배려해 주신 부분에 대해서도 감히 거절할 수밖에 없게 되었습니다."

"……."

"언제나 제게 은혜를 베푸시는데 이렇게 보답하는 절 용서하십시오."

정채린은 그대로 몸을 돌려 나가려고 했다. 지자추는 그녀가 막 방문을 나서려는 순간 그녀를 불러 세웠다.

"내가 첩자여서 그런 것이냐?"

"……."

"이리 널 배려했건만, 지난 세월 동안 널 속인 것은 용서할수 없더냐?"

정채린은 잠시 그 자리에 굳은 듯 서 있었다.

몇 번이고 입술이 움직였지만, 결국 그녀는 아무런 말도 내뱉지 않고 밖으로 나갔다.

그렇게 방 안에 홀로 남은 지자추는 한동안 숨만 내쉬다가 주먹을 쥐고 상을 내려쳤다.

*　　　　*　　　　*

스페라의 임시 도메인(Domain).

운정은 그곳 중앙에 마련된 고밀도 마나 마법진에서 가부좌를 튼 채로 고요히 명상을 하고 있었다. 그곳에서 그는 네 엘리멘탈과 소통하여 이룩한 모습을 유지하느라 소모된 순수한 건기와 곤기를 흡수하고 있었다.

어느 정도 채워지자, 운정이 물었다.

"오래 지난 것 같습니다만, 얼마나 되었습니까?"

온갖 기구들로 그를 관찰하던 스페라가 깜짝 놀란 듯 말했다.

"아, 말해도 괜찮아요? 집중하고 계신 것 같은데?"

운정이 대답했다.

"운기행공은 끝냈습니다. 오랜만에 푹 잠을 잔 것 같아 기분이 좋군요. 순수한 건기와 곤기가 단전에 쌓인 것을 보면 지친 실프와 노움도 전부 회복된 것 같습니다."

스페라는 그 말을 듣고는 다른 기구로 빠르게 움직여 그 기구에서 나오는 관찰 결과를 유심히 읽으며 말했다.

"아하. 그렇군요. 정확한 시간은 저도 잘 모르겠어요. 하지만 아침은 됐을 거예요."

"그럼 스승님은 밤을 새우신 겁니까?"

스페라는 스승님이란 그 말에 온몸에서 소름이 돋는 것 같았지만, 애써 무시하며 말했다.

"어쩌다 보니까."

"마법사에게 수면만큼 중요한 게 없다고 들었는데, 괜찮으시겠습니까?"

"그랜드마스터까지 되면 크게 상관없어요. 각자 스트레스를 관리하는 요령이 생겨서."

"……"

그녀는 관찰 결과를 흥미롭게 바라보다가, 곧 바닥에 그려진 마법진에서 나는 빛이 매우 희미해졌다는 것을 깨달았다.

"흡수한 마나가 너무 많은지 HMMC가 불안전해졌네요. 이거 쿨다운(Cooldown) 꽤 긴데……."

"쿨다운이라 하시면?"

스페라는 기본적인 설명을 했다.

"마법은 임의적으로 사건을 발생시키는 거라고 말씀드렸죠? 하지만 세상에는 확률(確率)이라는 진리가 있어요. 동일한 사건이 두 번이나 연속으로 일어나는 건 확률적으로는 매우 어렵죠. 당연하지만 세 번, 네 번 이렇게 반복될수록 기하급수적으로 난도는 올라가요. 그 확률은 일정 시간이 지나야 원래대로 돌아오기 때문에 그걸 쿨다운이라고 불러요."

운정이 물었다.

"혹 예를 들 수 있겠습니까?"

"여름에는 홍수가 날 확률이 높죠. 하지만 홍수가 난 뒤 또

다시 홍수가 날 확률이 어떻게 되나요? 세 번 연속은? 네 번은? 어렵겠죠. 한번 홍수가 나면 확률적으로 다음번 홍수가 찾아오기까지 시간이 걸리는 것처럼 마법도 마찬가지라는 거예요."

"……."

"하지만 절대적이진 않아요. 마법마다 다 다르고 어떤 건 쿨다운이 없기도 해요. 하지만 기본적으로 놀라운 마법일수록 쿨다운이 길어요. 놀랍다는 것 자체가 확률적으로 작다는 걸 암시하니까. 하지만 무엇이 놀라운지는……."

"사람마다 다르지 않습니까?"

"맞아요. 그것이 코스모스(Cosmos)의 신, 독(Doc)의 영향이죠. 사람들이 당연하게 여기는 것일수록 쿨다운은 적어요. 반대로 사람들이 놀랍다 여기는 것일수록 쿨다운이 길죠. 마법사에게도 이해하기 어려운 부분이에요."

쿨다운에서부터 자연스럽게 이어진 다른 마법 이론에 운정은 강한 궁금증을 느꼈다. 로스부룩에게는 전혀 듣지 못했던 것이기도 했다.

그가 다시금 되물었다.

"독(Doc)?"

스페라는 작게 웃었다.

"코스모스를 인격으로 해석한 이름에요. 반대로 카오스(Chaos)를 인격으로 해석한 이름은 작(Jaac)이라 하죠. 마법은 근본적으로 작(Jaac)의 선물이지만 독(Doc)의 감시를 받죠. 우리 쪽의 태극사상 같은 거라고 보시면 되겠어요. 저희 쪽 신학은 제가 아니라 다른 사람에게 배우는 게 좋을 거예요. 저도 잘 모르니."

"흐음."

고민하는 운정을 보며 스페라는 관찰 기구들을 하나둘씩 정리하며 웃음을 감췄다.

그녀 스스로도 체계적인 가르침을 받은 적이 없어, 뭐부터 시작해야 하는지 잘 알지 못했다. 그랬기에, 그녀의 가르침은 그저 그녀의 제자가 먼저 궁금해하는 것을 대답하는 것으로 대신하기 일쑤였다.

더 묻는 말이 없자, 스페라가 말했다.

"자세한 건 나중에. 당신이 알아야 하는 건, 이 마법진은 이제 사용하기 어렵다는 거. 쿨다운이 얼마나 될지 모르겠지만, 적어도 한 달은 넘겨야 할 거예요."

운정은 눈을 뜨고 자리에서 일어났다. 스페라는 당황하며 기구들을 정리하는 손길을 바삐 움직였다. 운정은 아스트랄에서 빠져나오고 나서야 확연히 약해진 마나의 밀도를 느낄 수 있었다.

그는 천천히 밖으로 걸어 나왔고, 밖에서 각종 관찰 기구들을 후다닥 정리하는 스페라를 보며 말했다.

"회복하는 데 큰 힘이 되었습니다. 앞으로 잘 부탁드리겠습니다."

스페라는 민망한 표정으로 눈도 마주치지 못하고 말했다.

"아, 예에. 그, 밖으로 공간이동 하실래요?"

"제 처소로 해 주시면 감사하겠습니다."

"그래요. 또 일이 있으면 제가 그쪽 처소로 가 있을 테니까, 놀라지 마시고요. 로스부룩이 아니라 스페라로 만나는 일이면 앞으로 그렇게 하죠."

스페라는 지팡이를 꺼내고 주문을 시전했다.

[루밍(Rooming).]

주변 환경이 순식간에 바뀌었다.

자신의 처소로 돌아온 것을 확인한 운정은 두 팔을 하늘 위로 뻗고 기지개를 켰다. 그러자 옷끈에 묶여 등 뒤에 교차로 붙어 있는 태극지혈이 웅웅거리며 반응했다.

운정은 상쾌한 기운을 만끽하며 중얼거렸다.

"이토록 머리가 맑은 게 얼마만인지… 후우. 무궁건곤선공, 태극마심신공 그리고 태극음양마공. 이 셋의 조화로 인해 마성을 쉬이 다스릴 수 있게 됐지만, 언제고 치솟을지 모르니 조심해야겠지. 우선은… 이걸 돌려줘야겠구나. 블러드팩 때문인지 그 생각이 머리에서 떠나질 않아."

그는 방 밖으로 걸음을 옮겨 제갈극의 실험실로 향했다.

그곳에 도착하니, 제갈극은 보이지 않고 방 한가운데 한 여인이 나체로 검무를 추고 있었다. 그녀의 단전에는 흙빛으로 빛나는 보석이 보였다.

"청아……."

부드러운 굴곡이 그대로 드러난 여체와 날카로운 예기를 머금은 검이 묘한 조화를 일으켰다.

운정은 그 모습을 보며 전에 얼음 위에서 검무를 추던 안우진이 생각났다. 분명 소청아는 남성도 아니고, 옷도 입지 않았고, 얼음판 위에서 같은 검무를 추지도 않았지만, 그 둘에게서 묘하게 동일한 느낌이 풍겼다.

아니다.

동일한 향이다.

"매화(梅花)?"

덜컹.

바닥 한쪽에서 문이 열리고 제갈극이 올라왔다. 그는 운정을 보더니 툭하니 말했다.

"계속 보이질 않더니, 드디어 깨달음을 얻은 것이냐? 눈에서 마성이 사라진 것 같진 않은데?"

운정은 등 뒤에 멘 태극지혈 두 자루를 풀며 말했다.

"마성을 없앤 것이 아니라, 선공과 융합했습니다."

"융합?"

"그 과정에서 태극지혈이 힘이 되었고요. 다 썼기에 다시 돌려주려고 왔습니다."

제갈극는 놀란 눈으로 운정을 보다가 곧 그가 내미는 태극지혈로 시선을 돌렸다.

"그래. 블러드팩은 함부로 무시할 수 없는 것이니라. 나도 그 귀찮음을 잘 안다. 그렇게 막 할 만한 것이 아니야."

서약마법.

그것은 서약에 의도적으로 어긋난 행동을 할 경우 끊임없이 서약을 생각나게 하며 그래도 지키지 않으면 점차 그 대가가 지불된다. 그들의 대가는 백치가 되는 것임으로, 운정이 만약 태극지혈을 다 썼음에도 가지고 있었다면 '성심성의껏' 제갈극의 연구를 돕겠다는 서약을 어기게 되어 점차 지력을 상실했을 것이다.

운정은 다가온 제갈극에게 태극지혈을 건네주며 물었다.

"그런데 청아는 왜 나체로 검무를 추고 있는 겁니까?"

제갈극은 두 태극지혈을 받아 들고 이상이 없는지 이리저리 확인하며 대답했다.

"네 질문의 중점이 나체에 있는 것이냐 아니면 검무를 추고 있는 것에 있느냐?"

"……."

제갈극은 비릿한 미소를 지으며 말했다.

"나체겠지. 사실 그게 이상하다고 생각하는 네가 이상한 것이니라. 선인의 기록들을 읽어 보아라. 선녀의 검무는 본래 나체로 하는 것이니라. 여성의 부드러움을 검의 날카로움과 조화시켜 아름다움을 표현하는 것이지, 그것에 성적인 것은 없다. 그것을 성적으로 받아들이는 것은 그것을 바라보는 이의 마음에 성욕이 있기 때문……."

"태학공자께서 도사만큼 헛소리를 하실 줄은 몰랐습니다."

"나를 그런 눈길로 보지 말거라. 저것은 자기 스스로 옷을 벗었느니라. 옷을 입고 입지 않는 것에 자유로우니, 화산의 검공에서 말하는 진정한 의의를 깨닫고 그대로 행했을 뿐이니라."

운정은 냉소하며 말했다.

"그런 헛소리를 믿으라는 겁니까?"

제갈극은 팔짱을 끼며 말했다.

"집중하기 위해 눈을 감는 것과 집중하기 위해 옷을 벗는 것에 차이가 있다는 것이냐? 왜지?"

운정은 대답하지 않았다. 제갈극이 무슨 의도로 그런 질문을 했는지 알았기 때문이다.

그는 겉옷을 벗으며 소청아에게 다가갔다. 소청아가 자연스레 검무를 멈추자, 운정은 그녀의 나체 위에 자신의 겉옷을 입혀 주고, 허리띠를 풀어 동여매 주었다.

소청아는 그를 보더니 깊은 미소를 지었다. 빨간 입술이 반짝 빛나며 남자의 마음을 동하게 만드는 색기가 가득 풍겼다. 그것을 가까이서 보던 운정도 마음에 치솟는 성욕을 분명 느꼈지만, 최대한 겉으로 티 내지 않고 안에서 다스리며 생각했다.

성(性)은 그녀의 나체에 있는 것이 아니라 내 마음에 있는 것이다.

제갈극이 한 소리가 아주 헛소리는 아닌 듯하다.

운정이 소청아의 얼굴을 응시하며 말했다.

"새로운 마나스톤으로 무공을 익힌 것 같습니다만."

"맞느니라. 자자추가 마공화된 화산파의 기본 무공을 주었다. 매화마검법(梅花魔劍法)과 옥녀마검법(玉女魔劍法)으로……."

운정이 제갈극의 말을 잘랐다.

"그를 직접 만난 것입니까?"

제갈극이 대답했다.

"왜 그러느냐?"

"설마, 소청아도 만난 건 아니겠지요?"

"만났느니라. 왜? 안 되느냐? 옥녀마공이 제대로 자리 잡았다는 것을 확인시켜 주어야지만 그가 도와줄 것 아니더냐? 정채린에게 마공을 가르치기 전에 우선 안정성을 점검하고자 하는 것이니 직접 보여 줘야 하지."

운정은 답답하다는 듯 말했다.

"제가 그에게 그 마공을 실험할 수 있는 다른 화산의 제자가 누군지 말하지 않았다는 말을 기억합니까? 당연히 그 다른 제자가 소청아이라는 것을 숨기기 위해서 그렇게 말한 것인데, 소청아를 보여 주면 어떻게 합니까?"

"왜 숨겨야 하지?"

"태학공자."

강한 어조에 제갈극은 영문을 모르겠다는 표정으로 말했다.

"그런 눈으로 보지 마라. 정말 모르겠느니라. 그가 알아서 안 되는 이유가 무엇이냐?"

운정은 손바닥으로 얼굴을 쓸어내렸다. 그러면서 조용히 말했다.

"그래서 린 매가 나한테 그리 차갑게 굴었구나. 소청아와 나와의 관계를 알게 되어서……."

"왜? 왜 정채린이 안다는 것이냐? 무슨 소리를 하는 것이냐?"

"그야, 제가 지자추에게 린 매에게 연락해 입교를 권하라고 말씀드렸기 때문입니다. 분명 둘이 만나 이야기가 오가다가 소청아의 이야기를 린 매가 들은 것이 틀림없습니다."

"도대체가 무슨 말인지 알 수 없군."

제갈극의 말에 운정이 결심한 듯 말했다.

"이렇게 된 거 린 매에게 직접 찾아가 봐야겠습니다. 찾아가서 사정을 말해 봐야겠습니다."

"넌 그녀의 동문을 죽이고 강시로 만들어서 노비처럼 부리고 있느니라. 그걸 이해해 준다? 어불성설이지."

"그때의 일은 마성에 젖어 행한 일입니다."

비릿한 제갈극의 미소가 더욱 진해지며 조롱의 뜻까지 묻어났다.

"지금은? 그럼 지금이라도 이것을 풀어 줘야 하지 않느냐?"

"그야 당신의 실험을 성심성의껏 도와주겠다는 서약마법 때문에 불가능하지 않습니까? 아니면 이 자리에서 서약마법을 파기하도록 하지요. 둘 다 원한다면 가능하지 않습니까?"

제갈극은 뻔뻔하게 대답했다.

"그럴 수는 없지. 역혈지체와 동일한 효과를, 아니, 그보다 훨씬 진보된 효과를 내는 실험이 막바지에 이르렀느니라. 지금 내줄 리가 없지 않느냐?"

"그렇다면 당신도 내게 공간마법을 성심성의껏 가르쳐 주어야 할 것입니다."

"수학의 재능이 없는 건 내 탓이 아니라 네 탓이지. 삼차까진 직관적으로 풀어낼 수 있어야 공간마법을 시작이라도 할 수 있다."

"오늘 안으로 해 볼 테니 두고 보십시오."

운정은 태극지혈을 묶은 끈을 풀어 바닥에 아무렇게나 내팽개쳤다. 그리고 거칠게 몸을 돌려 그대로 실험실을 걸어 나가 정채린이 기거하는 귀빈실로 향했다. 하지만 그곳의 시녀는 그녀가 더 이상 귀빈실에 기거하지 않는다 답했고 그는 정채린이 새롭게 기거하고 있는 곳을 알아봐 달라고 했다.

처소로 돌아온 운정은 어지러워지는 머리를 붙잡고 있다가 문득 침상 한쪽에 놓여 있는 서적을 보았다. 그것은 제갈극이 말한 내용을 담은 수학 서적이었다. 잡생각이 들던 운정은 모든 심력을 끌어올려 그것을 탐독했다.

내공이 안정되고 심력이 돌아오니, 확실히 전보다 그 내용을 빠르게 습득할 수 있었다. 그렇게 반 시진이 족히 지나고 다른 시비가 운정에게 기별을 했다.

"말씀하신 것을 알아봤습니다. 정채린 소저는 오늘부로 귀빈실에서 나와 외총부에 있는 공실을 쓰신다 합니다. 외총부 소속이 되신 듯합니다만."

운정은 침상에서 벌떡 일어나며 말했다.

"그렇습니까? 그럼 그곳으로 안내해 주실 수 있으십니까?"

시녀는 곤란한 듯 말했다.

"그곳은 여고수들이 지내는 곳이라 남성을 들일 수 없습니다. 다만 정 소저께서 그곳에서 나와 원로원으로 향했다고 하니, 혹 그녀를 뵈려 하는 것이라면 원로원으로 향하는 것이 좋을 듯합니다."

"아, 알겠습니다. 고맙습니다."

운정은 가볍게 고개를 숙이는 시녀의 인사조차 보지 않고 태극마검을 챙겨 빠르게 지고전에서 나와 원로원으로 향했다.

도대체 뭐라고 말하지?

어떻게 말해야 하는 거지?

한적한 길을 걸으니, 침상에서 수학 공부를 할 때는 전혀 들지 않던 걱정들이 한 번에 몰려왔다. 그리고 점차 은은한 긴장이 시작되기 시작했다. 정말 죽을 수도 있겠다는 강적을 앞에 두고 싸움에 임하는 순간만큼이나 심장이 덜컹이는 듯했다.

그는 세 내공을 모두 운용하며 조화를 맞춰 마음을 다스렸다. 그러자 불쾌한 기분은 사라졌지만 머릿속을 가득 메우는 질문들은 어떻게 할 수 없었다.

곧 원로원의 대문 앞에 섰다. 그는 막상 도착하자, 그 문을 열 수 없었다. 몇 번이고 손을 올렸다가 내리는데 갑자기 문이 안쪽으로 열렸다.

"운 랑?"

깜짝 놀란 정채린은 곧 서릿발 날리는 눈빛으로 그를 노려

보더니 얼굴을 완전히 굳혔다. 그녀는 차갑게 고개를 돌리고 옆으로 걸음을 내디뎌 그를 완전히 무시하고 걸어가기 시작했다.

운정은 서둘러 그녀를 따라 걸으며 말했다.

"린 매, 할 말이 있어."

정채린은 아무런 말도 하지 않고 자기 갈 길만 걸었다. 운정을 보지도 않고 운정의 말에 대답도 하지 않았다. 운정은 점차 초조해지는 마음에 다시금 세 내공을 운용하여 차분한 기분으로 돌아갔다.

"잠깐 이야기할 수 있을까?"

그 말에도 정채린은 전혀 속도를 줄이지 않았다. 그러자 운정이 하는 수 없이 그녀의 앞을 가로막았고, 그 순간 정채린이 발검했다.

쉬이익—!

다행히 뒷걸음질을 친 운정은 자신의 눈앞으로 지나가는 검끝을 보며 누군가 차가운 물을 뿌린 것 같은 기분을 느꼈다. 만약 그가 원래부터 내공을 운용하는 중이 아니었다면 그 검격에 반응하지 못하고 큰 검상을 입었을 것이 분명했다.

정채린은 검날을 세워 운정의 목에 가져가며 말했다.

"죽기 싫으면 내 앞길을 막지 마세요."

"린 매."

정채린은 검을 거두더니, 다시 자신의 검집에 넣었다. 그러곤 그를 지나쳐 빠르게 걸었다.

운정은 한숨을 푹 쉬더니 그녀를 따라 옆에서 걸으며 말했다.

"변명같이 들리겠지만, 다 마성에 젖어서 한 일이야. 내가 마성에 젖은 것은 린 매도 몇 번이나 봤잖아. 당시에 화산에서 태극마심신공을 받아들이고 나서 해결책을 찾은 오늘 아침까지 나는 원래 내가 아니었어. 마성에 젖어 내 욕구를 이길 수 없었다고. 그래서 내가 소청아를……."

정채린이 갑자기 자리에 우두커니 섰다.

운정은 이때다 싶어 빠르게 그녀 앞으로 다가가서 그녀에게 말을 이었다.

아니, 이으려 했다.

"……."

"……."

붉게 젖은 아름다운 두 눈동자에는 지독한 슬픔과 원망이 가득했다. 반쯤 깨문 입술은 빨갛다 못해 파랗게 떨리고 있었고, 가늘고 긴 목은 끊임없이 울음기를 삼키고 있었다.

"린 매."

"……."

운정은 조심스럽게 손을 뻗어 정채린의 소매를 살포시 잡았다. 하지만 정채린은 그 손을 탁 하고 뿌리치더니 고개를 옆으로 돌려 버렸다. 길고 풍성한 머리카락이 흔들거리더니, 사시나무처럼 떨리고 있는 어깨와 거칠게 호흡하는 가슴 위로 내려앉았다.

"린 매."

"……"

운정은 고개를 푹 숙였다.

그녀에게는 진실을 알 권리가 있다.

운정은 나지막한 목소리로 말을 시작했다.

"마성에 젖었던 난 소청아를 죽였어. 그리고 생강시로 되살렸지."

"……"

그 순간 정채린은 입을 살짝 벌리고 운정을 돌아보았다. 하지만 고개를 숙이고 있는 운정은 그런 그녀의 행동을 모르고 말을 이어 나갔다.

"당시 내 마음은 뭐라고 설명하기 어려워. 하지만 분명한 건, 아주 악독한 마음을 품었다는 거야. 그리고 그 이후에도 그녀를 노비처럼 부렸어."

"……"

"하지만 내가 분명히 약속할 수 있는 건, 난 정조(貞操)를 지켰다는 거야. 그녀와 자지 않았어. 분명 그런 유혹이 없던 건

아니지만, 절대 자지는 않았어. 그리고 지금은 그런 유혹에서
도 완전히 벗어났어. 마성을 다스릴 해결책을 찾았으니까. 그
러니 더는 그럴 가능성조차 없어."

"……."

"진짜야. 믿어 줘."

"하……."

정채린은 어이없다는 듯 숨을 내쉬더니, 손을 들어 눈가를
몇 번이고 쓸었다. 그리고 조용히 다시 걸음을 걷기 시작했다.

운정은 차마 그녀를 더 따라 걸어갈 수 없어 그 자리에 가
만히 서 있었다. 그렇게 뒤쪽으로 멀어지는 정채린의 발소리
가 완전히 사라지자, 그는 무거운 것이 어깨를 짓누르는 듯했
다. 하지만 이상하게도 마음은 홀가분해졌다.

"후우. 그래. 잘한 거야. 더 거짓말해 봤자. 의미 없지."

그는 또다시 한숨을 내쉬었다.

두세 발자국 걷고 서서 한숨을 내쉬었다.

다섯 발자국 걷고 서서 또 한숨을 내쉬었다.

그 한숨이 적어도 삼백 번은 넘어갈 때쯤에 운정은 지고전
의 대문에 당도할 수 있었다.

그곳에는 정채린이 서 있었다.

"죽였다느니, 강시로 되살렸느니, 시녀처럼 부렸다느니, 무슨
말인지 도저히 모르겠습니다. 그러니 청아와 만나겠어요. 그

녀에게 직접 이야기를 듣겠어요."

순간 믿을 수 없는 표정으로 그녀를 보던 운정은 놀라 빠르게 그녀 앞으로 달려와 말했다.

"아, 그, 그래. 아, 아마 안에 없으면 태학공자에게 가 있을 거야. 내가 불러올게."

희망 어린 운정의 표정을 본 정채린이 차갑게 말했다.

"착각하지 마세요. 내 마음에서 당신은 이미 끝이니까. 다만 청아에게 당신이 그녀에게 행한 악행들을 들어 보고 당신을 화산의 이름으로 처벌할지 말지를 결정하려는 거예요. 그녀에게 직접 이야기를 듣고 합당하게 당신을 처벌하겠어요."

"……."

"왜 그렇게 나를 보죠? 자신이 없나요?"

"아니야, 불러올게. 일단 안에 확인해 보고."

운정은 떨리는 마음을 내공으로 다스리며 급히 지고전 안으로 들어가 자신의 처소로 향했다. 그리고 자신의 처소의 문을 열었다.

그곳에는 스페라가 있었다.

"아? 왔네요? 다른 게 아니라, 측정한 결과 중에 이상한 게 있어서. 웬만하면 기별할 텐데, 너무 궁금해져서 이렇게 기다렸어요. 아 그리고 그 마선공의 이름도 생각해 봤어요. 그런데 왜 그래요? 무슨 표저……."

쿵.

운정은 문을 닫아 버렸다. 그리고 뒤를 돌자, 막 원형문 쪽에서 정채린이 그를 따라 들어왔다. 그녀는 이상하다는 듯 운정을 보았다.

"왜 그러고 계시죠?"

운정은 심력을 최대한으로 끌어올려 마음을 다스렸고, 그러자 그의 얼굴은 놀라울 만큼 무표정해졌다.

"청아는 강시가 되는 와중에 말을 못 하게 됐어. 그래서 아마 만나도 말을 못 할 거야."

"방금 청아가 말을 한 거……."

덜컹!

뒤에서 방문이 열리자, 운정은 눈을 질끈 감을 수밖에 없었다.

"아니, 사람이 말을 하는데 왜 갑자기 문을 닫고 그… 저, 그, 어? 누구시죠? 오? 애인인가 보네?"

"하……."

정채린은 기가 막힌 듯 입을 벌리고 숨을 쉴 수밖에 없었다.

운정은 얼굴을 크게 한번 찡그리더니, 고개를 들고 말했다.

"오해야. 그러니까 여기는 내 스승으로……."

당연하지만, 운정은 자신의 뺨을 향해서 날아오는 그 손을 보았다. 그리고 그 손에 담긴 내력도 보았다. 그랬기에 피하는 것이 당연하다는 생각이 들었다.

하지만 그는 뺨에 적당히 내력을 불어넣었을 뿐 피하지 않았다.

짝—!

생각보다 충격이 커 운정은 정신을 차릴 수 없었다. 정채린은 살기 어린 눈길로 스페라를 쳐다보더니 곧 발걸음을 돌려 사라졌다.

운정은 무너져 내리는 기분이 들었고, 그 때문인지 그의 몸도 똑같이 무너져 내렸다.

스페라는 땅에 주저앉은 운정의 앞으로 와서 쪼그려 앉아 그와 눈높이를 맞췄다.

"사랑싸움인가? 애인도 있었어요? 하긴 그 얼굴에 없으면 이상하지요."

"……."

"보니까 나 때문에 오해한 거 같은데 내가 가서 잘 말해 볼까요?"

운정은 깊은 숨을 마셨다가 다시 내쉬며 다시금 내공을 운용했다.

그러자 그의 두 눈에서 강한 빛이 흘러나왔다.

그는 자리에서 벌떡 일어나더니 말했다.

"잠깐 기다려 주십시오."

운정은 그대로 빠르게 경공을 펼쳤다. 그러자 막 지고전 밖으로 나가려는 정채린을 따라잡았다.

운정은 그대로 정채린의 손목을 잡았고, 그가 다가온 것을 느낀 정채린은 손을 뺐다. 운정은 구금나수(九擒拿手)를 펼쳐 그녀의 손을 따라갔고, 정채린도 옥수십이식(玉手十二式)으로 그의 손길을 뿌리쳤다.

탓. 탓탓.

두 남녀의 소맷자락에서 바람 소리가 연신 터져 나왔다. 그 둘은 마치 춤을 추듯 자신의 사지를 서로의 사지와 섞으며, 서로를 옭아맸다. 강한 힘이 수없이 많이 부딪쳤지만, 결코 서로에게 상처를 입히지 않았고 밀접하게 가까워지기만 했다.

"……"

"……"

사지는 물론이고 옷에 있는 끈 하나 섞이지 않은 것이 없게 되었을 때, 그들의 얼굴은 서로를 마주하지 않을 수 없었다. 정채린의 두 눈빛은 여전히 배신감이 가득했지만, 운정의 두 눈에 떠오른 눈빛 또한 그 못지않게 강렬했다.

정채린이 말했다.

"당신이 뭘 잘했다……"

운정이 그 말을 잘랐다.

"소청아에게 데려다줄게. 그녀에게 이야기를 들어. 그러려고 왔잖아."

"됐어요. 더 말할 거 없……."

운정은 전신으로 가벼운 반탄지기를 뿜었다. 그러자 섞인 모든 부분이 풀려나며 그녀가 뒤로 넘어지려는데, 운정은 그런 그녀의 허리를 꽉 붙들고. 다른 손으로는 그녀의 양손을 붙잡아 버렸다.

"나와 같이 가지 않으면 어깨에 멜 거니까 알아서 해."

"……."

운정은 그렇게 말한 후 막무가내로 그녀를 이끌고 제갈극의 실험실로 갔다. 그녀의 표정은 서늘함이 가득했지만, 우선 그의 인도를 따라 걸었다.

쿵—!

실험실의 문이 열리고, 정채린과 운정은 그 안으로 들어갔다. 소청아는 운정이 준 겉옷을 그대로 입은 채로 중앙에서 검무를 추고 있었다. 제갈극은 한쪽 구석에서 작업을 하고 있었다. 정채린과 운정의 등장에 소청아는 검무를 멈췄고, 제갈극은 크게 소리쳤다.

"내가 몇 번을 말하느냐! 들어올 때는 조용… 뭐, 뭐냐!"

운정은 정채린의 허리와 두 손을 놔주고는 제갈극을 보며 말했다.

"나와 주십시오."

"뭐?"

"여인들끼리 할 이야기가 있으니, 사내들은 나가자는 겁니다."

"뭐라는 것이냐? 내가 왜 내 실험실에서 나가야 하는 거냐? 그리고 저 여자는 왜 내 실험실에 들여왔느냐?"

"나오십시오. 지금. 당장 나오지 않으면 서약마법이고 뭐고 당신은 절대로 원하는 것을 얻을 수 없을 테니까."

"……"

제갈극은 황당하다는 듯 운정을 보았다. 그리고 그의 두 눈에 떠오른 강렬한 의지 또한 볼 수 있었다. 그것은 마성에 젖은 눈이 절대로 아니었다. 하지만 마성에 젖었을 때보다 더한 의지를 내포하고 있었다.

제갈극은 그렇게 운정을 뚫어지게 보다가 곧 자신이 하던 것을 내려놓았다. 그리고 천천히 운정에게 걸어가며 말했다.

"나중에 제대로 된 설명을 내놔야 할 것이니라."

제갈극이 방 밖으로 나가자, 운정이 정채린에게 말했다.

"말했다시피 정상적으로 대화할 순 없을 거야. 하지만 어렸을 때부터 서로를 봐 온 사이니 눈빛으로라도 말을 할 수 있 겠지."

정채린이 뭐라 하려는데 운정은 그것을 무시하고 밖으로 나가 문을 닫아 버렸다.

쿵!

실험실에는 두 여인만이 남았다.

第三十七章

그날 해가 진 술시(戌時).

운정은 카이랄과 함께 외총부로 향했다.

걸어가는 도중 카이랄이 운정에게 물었다.

"그래서?"

운정은 좋지 못한 얼굴로 말했다.

"반각에서 일각 정도 후에 걸어 나왔어. 복도에 있던 나와 제갈극에게 아무런 말도 하지 않고, 완전히 우릴 무시하며 실험실 밖으로 나갔지."

"아쉽게 되었군. 서로 무슨 대화가 오갔다고 생각하지?"

"모르겠어. 하지만 분명 대화가 있었다고 생각해."

"소청아는 단순히 말을 하지 못하는 것이 아니라 언어로 자신의 의사를 표현하는 능력을 상실했다고 하지 않았나?"

"응. 듣고 읽는 건 다 되지만 말이야. 왜 그런지 정확히는 모르겠는데, 스페라의 말로는 그렇다네."

"그러면 글을 쓸 수도 없었을 텐데. 어떻게 대화했을까?"

"대화하지 않았다면, 그 정도의 시간 동안 같이 있지 않았을 거야. 또 모르지, 홀로 푸념했을지."

"……."

"난 내가 할 수 있는 일을 다 했어. 이 이상은 그녀의 뜻에 맡겨야겠지."

카이랄은 운정을 물끄러미 바라보았다.

운정의 표정은 담담했다. 어딘가 모르게 슬퍼 보이기도 했지만, 동시에 홀가분한 느낌도 엿보였다. 카이랄은 표정을 통해 인간의 감정을 읽는 것에 있어 다른 엘프보다는 익숙했지만, 그래도 아직까지 이해하지 못할 것이 많았다.

특히 지금 운정이 느끼는 연애 감정은 더더욱 미지의 영역이었다. 엘프와 인간은 이성을 찾는다는 사실 하나만 같지, 그 방법이나 과정은 조금도 똑같은 것이 없다.

카이랄은 뭐라 위로의 말을 해야 한다는 것까진 알았지만, 무슨 위로를 해야 할지는 알 수 없었다. 때문에 결국 아무런 말도 하지 않았다.

외총부에 도착하자, 그곳 시녀 중 한 명이 그들을 한 건물로 이끌었다. 그곳은 조금 큰 대전과도 같았는데, 중앙 높이 달린 편액(扁額)에 고지회관(高知會館)라는 글자가 쓰여 있었다. 그들이 안으로 들어갔다.

안에는 단 세 명만이 있었다. 싸늘한 표정을 짓고 있는 정채린, 안으로 들어오는 그들을 무표정으로 바라보는 주하, 그리고 천마신교의 교주인 혈적현이었다. 혈적현은 칙칙한 나무로 된 상석에 앉아 있었고, 주하는 그 옆에 서 있었으며, 정채린은 그들의 앞에서 서 있었다.

운정은 자신들의 등장으로 그들의 대화가 끊긴 것을 눈치챘다. 때문에 중간에 서서 포권을 취하며 말했다.

"혹 말씀 중이었다면, 조금 후에 들어오겠습니다."

혈적현이 손을 내저었다.

"시간이 남아 잠시 잡담을 한 것이오. 그냥 들어오시오. 꽤 일찍 오셨군."

운정은 고개를 끄덕이더니, 정채린의 뒤쪽으로 가서 섰고, 그의 뒤로 카이랄도 똑같이 섰다.

혈적현은 자리에서 일어났다.

"고지회원들이 도착하는 걸 보니 내가 빠져 줘야 할 시간인 것 같아. 그럼 잘 부탁하마."

주하는 포권을 취했고, 혈적현은 터벅터벅 상석에서 내려와 고지회관 밖으로 나갔다.

혈적현에게는 무허진선이나 안우경과 같은 고수들이 가진 그런 압박감이 전혀 없었다. 밖에서 만났다면 조금 비범한 범인쯤으로 보았을 것이다. 중원의 가장 큰 문파인 천마신교에서 절대 권력을 가진 교주치고는 너무 옅은 존재감이었다.

혈적현의 모습이 보이질 않자, 주하는 그가 앉아 있었던 상석에 자리하고는 운정을 보며 말했다.

"태극마선."

운정은 그 말이 자신을 부르는 말인지 몰라 가만히 있다가, 순간 자신의 별호를 깨달으며 급히 말했다.

"아, 예."

"회주와 무슨 개인적인 일이 있었는지 모르겠지만, 앞으로 있을 고지회의 일에 아무런 영향이 없었으면 합니다."

운정의 얼굴이 살짝 굳어졌다. 그는 포권을 취하며 말했다.

"존명."

"그건 회주도 마찬가지."

정채린도 똑같이 포권을 취했다.

"존명."

이후 말이 없자, 운정이 한 걸음 앞으로 나오며 말했다.

"한 가지 여쭙고 싶은 것이 있습니다."

"네, 하세요."

"말씀하신 대로 카이랄을 데려왔습니다만, 어떤 연유인지 물어보아도 되겠습니까?"

주하가 대답했다.

"혈광자안에 대해선 태학공자에게 이야기를 들었습니다. 그와 깊은 논의를 해 본 결과 혈광자안은 태극마선과 함께하게 하는 것이 좋다는 생각이 들어, 그 또한 고지회의 일원으로 받아들이려고 합니다."

운정은 카이랄을 돌아보았다. 카이랄은 아무런 감정도 없는 눈빛으로 운정을 보았다.

운정이 다시 고개를 돌려 주하를 보았다.

"그게 어떤 뜻입니까?"

주하가 카이랄을 흘겨보며 말했다.

"교인들에게 당연히 요구되는 충성심이 과연 요괴인 그에게도 요구되어질 수 있는가, 그것이 논의의 중점이었습니다. 사실 그가 입교하고 본 교에 남아 있는 이유는 자신의 이익을 위함도 아니고 교에 충성하기 위함도 아닙니다. 오로지 태극마선, 당신이 남아 있기 때문입니다."

"……"

"그러니 그는 교인으로서 홀로 설 수 없으리라 판단했습니다. 이는 혈광자안 본인도 인정하는 부분입니다."

운정이 카이랄을 돌아보자, 카이랄은 작게 고개를 끄덕였다.

운정이 다시 주하를 돌아보려는데, 때마침 누군가가 고지회관 안으로 들어섰다.

"아니, 아침도 아니고 해 떨어진 저녁에 누가 이런 걸 소집합니까? 예?"

상의와 하의가 하나로 된 장삼은 겉주머니가 없다. 하지만 엉성하기 짝이 없는 바느질로 억지로 만든 두 겉주머니 속에 기어코 양손을 넣고 삐딱한 걸음걸이로 고지회관 안에 등장한 단시월은 계속해서 투덜거리며 주하 앞에 섰다.

주하는 경멸을 담은 눈길로 그를 바라보다가 말했다.

"고지회의(高知會議)는 앞으로도 밤에 이뤄질 테니 그리 숙지하고 계십시오."

"왜요? 아니, 어둠의 자식들도 아니고 왜 해 떨어지고 이 캄캄한 밤에 한답니까? 예? 그럼 술은 언제 먹습니까? 고지회의라고요? 그럼 고지회의 후에는 항상 술자리를 보장해 준답니까?"

"외총부 장로의 부재로 인해서 해가 지기 전 시간에는 제가 해야 할 업무가 많습니다. 그러니 그리 알아 두십시오."

"으으으."

윗니 아랫니 할 것 없이 모두 들이대며 고개를 흔들어 댄 단시월은 혀를 끌끌 차더니 운정 앞으로 슬슬 걸어왔다. 그리고 그와 코가 닿을 만큼 얼굴을 내밀었다. 하지만 운정은 미동도 하지 않고 단시월을 마주 보았다.

단시월은 흥미를 잃었다는 듯 눈을 반쯤 뜨다가 곧 운정 뒤에 있는 카이랄을 발견했다. 그는 주머니에 손을 넣은 그대로 몸을 엿가락처럼 옆으로 기울이더니 카이랄을 위아래로 훑어보았다. 옆으로 누워 버린 탓에, 위아래를 보려는 그의 눈동자는 그의 입장에선 좌우로 움직였다.

그가 입을 열었다.

"저건 뭐 신종 애완동물입니까?"

카이랄은 눈초리를 매섭게 떴다.

운정은 나지막하게 말했다.

"전에 단 회원이 말하길, 개새끼는 자기보다 강한 상대를 보면 알아서 꼬리를 내린다고 들었습니다만, 맞습니까?"

"근데요?"

운정은 주하를 보았다.

"고지회원들 간에도 서열을 정해야 앞으로의 일이 쉬워지지 않겠습니까? 보아하니, 그럴 필요가 있어 보이는데."

주하는 고개를 저었다.

"고지회는 같은 임무를 수행한다 해도 개별적으로 합니다. 협력한다면 회주가 동반할 테니, 서로 명령을 내리거나 받을 것 없이 회주의 명만 따르면 될 것입니다."

"존명."

운정의 포권을 본 단시월은 피식 웃고는 다른 곳으로 가서 섰다. 그러곤 주하를 보며 말했다.

"시작하지 않으시는 걸 보니, 누구 더 올 사람 있습니까?"

"그 시험에 같이 합격한 구양모. 그리고 또 새롭게 영입한 인물로는 소오진이 있습니다."

"구양모? 소오진? 쳇! 그 밥에 그 나물이군요. 지부 때부터 지겹게 본 놈들 말고 좀 새로운 애들 없습니까?"

주하가 나지막하게 대답했다.

"극마급 실력을 지녔으면서, 단독행동에 익숙하고, 외부 임무에 경험이 많으며, 본 교 내에 잘 섞이지 못하는 인물들을 찾다 보면 비슷해지는 것 아니겠습니까?"

"아니, 그럼 그날 그렇게 사람들을 소집한 이유가 뭡니까? 결국 새로운 인물이 없지 않습니까?"

주하는 아무렇지도 않다는 듯 말했다.

"새로운 인물들은 검봉과 태극마선 그리고 혈광자안, 이 세 명이나 있습니다. 또한 소오진 회원과는 꽤나 깊은 안면이 있는 걸로 알고 있습니다만. 이번에도 잘해 내시기를 바랍니다."

단시월은 입술을 삐죽거리더니 볼멘소리를 냈다. 하지만 더 뭐라 하지 못하고 가만히 있었다.

그러자 이번에는 정채린이 물었다.

"주 부관님, 그렇다면 고지회는 총 여섯 명으로 이뤄진 것입니까?"

"일단은 그렇습니다. 지금은 여섯 명이지만, 앞으로 추가될수도, 감축될 수도 있습니다. 기본 조건은 모두 극마급의 실력을 지닌, 뭐 절정이라고도 해 두지요."

"……"

"아무튼 그 정도의 무위를 가진 고수들이 개별적으로, 또은밀히 나서야 할 일에 대해서 명령이 내려질 겁니다. 활동 범위는 전 중원을 넘어서 이계로까지 이어지니, 그 점을 알아두십시오."

그 말을 듣는 순간, 단시월이 괴상하게 웃으며 말했다.

"이계요? 참 나, 방구석에서 나오는 것도 귀찮아 죽겠는데무슨 놈의 이계까지 갑니까? 예?"

다소 거친 언사에 주하의 표정이 날카로워졌는데, 때마침누군가 큰 소리로 말했다.

"시월아, 오랜만이다. 근데 아직도 네 그 건방진 버릇은 여전하구나?"

순간 단시월의 표정이 핼쑥하게 변했다. 그새 식은땀까지흘리며 그는 슬슬 뒤를 돌아봤는데, 그곳에는 소오진과 구양모가 서 있었다. 단시월은 소오진과 눈이 마주치자 몸을 부르르 떨며 혐오감을 드러냈다.

그들은 천천히 앞으로 걸어와 주하에게 포권을 취했다.

"소오진이 인사드립니다."

"구양모가 인사드립니다."

주하는 그들을 보며 말했다.

"지부 때에 몇 번 뵈었지요. 마지막으로 뵌 지가 몇 년 지나지 않았는데, 많이 달라지신 것 같습니다."

구양모는 한쪽 입꼬리를 올리며 말했다.

"오진이는 혼인까지 했습니다."

"오진이?"

주하의 되물음에 소오진이 차분히 설명했다.

"아, 모르셨겠습니다. 알고 보니 동갑이라 지부 때에 친구했습니다. 뭐, 그 뒤로도 마음이 잘 맞아서 같이 잘 지냈지요. 한동안 본 교에 피바람이 불기에 잠잠하게 있다가 슬슬 몸이 찌뿌둥하기도 해서 다시 활동하려는 차에 서찰을 받았습니다. 답을 드리는 데 시간이 걸려 죄송하게 됐습니다."

주하는 도저히 어울릴 것 같지 않은 두 사람이 친우가 됐다는 사실을 믿기 어려웠다. 하지만 인연이라는 것은 사람의 예상을 매번 뛰어넘게 마련이다.

그러고 보니, 소오진도 구양모도 인상이 조금 변한 듯했다. 확신할 수 없지만, 분명 둘 다 좋은 쪽으로 변한 것 같다. 서로 좋은 영향을 미친다면 그보다 더 좋은 친구가 어디 있겠는가?

그녀는 담담히 말했다.

"아닙니다. 여러분들을 모실 수 있어서 다행입니다. 다른 이들은 각자 일이 있어 거절의 의사를 표했기에 부득이 사람을 새로 모집하려 했지만, 늦게나마 연락을 받아 주셔서 다행입니다."

소오진과 구양모는 포권을 다시금 취하더니 한쪽에 가서 섰다.

모든 인원이 모이자 주하는 우선 서로 인사를 하라 했다. 화산의 정채린, 무당의 운정, 그리고 흑요인 카이랄이 차례차례 자신을 소개하자, 소오진과 구양모는 고지회의 모임이 정말로 단순하지 않다는 걸 실감할 수 있었다.

기본적인 인사가 끝나자, 주하는 본론을 꺼냈다.

"이미 말씀드렸다시피 고지회의 임무는 공식적으로 본 교와 관계가 없습니다. 이에 따라 임무에 필요한 물자와 정보는 한정적으로 지급될 것이고, 본 교는 회원들의 신변을 보장하지 않을 것입니다. 하지만 그만큼 본 교에 대한 충성심을 증명할 수 있는 자리이며, 지급되는 무공과 보상은 일반적인 임무와는 질적으로 다를 것입니다."

그렇게 설명을 시작한 그녀는 정채린을 보았다. 정채린은 주하가 앉아 있던 상석 뒤쪽으로 걸어가 그곳에 놓여 있던 큰 두루마리 두 개를 가져와 그녀에게 주었다.

주하가 그 둘을 양손으로 들고 앞으로 내보이며 말했다.

"우선적으로 두 가지입니다. 하나는 이계와 호위에 관련된 것이고, 다른 하나는 청룡궁과 첩보에 관련된 것입니다. 더 자세한 사항은 임무 선택 후 알려 드리겠습니다."

그 말이 끝나자 소오진이 물었다.

"인원 배분은?"

"한 임무에 최소 한 명만 있으면 됩니다."

그 말을 듣자 소오진이 팔짱을 끼며 말했다.

"다들 괜찮다면, 나는 후자로 하지. 아내를 두고 이계까지 갈 생각은 없으니."

그의 말에 구양모도 말했다.

"그럼 저도 후자의 임무로 하겠습니다."

단시월은 스리슬쩍 그의 눈치를 보더니 말했다.

"전 그럼 전자로 하겠습니다."

주하는 고개를 살짝 돌렸다.

"호위입니다. 지극히 가벼운 성정을 지니신 단 회원께서 하실 수 있는 일로 보이진 않습니다."

단시월은 혀를 길게 내보이더니 말했다.

"그럼 첩보는 뭐 가벼운 겁니까?"

주하가 즉시 대답했다.

"제가 알기론, 흑룡대에 입대하기 전까지 백운회에서 첩보 활동을 하신 걸로 알고 있습니다만. 첩보 활동을 너무 잘하셨던 나머지, 지부 내에선 단 회원께서 정말로 백운회로 귀화하셨다고 믿는 교인도 있었습니다만."

"그 생활을 못 견뎌서 결국 흑룡대 지원한 거 아닙니까아? 예? 첩보는 나랑 안 맞습니다."

"첩보가 안 맞는 것이 아니라 옆에 계신 소 회원과 안 맞는 거 아닙니까?"

단시월은 양손을 마구 흔들었다.

"그럴 리가요."

"그런 것이라면 걱정하지 마십시오. 청룡궁 관련 임무는 기본적으로 개별적입니다. 협동은 자유지만 의무는 아닙니다."

"그보단 그냥 이계에 가 보고 싶은 마음이 있어서 그럽니다. 예? 사람 말 좀 믿읍시다. 아니, 자꾸 못 믿고 뭐라 하네. 그래서 외총부 관리는 잘하겠습니까? 예?"

주하는 더 말하지 않았다. 그녀는 운정에게 고개를 돌리고 말했다.

"이계 관련해서 카이랄 회원이 큰 도움을 줄 수 있을 것 같습니다만, 어떠십니까?"

운정은 고개를 끄덕였다.

"안 그래도 이계로 가 볼 일이 있습니다. 임무 중 자유 시간은 충분합니까?"

주하는 담담하게 설명했다.

"고지회에서 수단까지 강요하는 일은 없을 겁니다. 각자의 방식대로 임무를 수행하기만 하면 그만입니다."

"그렇다면, 전 이계로 가고 싶습니다. 첩보라면 아는 것도 별로 없습니다만 마법을 조금씩 익히고 있으니 더 큰 도움이 될 것입니다."

"좋습니다. 그럼 회주는?"

주하는 아직까지 대답을 하지 않은 정채린을 보았다. 정채린은 그때까지도 고심하고 있었는데, 곧 대답을 내놓았다.

"벌써부터 백도와 마주하는 것은 심적으로 어렵겠지만, 청룡궁은 무림맹과 다른 신진 백도세력이고 또 그들과 아예 연이 없는 것도 아니니 후자 쪽이 좋을 듯합니다."

운정은 그녀의 대답을 듣고 무언가 마음이 내려앉는 기분이 들었지만, 겉으로 드러내지 않았다.

주하는 고개를 끄덕이더니, 오른손에 든 두루마리를 정채린에게 건넸다.

"청룡궁 관련 임무에 관한 내용이니, 이에 임하는 회원들을 데리고 별관으로 가서 따로 설명하세요."

정채린은 그것을 받아 들며 대답했다.

"존명."

그녀와 소오진, 그리고 구양모는 대전을 나섰고, 대전에는 주하와 운정, 카이랄, 그리고 단시월이 남았다.

주하가 상석에서 일어나 나머지 두루마리를 열었다. 그리고 그것을 찬찬히 눈으로 보며 말했다.

"이 시각 이후로 제가 두루마리를 접을 때까지 모든 말은 밖으로 새어 나갈 수 없습니다."

"존명."

단시월이 잽싸게 양손을 모으고 빠르게 포권을 취하자, 운정과 카이랄은 얼떨결에 그를 따라했다.

"조, 존명."

"존명."

그 말을 들은 주하가 손을 들었다. 그러자 그들 주변으로 갑자기 얇디얇은 막이 바닥에서부터 올라와서, 반구 모양으로 그들을 감싸 안았다. 운정은 그것이 전에 교주전에서 보았던 방음막인 것을 알 수 있었다.

주하가 말했다.

"이번 황궁에서는 비공식적으로 이계 델라이 왕국에 특사를 보내려고 하는데, 그 무리 중에 황제가 끼어 있을 것이라는 정보가 있습니다. 즉 이번에 황제가 이계의 델라이 왕국 국왕을 은밀히 만난다는 겁니다."

"……."

"물론 본 교나 무림맹에는 그런 것까지 알리지 않고 각각 실무진을 포함한 열 명 안팎의 사람들을 지원해 달라 했습니다. 때문에 본 교에서는 신분을 철저하게 숨긴 십여 명의 고수를 지원할 계획인데 이에 여러분 셋이 차출될 것입니다."

"……."

"여러분들이 호위해야 하는 대상은 본 교 정보부를 책임지시는 극악마녀 사무조 대장로이지만, 그들을 정말로 호위하는 분들은 여러분이 아닌 다른 호법 고수들입니다. 그들은 철저하게 사무조 대장로의 호법만을 이행할 것이며, 여러분들의 임무에는 일절 도움도 지원도 하지 않을 겁니다."

"……."

"여러분들에게 따로 주어진 임무는 델라이 관련 모든 정보를 긁어모으는 것으로, 델라이 왕국의 공식 정사에서부터 은밀한 기밀까지 모두 해당됩니다. 특히 그들의 최종 국력이라 할 수 있는 국가급 마법, 그리고 이번 대운제국의 황제와 델라이 왕의 만남의 목적, 이 둘을 목표로 하시길 바랍니다."

"……."

"다시 말씀드리지만, 임무 중 사로잡히게 된다면, 천마신교는 여러분들과의 관계를 전면 부정할 것입니다. 운정 도사는 백도로, 카이랄은 요괴로, 그리고 단시월은 백운회로 몰겠지요. 그로 인해 호법의 인원이 빈다면 따로 시체를 준비해 채울 것입니다. 그러니 자신 있는 만큼만 하십시오. 마조대에서도 그들의 최상급 인원을 투입한다 할지라도 성공하기 어렵다한 만큼, 항상 주의하시고 무리하지 마십시오."

"……."

"앞으로 여섯 시진 뒤, 다시 여기서 뵙겠습니다. 그때까지채비를 갖추십시오."

탁.

주하가 두루마리를 접자, 운정과 카이랄 그리고 단시월이황당한 표정이 된 채 서로를 바라보았다. 방음막은 중심에서부터 서서히 옅어지더니 곧 종적을 감추었다.

단시월이 어이없다는 표정으로 말했다.

"아니, 호위라면서 결국……."

주하는 그 말을 잘랐다.

"어디에도 발설하실 수 없습니다. 잊었습니까?"

"……."

"그럼 여섯 시진 후에 뵙시다."

주하는 그렇게 말한 뒤, 한쪽으로 성큼성큼 걸어가더니 사라져 버렸다. 단시월은 그 모습을 빤히 쳐다보다가 곧 혀를 내두르더니, 대전 밖으로 나갔다.

아니, 나가려다 문틈에서 섰다.

"태극마선? 별호 하나 기가 막히네, 참 나. 하여간 술은 좀 하십니까아? 도사니 술은 잘 먹을 텐데, 본 교까지 이리 흘러 들어 온 것을 보면 말코도사가 분명하니까, 아주아주 잘 마실 거 같은데?"

운정은 카이랄을 보았다. 카이랄은 긍정도 부정도 하지 않은 채 가만히 서 있었고, 운정은 곧 단시월을 돌아봤다.

"같은 고지회의 회원이니 술이라도 한잔하는 것이 좋겠습니다. 다만, 당장 내일부터 임무에 들어가야 하니, 몇 잔 못 하더라도 용서해 주셔야 합니다."

단시월은 한쪽 입꼬리를 귀까지 올리더니 말했다.

"뭐 알겠습니다아. 그럼 일단 날 따라오십시오. 그 뒤에 있는 흑요도 꼭 데려오고. 재밌겠네에. 흐흐."

그는 뭐가 신나는지 양손을 가슴팍에서 비비면서 앞으로 걸어가기 시작했다. 운정과 카이랄은 곧 그를 따라 대전을 나갔는데, 단시월은 운정과 카이랄을 전혀 기다려 줄 생각이 없는지 이미 저만치 멀리 걷고 있었다. 하마터면 그의 뒷모습을 놓칠까, 운정과 카이랄은 조금 빠른 걸음으로 그를 따라 걸었다.

단시월은 천마신교 낙양본부를 나섰다. 그리고 평민들이 기거하는 남쪽으로 걸어가 한 평범한 집으로 들어갔다. 운정과 카이랄이 그를 따라 안으로 들어가자, 그곳에는 이미 세 명의 남자들이 마당에서 술판을 벌이고 있었다. 그들은 안으로 천천히 걸어 들어오는 단시월을 보곤 눈이 휘둥그레졌다.

그중 한 명이 말했다.

"단 형님? 이야. 이게 얼마 만입니까? 근데 저 둘은 뭡니까? 아는 사이입니까? 한 분은 행색이 아주 괴상한 게 어떤 마공을 익힌 겁니까?"

단시월은 원래부터 그들과 술판을 벌였던 사람처럼 그들 사이에 자연스레 들어가서 술병 하나를 뺏어 들고는 말했다.

"반년 전에 봤잖아, 호들갑은. 간만에 형님들 본 김에 들렀다. 저 두 명도 소개시킬 겸. 그나저나 거시기, 너는 몇 달 만에 신수가 훤해졌다?"

거시기라 불린 사내는 운정과 카이랄을 흘겨보더니 버럭 화냈다.

"아니, 우리 좀 그렇게 부르지 말라니까요. 우리 다 이제 제대로 된 이름이 있다고."

"뭐더라?"

"진산월이요."

"아, 그 네가 추천했던 소설 주인공 이름이었지. 재밌더라, 완결이 안 나서 그렇지."

"그리고 참고로 거시기는 이놈입니다."

진산월이라 자신을 소개한 남자가 한 명을 가리키자, 단시월이 눈을 게슴츠레 뜨더니 말했다.

"니들은 다 거기서 거기라 잘 모르겠어. 그럼 네가 진드기냐?"

그 말을 듣자 가만히 있던 세 번째 남자가 고개를 흔들더니 말했다.

"납니다. 나요. 내가 진드기고, 그놈은 똥자룹니다, 예."

"아, 헷갈리네. 근데 니들도 이름 있냐?"

"노독행입니다요."

"그리고 전……."

단시월은 그 말을 술잔을 슬쩍 들며 그 말을 막아 버렸다.

"뻔하지. 조자건이겠지."

"……."

단시월은 술병을 들어 술을 한 모금 마신 뒤에, 멀찍이 서 있는 운정과 카이랄을 향해 손짓했다.

"얼른 오셔들. 술 안 드십니까아? 예? 야, 똥자루? 아니, 아니지! 우리 신검무적(神劍無敵) 진산월 선생니임! 가서 술상 하나만 더 봐 와. 응?"

끼익.

때마침 주방 문이 열리고, 한 젊은 여인이 세 개의 술잔과 여러 안주를 담은 상을 들고 나왔다. 단시월은 그녀를 보더니, 두 눈을 동그랗게 뜨고는 말했다.

"형수님! 아, 집에 계셨습니까?"

형수라 불린 그 여인은 새로운 술상을 원래 있던 술상에 붙여 놓고는 말했다.

"요즘 집에 있어요. 편하고 좋지요. 앉으세요."

"아."

"거기 계신 손님들도 어서 오세요. 시월이가 데려온 걸 보니, 앞으로 부군하고 일하실 분들인 것 같은데……."

운정과 카이랄은 서로를 돌아보곤 천천히 그들에게 다가가 술상 앞에 앉았다. 뻘쭘하게 앉은 그들을 이리저리 보곤 그 여인이 웃으며 말했다.

"선아라 해요. 편하게 초류 씨라 부르시면 돼요."

운정이 물었다.

"아… 그 부군이라는 분이 혹시?"

초류선아는 더욱 깊은 미소를 지으며 띄엄띄엄 말했다.

"소. 오. 진. 이젠 소 회원이 되겠네요. 후훗. 그리고 보니, 술상 하나를 더 봐야겠어요."

입가 아래쪽의 점이 고혹적으로 움직이며 더욱더 깊은 미소를 만들어 냈다. 그녀는 그렇게 주방으로 들어갔고, 그녀의 눈치를 살피던 단시월이 세 명의 남자에게 말했다.

"형수님 일 그만뒀어?"

셋 중 진산월이 대답했다.

"뭐, 그렇게 되셨습니다."

단시월은 입술을 한 번 빨더니 말했다.

"소 형님하고 구 형님하고 왜 갑자기 돈 좀 만지작하려고 하는지 알겠네. 형수님 철소(撤消) 때문이지? 임무를 안 하는 것도 마공을 쓰지 않으려고 그런 거고? 그게 한두 푼이 아니잖아? 설마 아이를 가지고 싶어 하실 줄은 몰랐어."

셋은 말이 없었다.

눈치를 살피던 운정이 물었다.

"철소라 하시면 역혈지체를 철소하는 걸 말하는 겁니까?"

그의 질문에 단시월이 안주에 손을 가져가며 대답했다.

"여성이 역혈지체를 이룩하면 아이를 임신할 수가 없습니다아. 질겅질겅. 철소하기 위해선 우리 같은 범인들은 꿈도 못 꾸는 비용이 들지요. 크으. 맛 좋네. 거의 은퇴한 것처럼 굴던 소 형님이 갑자기 왜 이런 위험천만한 짓거리를 하게 됐나 했더니, 철소 비용 때문이구먼? 질겅질겅."

그 말을 듣자 진드기 아니, 노독행이 말했다.

"그, 형님은 그 천마오가 계집애 알지 않습니까? 말 좀 잘 해 보시지요."

단시월은 고개를 흔들었다.

"신분 높은 그년이 뭐 귓등으로 듣기나 하겠냐? 그리고 주 부관은 소 형님이나 형수님이 알면 더 잘 알아. 애초에 철소가 가능한 것도 그나마 그 연줄로 하는 것일걸? 돈 있다고 아무 데서나 막 할 수 있는 것도 아니니. 그게 천마오가는 돼야 알 수 있는 특수한 기술이 필요하잖아?"

"……."

"간만에 와서 새롭긴 하네. 술이나 먹자."

그가 그렇게 말할 때쯤, 두 사내가 대문에 나타났다.

소오진과 구양모였다.

"너? 너어? 언제 온 거냐?"

소오진의 질문에 단시월은 양손을 벌려 운정과 카이랄을 가리키며 말했다.

"회원들끼리 친해져 보자는 것이죠. 그 재수 없는 곱상한 회주는 빼고. 흐흐흐."

운정과 카이랄은 당황한 그들을 향해 어설픈 인사를 할 수밖에 없었다.

         *   *   *

이후 이어진 술판은, 흔히 그렇듯, 거의 대부분 과거의 이야기로 점철됐다. 끼어들 수가 없었던 운정과 카이랄은 가만히 그들의 이야기를 들었다.

대부분의 내용은 영양가가 없는 잡소리에 불과했지만, 그래도 유용한 내용이 있었으니 바로 심검마선과 무공마제에 관한 것이었다. 소오진은 피월려가 처음 마교에 입교할 때 봤던 이야기를 하며 불과 오 년도 안 돼서 아득한 경지에 이른 것을 아직도 믿을 수 없다고 이야기했다. 운정은 혈적현이 말했던 그 말이 정말로 사실임을 확인할 수 있었다.

술자리가 어느 정도 무르익자, 운정과 카이랄은 정중히 술판에서 벗어나 자신들의 처소로 돌아갔다. 그리고 아침이 되어 지고전의 대문 앞에서 만나기로 했다.

아침이 되고 먼저 나온 운정은 태극마검을 손에 쥐었다. 그리고 혜쌍검마의 심득을 머릿속으로 떠올리며 마공화된 무당의 무공들을 정리했다.

엘리멘탈을 통해 단전에 모은 건기와 곤기는 그의 혈관을 보호하고, 그 안으로 역류하는 혈액 속에는 리기와 감기가 있다. 이를 통해서 혜쌍검마의 심득을 이용해 역혈지체를 흉내 내는 것. 때문에 평소에는 극마급의 무위이지만, 태극지혈의 도움을 받으면 초마급까지도 가능하다. 게다가 건기와 곤기를 해방하여 마선공을 운용하면 입신에 이른다.

저만치 누군가 걸어오는 소리가 들리자, 운정이 눈을 떴다. 그곳에는 햇빛 속에서도 버젓이 다니는 카이랄이 있었다.

"너? 햇빛 안에서도 괜찮아?"

카이랄은 손가락을 들어서 공중을 가리켰다. 얼핏 보면 아무엇도 보이지 않았는데 눈초리를 모으고 안력을 돋우자, 얇디얇은 투명한 원반 같은 것이 보였다.

"내 패밀리어다."

뜻밖의 말에 운정이 놀라 말했다.

"뭐? 네 몸속에 키우던 정령의 알은?"

카이랄은 고개를 흔들었다.

"뱀파이어가 된 이후로 전혀 나와 소통하려 하지 않아. 그래서 뱉어 냈다. 그건 제갈극이 가지고 있지."

운정은 그 투명한 원반을 보며 말했다.

"그럼 그게 이제 네 패밀리어라고? 그렇게 쉽게 바꿀 수 있는 거야?"

"애초에 엘리멘탈 오브 이그니스(Ignis)는 내 패밀리어가 아니었어. 내가 속에 품고 있었을 뿐. 게다가 나는 다른 존재가 되었지. 이건 제갈극이 연구하여 새로이 만든 것이다."

운정은 투명한 원반을 올려다보며 말했다.

"어떤 원리지?"

카이랄이 설명했다.

"햇빛 중 뱀파이어의 몸을 태우는 부분을 정확히 가려내서 그 부분만 막아 내는 것이다. 서큐버스(Succubus)에게는 양기를 흡수하는 능력이 있는데 전에 제갈극은 그 성질을 이용해서 이것과 유사한 것을 만들어 냈었지. 거기서부터 연구를 거

듭해서 개량하고 발전시켜 만든 것이다."

운정은 눈초리를 모았다.

"그럼 저게 모호와 같은 그 서큐버스라고?"

"정확하게는 슬라임(Slime)인데, 서큐버스의 특성을 담은 것이다."

"슬라임?"

"다크엘프의 서식지인 동굴 속에서 찾아볼 수 있는 생물로, 본래 다크엘프 마법사들이 자주 삼는 패밀리어지. 그 무너진 동굴 주변에 남아 있던 걸 모두 모아서 실험을 통해 만든 것이다."

운정은 황당한 표정을 짓고는 말했다.

"평소에 뭐 그리 바쁘게 마법을 배우는가 했더니 이런 걸 준비하고 있었네."

"너도 며칠 새에 꽤 많은 변화가 일어나지 않았나? 마찬가지. 태학공자는 대단한 능력을 가진 자야. 슬라임에게 서큐버스의 능력을 심고 그것을 패밀리어 삼는 것으로 뱀파이어에게 가장 치명적인 햇빛을 차단한다? 그것을 가능하게 하는 지력은 그렇다 쳐도 애초에 창의력이 천재의 범주도 뛰어넘어."

운정도 그런 부분만큼은 인정하지 않을 수 없었다.

"마나스톤으로 역혈지체를 만들어 내는 그 솜씨를 보면 말 다 했지."

카이랄도 운정의 시선을 따라 자신의 패밀리어를 보며 말했다.

"저 패밀리어를 부리는 동안은 다른 마법을 사용할 수 없어. 사실 나는 아직 패밀리어를 부릴 실력이 못 되어서 억지로 끌어올린 거니까."

"그렇군. 알아 둘게."

"말이 길어졌군. 이러다 늦겠다. 가자."

카이랄은 자신 있게 햇빛 속으로 걸어 나갔다. 운정은 그가 어느 정도 자주성을 되찾은 것 같아 맑은 웃음을 얼굴에 띠며 그를 따라 걸었다.

외총부 고지회관에 도착하자, 단시월과 주하가 그들을 기다리고 있었다.

단시월은 빛이 스며들지 않을 정도로 새까만 흑의를 입고 있었고, 코까지 덮는 검은 천을 목 위로 두르고 있었다. 게다가 넓은 검은색 삿갓을 막 쓰고 있었는데, 그것까지 쓰니 그의 맨살이 보이는 곳은 두 눈밖에 없었다.

단시월이 갑갑해하며 말했다.

"진짜 이러고 다녀야 합니까?"

천이 입을 막고 있는 터라 말도 제대로 나오지 않았다. 주하는 그 말을 무시하고는 한쪽에 놓인 세 목관을 가리켰다. 그중 하나는 이미 열려 있었고, 다른 두 개는 굳게 닫혀 있었다.

"두 분도 상자 안에 있는 호법복(護法服)을 입으십시오. 이것은 이번 이계행 천마신교 호법들의 복장으로 이계에 있는 동안은 이것을 착용하고 계시면 됩니다."

"존명."

"존명."

운정과 카이랄은 각자 목관을 열어서 안에 있는 호법복으로 갈아입었다. 그것은 마치 전에 그들의 몸 치수를 잰 것처럼 딱 맞았다.

그렇게 호법복으로 모두 갈아입은 그들이 일렬로 서니, 정말로 누가 누군지 구분할 수 없었다. 그나마 운정이 허리에 찬 태극마검만이 누가 운정인지를 말해 주고 있었다.

주하가 말했다.

"호법복 내부에는 다양한 것이 숨겨져 있습니다. 아마 입으면서도 눈치채지 못한 것이 많을 테니 제가 하나하나 설명해 드리도록 하죠."

이후 그녀는 호법복 안 이곳저곳에 숨겨진 주머니들을 하나하나 가리키며 그 안에 든 비상 물품들을 설명했다. 최상급 금창약은 물론이고, 시신을 뼈조차 남기지 않고 태우는 화골산이나, 지금까지 듣지도 보지도 못한 물건들도 있었다.

모두 설명을 마친 그녀는 그들에게 말했다.

"그럼 우선 흑상(黑霜)을 바르시고 교주전으로 가도록 하겠습니다."

그 말을 들은 운정은 오른쪽 가슴팍 쪽에 두 손가락을 넣고 만지작거리다가 손을 뺐다. 그의 두 손가락에 검은 무언가가 묻어 나온 것을 본 단시월과 카이랄은 그제야 흑상의 위치를 알아채곤 그처럼 손에 묻혀 눈가에 발랐다.

그렇게 눈 주변까지 완전히 검게 물들자, 정말로 눈 흰자를 제외하곤 온통 검은색이었다. 카이랄의 경우는 원래 홍채가 검고 눈동자가 흰색이라, 두 개의 흰 점만이 공중에 떠다니는 것 같았다.

그들은 그 모습으로 주하를 따라 나섰다. 그들은 꽤 오랫동안 걸음을 걸었는데, 그동안 마주치는 교인들은 하나같이 그들이 호법원 소속의 마인이라 생각하는지 공손히 포권을 취했다.

그들은 교주전에 도착했다. 그곳에는 그들과 비슷한 복장을 한 일곱 명의 호법들과 사무조 장로, 그리고 혈적현 교주가 있었다. 혈적현은 주하와 세 명을 보더니 말했다.

"막 도착했군. 내가 말한 이들이 저들일세."

그의 말이 끝나기 무섭게 일곱 명의 호법들이 몸을 돌려 그들을 보았다. 그들의 눈빛에는 은은한 마기와 살기가 드러나 있었는데, 그들 중 한 명이 앞으로 걸어 나와 주하에게 말했다.

"교주의 명이 아니었다면, 노부가 이런 애들 장난 짓거리를 용납했을 리 없다는 것을 주 부관께서는 잘 알아 두시게."

스스로를 노부로 칭한 것이나, 목소리가 늙은 것을 보면 꽤 나 나이가 있는 사람 같았다. 운정은 아마 그가 호법들을 이 끄는 사람이라 생각했다.

주하는 부드럽게 말했다.

"다 본 교를 위한 일입니다, 원주님."

원주로 불린 그의 눈초리가 좁아졌다.

"외총부에서 이리 억지로 인원을 넣는 의미가 뭔지는 알 수 없지만, 이계에서 그들이 모조리 죽어도 노부는 전혀 관여하 지 않을 것이야. 알아 두시게, 주 부관."

"예."

호법원주는 몸을 쌩하고 돌려 혈적현을 보았다.

"교주의 명대로 그들의 일에 전혀 관여하지 않을 것입니다. 그러나 마찬가지로 저들이 만약 호법의 일에 관여한다면 노부 도 하는 수 없이 그들을 배척할 수밖에 없음을 미리 말씀드리 는 바입니다."

혈적현은 고개를 끄덕였다.

"좋소. 그 부분은 호법원주 뜻대로 하시오."

"존명."

호법원주는 슬쩍 운정과 일행을 한번 훑어보고는 다시 고개를 돌렸다.

사무조는 공손히 고개를 숙이며 말했다.

"시간이 되었으니, 이만 가 보겠습니다."

혈적현은 사무조의 어깨에 손을 올리곤 말했다.

"가야지. 정말 많은 것이 장로의 손에 달려 있소. 이번 이계 행에서 좋은 소식을 기대하겠소."

사무조는 다시금 고개를 한번 숙이더니, 포권을 취해 보이곤 천천히 걸어 나갔다. 그러자 그의 발에 맞춰서 호법들 전부가 하나처럼 움직이기 시작했는데, 이에 운정과 단시월 그리고 카이랄은 엉거주춤 그들을 따라가기 시작했다.

그런 그들의 뒷모습을 보며 혈적현이 말했다.

"작은 거라도 물어 오면 좋겠군."

주하도 그들을 보며 말했다.

"아마 뭐라도 있을 겁니다."

혈적현은 팔짱을 끼더니 말했다.

"저들이야 뭐, 있으면 좋고 없어도 그만이니까. 정말 중요한 건, 청룡궁 쪽이지. 그쪽은 이미 출발했나?"

주하가 대답했다.

"예. 어젯밤 출발했습니다."

혈적현이 턱을 쓸며 말했다.

"검봉과 소오진, 그리고 구양모라… 확실히 그쪽이 훨씬 믿음직해. 인원 배분을 잘했어."

"스스로 택한 것입니다. 지고회는 애초에 명령으로 움직이지 않을 자들을 뽑아 유용하게 쓰기 위하여 만든 것이니까요."

"그들 스스로 택하게 했겠지. 아닌가?"

혈적현은 주하를 돌아봤다. 주하는 잠시 앞을 바라보다가 곧 나지막하게 말을 이었다.

"소오진이야 막 혼인을 올렸으니 안전한 곳을 택하리라 생각했고, 구양모 또한 그를 따라가리라 생각했습니다. 마찬가지로 운정은 마법에 관심이 많아 이계로 갈 듯했고, 친우인 카이랄도 따라갔겠지요. 누구라도 충분히 예상할 만한 것입니다."

혈적현은 주하처럼 앞을 보며 말했다.

"애초에 둘을 강요하여 하나를 반드시 택해야 하는 거처럼 몰고 간 그 솜씨가 대단한 거야."

"그러나 정채린과 단시월은 예상에서 빗나갔습니다. 정채린은 당연히 운정을 따라가고 단시월도 소오진을 따라갈 줄 알았는데 말입니다. 조금이라도 충성심이 있는 인물들을 청룡궁 쪽으로 보내려 했는데 아쉽습니다."

"뭐, 변수가 어떻게 작용할지는 지켜보자고."

"아무래도 피 대주처럼은 잘 안 되나 봅니다."

"……."

혈적현은 대주란 그 호칭을 굳이 고치라 하지 않았다.

주하는 잠시 침묵하더니 곧 말을 이었다.

"청룡궁의 세력과 맞닿은 지점에서 계속해서 보고가 오고 있습니다. 전쟁의 의사가 확실한 듯합니다. 이젠 너무 노골적이라 방관할 수 없을 듯합니다."

"석가장흑백전 이후 일여 년 동안 잠잠했던 그들이 요새 들어 갑자기 그리 기세등등해진 이유가 있을 것이다. 그걸 알아내야 해. 정보부에서는 청룡궁 내부로 침입이 도저히 불가능하다고 못 박았으니 이런 도박수라도 두는 거지."

"혹 부교주와 심검마선의 실종을 알아챈 것은 아닐까요? 설마 장로 회의에서 정보가 새어 나갈 줄은… 장로들에게도 숨겼어야 하는데 그 부분은 정말 죄송합니다."

주하의 얼굴이 좋지 못하자 혈적현이 다소 부드럽게 말했다.

"난 장로들을 믿어. 그렇진 않을 거다. 다만 그 가능성까지 해서 지고회가 확실히 이유를 알아내야겠지. 그 전까진 전면전은 피하라고 각 지부에 전해. 혈교 쪽도 심상치 않고. 곧 많이 귀찮아지겠어."

"존명."

주하가 포권을 취했으나, 혈적현은 먼 산을 보며 한숨을 쉬었다.

"이런 시기에 도대체 어디 있는지……."

*   *   *

정보부 대장로 극악마녀 사무조는 칠흑같이 검은 갈퀴가 멋들어진 흑마에 올라타며 말했다.

"혹시 운 소협도 있는가?"

그의 질문에 운정이 대답을 하려는데, 그 순간 단시월과 눈이 마주쳤다. 뭔가 의미를 담은 그 눈빛이 말하고자 하는 바를 정확히 알 순 없었지만, 대강 티를 내지 말라는 것쯤은 이해했다.

운정을 포함해서 단시월도 카이랄도 아무런 말을 하지 않자, 사무조는 작은 미소를 입가에 띠곤 그 셋을 훑어보며 흐트러진 옷을 바로 했다. 그와 동시에 여섯 호법들은 정면을 비운 육방을 점했고, 호법원주가 말머리 앞에 섰다.

그러자 남은 세 명은 애매한 위치에 서게 되었다. 단시월이 말 바로 뒤, 육방을 점한 여섯 호법보다 안쪽에 붙자, 카이랄과 운정은 눈빛을 교환한 뒤, 말 양옆에 가서 섰다.

그 와중에 사무조는 정확히 운정을 바라보며 말했다.

"하기야. 있어도 말해선 안 되겠지. 교주와 외총부 부관이 무슨 의도에서 자네들을 이번 이계행에 넣었는지 모르겠지만, 이번 이계행을 책임지는 나로서는 사실 달갑지만은 않네. 출발하지."

그의 명이 떨어지자, 호법원주와 호법들이 동시에 걸음을 옮기기 시작했다. 그뿐만 아니라, 사무조가 탄 흑마조차도 발을 맞추고 걷기 시작했다. 엉거주춤했던 세 명 또한 얼른 발을 맞췄다.

천마신교 낙양본부의 대문을 향해 가면서 사무조가 말을 이었다.

"생각해 보게. 만약 자네들이 그곳에 가서 장난질을 하다가 뭐라도 잘못되면? 그 뒤처리를 누가 감당하겠는가? 어찌 되었든 간에 결국 내가 해야 하지. 혹시라도 이계 인물을 암살하라는 명령 같은 걸 따로 받았거나 하면, 우리 입장이 매우 난처해지네. 뭐 그런 것까지는 없을 것이라 교주가 말했지만 말이야."

사무조는 눈을 살포시 감으며 미간을 만지작거렸다. 아침부터 머리가 무거운지 그의 표정에는 피곤이 가득했다.

그가 다시 말했다.

"어차피 이계로 넘어갈 때 총인원을 속일 수는 없어. 결국 자네들은 나의 호법이고 나의 책임이라는 거야. 그렇다면 생각해 보게. 자네들이 임무를 수행하다가 죽게 되면? 그러면 어쩌라는 건가? 그나마 모습을 숨겼으니, 아무 시체라도 만들고 꾸며서 오히려 우리 쪽이 살해당했다, 뭐 그런 억지 주장을 펼치기라도 해야지. 근데 그게 뭐 말처럼 쉬운 줄 아는가?"

셋은 아무런 말도 하지 않았다.

상대해 주지 않으니 대화가 되질 않는다.

사무조는 눈을 뜨고 아침 해를 바라보다가 말했다.

"햇빛이 이상하리만큼 약하군. 흐음. 이상해 참으로. 햇빛을 보면 잠이 깨야 하는데, 오히려 졸려 오는군."

그 말에 운정은 스리슬쩍 카이랄을 보았다. 카이랄도 운정과 눈을 마주쳤다. 운정은 햇빛이 약한 것이 카이랄이 자신의 패밀리어인 슬라임을 하늘 아주 높은 곳에 두었기 때문이라는 것을 대강 알 수 있었다.

사무조는 그 이후 아무런 말도 하지 않고 고개를 살짝 숙인 뒤에 선잠을 자기 시작했다. 아무리 느리게 걷고 있다고 하나 안장에 앉은 채로 잠을 자는 것을 보면 아마 전날 밤을 꼬박 새운 것 같았다.

그들은 그렇게 천마신교 낙양본부에서 나와 낙양을 관통하여 흐르는 낙하강 인근으로 갔다. 낙하강 중앙에는 거대한 보선(寶船)으로 사람들을 남북으로 실어 나르는 항구가 있었는데, 그것은 꽤 크고 안정된 수익을 가져다주는 좋은 사업이었다.

그 이름은 천포항(泉布港). 중원제일상단인 천포상단(泉布商團)에서 천마신교와 함께 새롭게 선보인 사업으로, 유동 인구가 많고 큰 강이 흐르는 곳이면 여지없이 각각 도시의 이름을 딴 천포항을 설립했다. 그로 인해 장강수로채와 큰 알력이 생겼지만, 천마신교를 뒤에 업고 있는 천포상단을 그들이 어찌할 수는 없었다.

낙양천포남항(洛陽泉布南港)에 도착한 그들은 일반 보선보다는 조금 작지만, 고풍스러운 백목으로 된 고급 보선에 올라탔다. 그것은 평민과 섞이기 싫어하는 귀족들을 겨냥하여 만든 것으로 일반 배편보다 열 배나 비쌌다. 대신 말이나 마차 그대로 탑승할 수 있는 입선 시설이 있었다.

고급 보선은 흑마에 올라탄 사무조와 열 명의 호법 일행 정도의 크기는, 그렇게 다섯을 더 받을 수 있을 만큼 컸다. 하지만 그들이 탄 고급 보선은 넓은 갑판을 그대로 비운 채로 출발했다. 그리고 낙양천포북항(洛陽泉布北港)으로 향하지 않고 바로 황궁 쪽으로 움직이기 시작했다. 황궁에서도 황궁 전용의 항구를 낙하강에 따로 만들었기에, 그쪽으로 가는 것이다.

사무조는 그래도 말 위에선 잠을 잘 수 있었지만, 배 위의 말 위에서까지 자기는 어려웠다. 곧 말에서 내린 그는 울렁거리는 속을 부여잡았는데, 그때 한쪽의 선실에서 한 젊은 청년이 나왔다.

"사무조 대장로님, 안녕하십니까! 크하하."

호쾌한 웃음은 메스꺼움까지 날려 버리는 듯했다. 사무조는 그를 보곤 눈을 크게 뜨고 말했다.

"패 단주가 날 기다리고 있을 줄은 몰랐군."

패 단주라 불린 사내는 더욱 큰 목소리로 말했다.

"무림맹과 천마신교에서 인원을 차출하여 황궁에 보내는데, 제가 가만히 있을 수야 없지요! 이거 돈 냄새가 나서 한번 와 봤는데, 사무조 대장로님께서 직접 움직이시다니 정말 뜻밖입니다. 크하하."

"아주 대어라도 낚은 듯이 좋아하는구먼. 항상 교인들에게 배편을 제공해 주는 것에 대해서 천마신교에선 고맙게 생각하네."

"아닙니다. 그 자체만으로도 저희가 얻어 가는 것이 많습니다. 정보라는 것이 원래 가장 값진 것 아니겠습니까? 정보부의 대장로이시니 누구보다도 제 말에 동의하시리라 믿습니다!"

사무조는 관자놀이를 짚더니 말했다.

"따듯한 차라도 있는가? 말 위에서 선잠을 잤더니, 속이 뒤집혀서 죽겠어."

패 단주라 불린 사내는 양팔을 쫙 벌렸고, 그러자 선실에서 나온 하녀들이 선실의 문을 활짝 열었다.

"물론입니다. 안으로 드시지요, 크하하. 그나저나 심검마선께선 어찌 지내신답니까? 도통 소식이 없습니다?"

그들은 그렇게 선실로 들어갔다. 운정은 혹시나 하여 호법원주를 바라보았으나, 호법원주와 호법들은 그 자리를 그대로 고수한 채로 움직이지 않았다.

시간이 지나고, 황궁에서 직접 관리하는 항구에 도착했다. 선실에서 나온 사무조의 얼굴은 꽤나 밝아져 있었다.

"귀한 걸 줬군. 머리가 정말 맑아지는 듯해. 고맙네."

패천후는 사무조의 손을 잡고 위아래로 흔들면서 말했다.

"무슨 일인지 잘 모르겠지만, 사무조 대장로께서도 하시는 일이 잘되기를 기원합니다. 하하하. 그럼 교주님께 제가 조만간 찾아뵙겠다고 전해 주십시오!"

"물론이네. 자, 가지."

사무조는 더 이상 말을 탈 생각이 없는지, 먼저 배 밖으로 걸어 나가 버렸다. 그러자 호법원주가 손을 살짝 들었는데, 그 순간 호법들의 몸에서 마기가 은은하게 흘러나오더니 한 줄기 빛처럼 되어 쏘아졌다. 그리고 그들은 전과 마찬가지 형태로 사무조의 주변에 나타났다.

얼떨결에 남겨진 운정은 카이랄과 단시월을 찾아보았다. 그런데 배 위에는 한 명만이 보였다. 운정은 눈을 보곤 그 한 사람이 카이랄인 것을 알 수 있었다.

"어디 있지?"

운정의 말에 카이랄은 고개를 저었다. 그런데 정작 그들을 보던 패 단주라 불린 사내가 눈초리를 살짝 좁히더니 조금 큰 소리로 말했다.

"요즘 호법들은 임무 중 말을 한답니까?"

그 말을 듣자, 막 걸음을 옮기던 사무조가 그 사내를 돌아보며 말했다.

"의심하지 말게. 우리 쪽 인원이 맞으니."

"……."

"어서 오시게들. 발맞추기가 꽤 힘들… 흐음. 구먼."

사무조도 이상함을 눈치챘는지 말을 더듬었지만, 곧 고개를 돌리고 아무렇지도 않게 행동했다.

운정과 카이랄은 서로를 보다가 곧 배 밖으로 걸어 나와 사무조에게 붙었다.

저벅저벅.

저벅저벅.

그들을 기다리던 시비 두 명이 길을 안내했고, 단시월을 제외한 인원들은 걸음을 옮기기 시작했다. 사무조는 몇 번이고 날카로운 눈빛으로 운정을 보며 사라진 단시월에 대해서 의문을 품는 듯했지만, 영문을 모르는 운정이 답해 줄 수 있는 것은 없었다.

그렇게 걷던 그들은 한 거대한 동굴로 들어갔다. 자연적으로 생긴 것은 아닌지 벽면이 매끄럽게 깎여 있었고, 또 이런저런 조각들로 화려하게 꾸며져 있었다.

일정 간격으로 있는 횃불에 의지하여 걷기를 대략 일각. 그들은 곧 지상으로 나올 수 있었다. 한쪽에는 갑옷으로 중무장한 사내 셋이 그들을 기다리고 있었는지 그들에게 다가왔다.

"됐다, 가 봐라."

그들 중 중앙에 있던 남자가 말하자, 하녀들은 작게 인사하곤 옆으로 사라졌다. 그 남자는 사무조를 보더니 말했다.

"오시는 길은 편안하셨습니까, 대장로?"

사무조는 눈초리를 좁히며 말했다.

"흐음. 보아하니 설마 유한 대장군이십니까?"

유한은 고개를 끄덕이며 말했다.

"맞습니다. 눈썰미가 좋으시군요."

사무조는 뜻밖이라는 듯 말했다.

"대장군께서 직접 우리를 맞이할 줄은 몰랐습니다."

"황제 폐하의 명령을 받들어 이계로 향하는 원정에 모시는 귀빈들이시니 제가 직접 맞이하지 않으면 안 되지요."

"그렇습니까? 흐음. 무림맹 쪽에선 아직 도착하지 않은 듯합니다?"

"조금 늦는다는 전갈을 받았습니다. 역시나 예를 모르는 자들입니다."

"그래요? 이상하군. 그들이 늦다니."

간단한 인사말을 주고받은 그들은 또다시 걷기 시작했다. 그렇게 또 일각 정도가 지나자, 그들은 한 공터에 도착할 수 있었다.

공터의 중앙에는 로스부룩이 있었다. 그는 앞으로 손을 뻗고 이런저런 주문을 외고 있었는데, 그 아래로 금빛 액체가 이리저리 흘러 기묘한 도형을 만들고 있었다.

그리고 마법진 앞쪽으로는 화려한 황복을 입는 사내와 머혼이 의자에 앉아 있었다. 그 뒤로는 중무장한 일곱 명의 고수들이 살벌한 눈빛을 한 채 서 있었다.

황복을 입은 사내는 한 손에 공작새의 깃털로 만든 부채를 흔들면서 공터 안으로 걸어오는 사무조를 보았다. 사무조를 안내한 유한과 두 명의 고수들은 짧게 고개로 인사하고는 그의 뒤로 섰다.

그 사내가 말했다.

"아, 이제 오시는군."

사무조는 그의 얼굴을 보고는 얼른 고개를 숙이며 포권을 취했다.

"황제 폐하를 뵙습니다."

그 말이 끝나기 무섭게 그 사내가 피식 웃었다.

"그런 말을 내게 했다가는 형님이 내 목을 치실 테니, 얼른 식언해 주시게."

그 말을 들은 사무조는 영문을 모르겠다는 표정을 지었다가, 곧 그 말을 이해했다.

"아, 경찬군 마마셨습니까?"

경찬군은 현 황제인 경운제의 쌍둥이 동생으로 역천의 역사로 황제에 이른 경운제가 살려둔 유일한 혈육이다. 그만큼 황제의 신임을 얻고 있으며 실질적인 실세임과 동시에 황궁의 머리라고 알려져 있었다.

경찬군은 부채질을 멈추더니 말했다.

"안 그래도 황궁 안팎으로 나를 쳐 죽이라고 형님께 충언하는 이들이 많아. 생긴 게 비슷한 게 뭐 죄라도 되는 것처럼 말이야. 그러니 그런 농담은 하지 않아 줬으면 하는군."

"……."

농담 반 진담 반의 말에 사무조는 어떻게 대답해야 할지 몰라 가만히 있었다. 경찬군은 장난기 섞인 얼굴로 그들을 보다가 곧 불만스러운 표정을 지었다.

"열한 명이라 하지 않았나?"

"예?"

"천마신교에서 지원하는 인원은 총 열한 명이라 보고받았던 걸로 기억나는데? 이거, 한 명이 부족하지 않은가?"

사무조는 당황한 티를 내지 않으며 나지막하게 말했다.

"착오가 있었나 봅니다."

"흠. 차원을 이동하는 건 인원 숫자에 정확히 맞춰서 준비하는 것일세. 뭐, 하나가 비는 건 누군가로 채우면 그만이지만 하나가 더 많았다면 여지없이 놓고 갔어야 할 게야."

사무조는 고개를 조아리며 말했다.

"송구합니다."

"여기 이계인이 또 짜증을 내겠어. 안 그래도 까다로운 성격을 가져서 모가지를 베어 버리고 싶은데 말이야."

그렇게 말하며 경찬군은 머혼을 돌아보며 슬쩍 웃어 보였다. 한어를 모르는 머혼은 자신의 이야기를 한다 생각하는지 마주 웃으며 경찬군을 보았다.

사무조가 말했다.

"황궁을 거치지 않고 다른 나라의 상인들과 무역을 하는 것이 옳지 않은 것 같아, 황제께 소개시켜 드린 일이 이렇게 커질 줄은 몰랐습니다. 설마 황제께서 단순 무역을 떠나서 국가 간의 외교를 원하실 줄은 말입니다."

경찬군은 비릿한 미소를 숨기지 않고 말했다.

"글쎄. 황제를 통하지 않고는 거래하지 않겠다는 것이 그들의 입장이어서 어쩔 수 없이 소개해 준 것은 아니고?"

과연 일인지하 만인지상다운 노골적인 질문이었다. 사무조
또한 의도적으로 불편한 기색을 감추지 않으며 말했다.

"그럴 리가 있겠습니까."

경찬군은 부채를 탁 접더니 말했다.

"뭐, 그들을 소개해 준 건 참으로 감사하게 생각하네. 말로
만 듣던 이계인을 실제로 만나고 또 그들과 외교를 함으로 얻
을 수 있는 이윤이 막대하리라 예상하니까. 사실 이 중원은
무림인들이 전부 이리 해 처 먹고 저리 해 처 먹어서 황궁에
서 할 게 없어. 이계라도 가야 뭐 할 게 있겠지."

"……."

사무조는 굳은 표정으로 아무런 말도 하지 않았다.

사실 경찬군의 말이 맞는 게, 그의 형인 경운제가 황제에
등극하고 처음 시도한 것이 바로 무림을 자신의 발아래 두는
것이었다. 아쉽게도 그 이권 다툼에서 대패하고 나서는 간신
히 자신들의 몸을 지킬 수 있는 백운회만이 그들이 가진 전부
가 되었다.

경찬군이 말했다.

"의자 좀 내와라. 연세가 많으신 분을 언제까지고 서 있게
하실 수는 없지 않느냐?"

그의 말이 떨어지기 무섭게, 한쪽에서 하녀 대여섯이 짧은
보폭으로 빠르게 걸어왔다. 의자와 상은 물론이고 햇빛을 가

릴 큰 깃발까지도 가져와 경찬군 옆쪽에 두었다.

사무조는 말없이 고개를 숙이며 감사하다는 뜻을 내비치고 그 의자에 가서 앉았다. 호법들은 그에 걸음에 맞춰서 그의 뒤쪽에 섰다. 운정과 카이랄은 이번엔 다행히도 그들과 걸음을 맞출 수 있었다.

경찬군이 사무조에게 뭐라 말을 걸려고 하는데, 뒤쪽에서 묘한 소리가 울렸다. 모든 이들이 고개를 돌려 보자, 그곳에는 무지갯빛으로 빛나는 각종 도형들이 바닥에 흐르는 금빛 액체에서 솟아나듯 하여 세상에 다시없을 아름다움을 뽐내고 있었다.

그 기이한 광경에 유한이나 호법원주조차 시선을 빼앗겼는데, 경찬군은 태연하게 옆에 있는 머혼을 보며 눈썹을 들어 보였다. 그러자 그 뜻을 알아들은 머혼은 고개를 끄덕였다.

경찬군은 머혼을 따라 고개를 몇 번 끄덕이더니, 말했다.

"자 준비가 된 듯하니 가 보지."

사무조는 조심스럽게 물었다.

"아직 무림맹이 도착 안 하지 않았습니까?"

경찬군은 자리에서 일어나 부채로 자신의 황복을 몇 번 털더니 말했다.

"늦은 건 본인들이니 어차피 할 말이 없을 것이야. 애초에 이 이계인들을 소개시켜 준 것도 천마신교 아닌가? 이 자리에 그들을 부른 이유는, 황궁은 중립을 지키겠다는 명분 그 하나 뿐일세."

"⋯⋯."

"뭐 그놈들이 괘씸하긴 하지만, 대장로가 원하면 기다리고."

사무조는 살짝 눈초리를 모았다.

분명 이계와의 교류에서 백도를 배제하는 것이 좋다.

하지만 그것이 황궁에 어찌 도움이 되는가?

혹 백도와 이미 이야기가 되어 있는 것은 아닌가?

수없이 많은 생각을 한 사무조는 경찬군의 의도를 전혀 파악할 수 없었다. 아무리 머리를 뒤져 봐도 이 변수를 이해할 만한 정보가 없었기 때문이다.

그때 운정이 작은 목소리로 사무조에게 전음을 남겼다.

[사람 한 명 적게 왔다고 짜증을 내던 그가 즉흥적으로 백도의 인원들을 모조리 빼겠습니까? 계산된 것입니다.]

사무조는 슬쩍 운정을 돌아봤다. 그리고 조금 눈을 마주친 뒤에 다시 경찬군을 돌아보며 말했다.

"기다리는 것이 좋을 듯합니다. 이대로 그들을 버리고 간다면, 그들에겐 씻을 수 없는 치욕을 남기는 것과 같으니, 분명 경찬군 마마께 개인적인 앙금을 품을 가능성이 큽니다."

경찬군은 팔짱을 끼며 고개를 조금 들고 거만하게 말했다.

"갑자기 내 걱정을 하다니 극히 의외요, 사무조 대장로. 난 사무조 대장로가 이리 마음이 따뜻한 사람인 줄 몰랐소. 그런 사람에게 극악마뇌란 별호가 있다니. 역시 소문은 믿을 것이 못 되군."

사무조는 자리에서 일어나 공손히 포권을 취했다.

"물론 경찬군 마마를 걱정하는 것도 있지만, 현 상황에 본교는 무림맹과 껄끄러운 관계가 되는 것을 원하지 않기 때문이기도 합니다. 그들과 분쟁을 통해 얻을 수 있는 것보다는 잃을 것이 많습니다. 혹 황궁에서 저희 간에 분쟁을 바라는 것이 아니라면, 그들을 기다리는 것이 좋을 듯합니다."

말이 끝나는 순간, 사무조는 눈을 살짝 들어 포권 위로 경찬군을 보았다. 고개를 숙인 채 눈을 들다 보니, 앞머리과 포권 사이의 음영에서 강렬한 안광이 나와 경찬군의 얼굴에 떨어졌다.

경찬군은 마기가 서린 그 눈을 용케 피하지 않으며 말했다.

"설마. 귀교과 무림맹이 분쟁하는 것이 어찌 황궁에서 바라는 바겠는가? 일반 백성들이 받을 고통을 생각하면 절대로 피해야 하는 것이지. 그러니 둘의 관계를 위해서라도 그들의 괘씸함을 용서하고 기다리지."

경찬군은 끝까지 사무조를 노려보며 자리에 앉았다. 사무조는 눈을 내리고는 역시 자리했다.

그런데 그때 마법진을 다루던 로스부룩이 두 팔을 내리고 눈을 떴다. 그는 머혼 쪽으로 걸어오더니 이리저리 둘러보다가 경찬군에게 한어로 말했다.

"아직 다 도착하지 않은 것입니까?"

경찬군이 고개를 끄덕였다.

"그렇네. 아쉽지만 다른 이들을 기다려야 할 것 같아."

"……"

"……"

묘한 침묵이 흐르고 로스부룩이 머혼에게 이계어로 말했다.

"Hello, my apprentice. I didn't know you are coming with us."

머혼이 자기 입을 한 손으로 가리며 로스부룩에게 말했다.

"I hope you don't get surprised when we get to the other side. I will guarantee your safety."

운정은 로스부룩과 머혼이 주고받는 대화가 사실 자신을 향한다는 것과, 또 그 속에 담긴 내용을 듣고는 놀라지 않을 수 없었다. 그들은 역시 스페라와 그녀의 패밀리어인 것이다.

마치 둘이서 의논한 것처럼 연기한 로스부룩이 한어로 말했다.

"오랫동안 열어 놓을 수 없으니, 지금 당장 가셔야 합니다. 그렇지 않으면, 문이 닫힐 겁니다."

그 말을 들은 경찬군이 말했다.

"오호. 그렇단 말이지? 그럼 어쩔 수 없이 바로 가야 하겠군."

경찬군이 자리에서 일어났다. 그것을 본 사무조는 로스부룩과 경찬군을 번갈아 보며 일어나지 않으려 했지만, 이대로 계속 백도를 기다릴 수 있는 명분이 그에겐 없었다.

사무조는 하는 수 없이 자리에서 일어나며 호법원주에게 전음을 보냈다.

[심상치 않아. 가자마자 무슨 일이 일어날지 모르니, 전원에게 임전 태세를 갖추라고 전하게.]

그 말을 들은 호법원주는 그 즉시 호법들에게 전음을 보냈다.

곧 황궁과 천마신교의 모든 인원들은 로스부룩이 만든 그 아름다운 마법진 안에 들어갔다. 이리저리 부유하는 수없이 많은 도형들은 그 안에 들어간 사람들의 몸을 그대로 뚫으며 움직였다. 물리적인 요소로는 전혀 방해를 받지 않는 듯했다.

모두 들어온 것을 확인한 로스부룩은 마지막으로 그 안으로 들어오더니, 바로 마법을 시전했다.

[텔레포트(Teleport).]

이십여 명의 중원인은 하늘과 땅이 뒤바뀌는 듯한 기분을 느꼈다. 하늘이 내려와 땅을 이루고 땅은 올라와 하늘을 이뤘다. 그리고 그들은 땅이 되어 버린 하늘 위에 선 채로 파인 랜드(Fine Land) 델라이(Delai) 왕국의 국립공간마법진(National Spatial Magic Circle)에 도착했다.

"크학. 우욱."

"크흠."

백운회 고수 중 한 명은 그대로 엎어져서 속에 있는 것을 토해 냈다. 천마신교 호법 중에는 입을 막고 역류한 것을 그대로 다시 삼키기도 했다. 안 그래도 상태가 좋지 못했던 사무조는 뒷골로 넘어가는 정신 줄을 겨우 붙잡았고, 경찬군도 자신의 부채를 놓치고 엉거주춤거려야 했다.

어느 정도 진정되자 그들은 주변을 볼 수 있었는데, 처음 눈에 들어온 것은 새하얀 바닥과 기둥 그리고 벽을 타고 흐르는 금빛 액체였다. 그뿐만 아니라 천장에도 흐르고 있어, 흡사 액체가 아니라 굵은 금실로 치장해 놓은 것 같았다.

그리고 그런 마법진을 둘러싸고 있는 수많은 기사들. 반은 은백색, 반은 흑색으로 빛나는 갑주와 검을 든 기사들은 번갈아 서서 새로 도착한 이들을 포위하고 있었다. 그들이 든 대방패는 사람의 키보다 컸고, 그 대방패들 사이로 보이는 한손검은 그 두께가 중원의 장대검과 같았다.

가장 먼저 정신을 차린 호법원주는 사무조의 옆으로 간 뒤, 일곱 호법에게 전음을 보냈다.

[정신 차려라!]

호법들은 그 말을 듣고 진기를 속에서부터 끌어올려 몸과 마음을 돌보았다. 그리고 호법원주와 사무조를 중심으로 육방을 점하고 섰다. 그들은 모두 마기를 전신에서 폭사시켜 언제든 전투에 임할 준비를 했다.

그에 반면에 황궁 쪽 사람들은 그들을 포위한 기사들을 보고도 전혀 긴장하지 않았다. 심지어 경찬군은 머리를 흔들면서 기사 한 명에게 손짓을 했는데, 마치 이리 와서 자신을 도우라는 것 같았다.

그것을 보며 사무조가 외쳤다.

"경찬군! 설마 무슨 짓으……."

[파워―워드 페인트(Power―word Faint)].

누군가 마법을 시전하자 사무조가 그대로 쓰러졌다.

그리고 그를 따라서 호법원주와 호법원들 그리고 카이랄도 그대로 바닥에 꼬꾸라졌다. 운정과 황궁의 사람들, 그리고 머혼과 로스부룩은 그대로 서 있었다.

경찬군은 운정이 쓰러지지 않은 것을 보며 의아하다는 듯한 표정을 지었지만, 곧 그로부터 멀어졌고, 황궁의 사람들도 그를 따라 보법을 펼쳤다. 절대로 길을 내줄 것 같지 않던 기사들은 정작 경찬군과 황궁의 사람들이 오자, 오히려 길을 만들어 주고 그들을 통과시켰다.

로스부룩의 모습이 점차 스페라의 그것으로 변화했다. 그리고 머혼의 모습도 검고 찐득한 액체처럼 변해 버렸다. 운정은 태극마검을 한 손에 뽑아 들고는 스페라를 보았다.

쿵. 쿵.

그 순간 기사들이 일제히 방패를 슬쩍 들고 검을 어깨 위로 들며 똑같은 스텝(Step)을 밟았다. 스페라가 운정을 마주보며 오른손을 들자 기사들은 다시 역으로 스텝을 밟아 방패와 검을 내려놓았다.

쿵. 쿵.

지진이 일어나는 것과 같은 그 소리는 공기를 무겁게 만들었다. 운정은 마음속 깊은 곳에서부터 마기를 끌어올렸는데, 스페라가 그런 그를 보며 한어로 말했다.

"당신이 이번 일에 동참할 줄은 몰랐어요, 정말로."

운정이 말했다.

"황궁과 이미 이야기가 오갔군요. 백도가 오지 않은 것을 보면 그들과도 이야기가 되어 있고."

스페라가 고개를 끄덕였다.

"검은 내려놔요. 내가 말했잖아요, 아까. 네 신변은 지켜 주겠다고."

"……"

"이건 천마신교와 델라이 왕국 간의 일입니다. 천마신교에 마음이 없는 당신과는 전혀 상관없는 일이지요. 나 또한 이 왕국에 마음이 있는 것이 아니니 같은 입장이에요. 아니면 혹시 내가 잘못 알고 있나요? 목숨을 걸 만큼 천마신교에게 충성하시나요?"

"아닌 거 잘 아시지 않습니까."

"그럼 검은 내려놓으세요. 다시 말하지만, 난 당신이 이번 일에 동참했을 줄 몰랐어요. 막 입교한 사람을 이런 중요한 여정에 포함시키다니, 천마신교의 지도부는 정말 무슨 생각을 하는 사람들인지 알 수가 없군요."

운정은 스페라를 보며 짧게 고민했다.

과연 그녀를 믿을 수 있을까?

그는 결국 태극마검을 검집에 집어넣었다.

"그러게나 말입니다."

그 모습을 보곤 스페라는 안도의 한숨을 쉬었다.

"Alright. We good."

그녀의 말에 기사들이 일제히 자리에서 일어났다. 그리고 뒤로 몇 발자국 물러났는데, 그들 사이로 뒤에서 지팡이를 들고 있는 몇몇 마법사들이 보였다. 그리고 저만치 멀리에선 경찬군과 황궁의 사람들이 진짜 머혼과 이야기를 하는 듯 보였다.

운정은 쓰러진 사무조와 호법들을 보며 말했다.

"뒷감당은 자신 있으십니까?"

스페라는 어깨를 한번 들썩였다.

"뭐, 차원이동의 여파로 쓰러지셨다고 둘러대면 그만이지요."

"……"

"너무 그렇게 보지 마요. 난 이 계획에 동의한 적 없으니까."

"카이랄은 어떻게 하실 겁니까?"

"아쉽지만 같이 구속할 듯해요. 하지만 모두의 신변은 제가 보장할게요."

그렇게 된 이상 운정은 그녀를 완전히 신뢰할 수 없었지만, 일단 현 상황에서 그가 할 수 있는 대답은 하나밖에 없었다.

"알겠습니다."

스페라는 좋지 못한 표정을 한 운정의 눈치를 보았다. 그녀는 일부러라도 화사하게 웃으면서 말했다.

"일단 이쪽으로 오세요. 왕이 중원의 사람들과 얼마나 대화를 할지 모르겠지만, 만나자마자 대소사를 논하진 않겠지요. 이후 당신을 소개시켜 줄 테니, 그때까지 잠깐 저희가 안내한 방에서 쉬고 계셔요."

스페라의 눈빛에는 미안한 기색이 가득했다. 그리고 또 불안한 기색도 엿보였다. 운정의 눈을 계속 보려 했지만, 차마 그러지 못하는지 연신 흔들리고 있었다.

운정은 조금 침묵하다 나지막하게 물었다.

"그래서 이름은 뭐로 지으셨습니까?"

"예?"

"제 마선공 말입니다. 이름을 붙여 준다고 하지 않았습니까?"

그 말에 겉으로 환하기만 했던 얼굴에 갑자기 빛이 감돌았다. 그녀는 맑게 웃더니 대답했다.

"아, 그거요? 삼합사령마선공! 좋죠?"

운정은 힘없는 미소를 지어 보였다.

第三十八章

스페라는 운정을 직접 안내했다. 마차로 움직여도 될 정도로 큰 델라이 왕궁의 복도를 걸으며, 그녀는 쾌활한 목소리로 왕궁을 자랑했다. 하지만 조심스러운 눈빛과 억지로 웃는 듯한 표정을 숨기지 못했다. 수시로 운정의 눈치를 살피면서 말을 돌리기 일쑤였다.

때문에 운정은 그녀가 미안해한다는 것을 잘 알았다. 하지만 그들의 앞뒤로 걷는 네 명의 기사들을 보면 그조차도 연기가 아닌가 하는 생각이 들었다. 단단한 금속으로 된 백색 갑옷을 입은 그들은 운정이 조금이라도 이상한 행동을 보이면 언제고 검을 출수할 만큼의 살기를 전신에서 내뿜고 있었다. 게다가 운정은 이미 태극마검을 내준 상태다. 이런 상황에서 단순히 겉으로 내비치는 미안함으로 마음을 놓을 수는 없다.

운정이 걸음을 멈췄다.

그와 동시에 네 기사가 그를 포위하듯 몸을 돌렸고, 스페라도 조금 긴장한 표정으로 그를 보았다. 운정은 삿갓을 조금 올리고 눈까지 올라온 천을 내렸다.

"이미 정체를 알고 계시는데 이런 걸 써서 무슨 의미가 있겠냐는 생각이 들었습니다. 안 그래도 갑갑한데 말이죠."

"아, 그래요?"

운정은 깊이 숨을 들이마셨다가 뱉었다.

"흐음. 하. 그런데 갑갑함은 여전하군요. 입과 코를 천으로 막고 있어 그런 줄 알았는데, 이제 보니 대자연의 기운이 너무 적어 그런 것이로군요."

스페라는 고개를 살짝 끄덕였다.

"마나가 고갈됐다는 말이 무슨 말인지 알겠죠?"

운정은 왕궁 복도 이곳저곳을 장식하는 초록 식물들 몇 개를 번갈아 보며 중얼거렸다.

"살아 있는 것이 전혀 없는 곳에 있는 것 같습니다. 사막에 가 보진 않았지만, 이럴 듯합니다."

"이 때문에 여기서는 중원에서처럼 주변 마나를 이용해서 마법을 사용할 수 없어요. 마나를 내포하고 있는 마나스톤을 채광하여 그 속에서 마나를 추출해 사용하는 방법 외에는 거의 없죠."

운정은 잠시 생각하더니 말했다.

"원래부터 이러지는 않았을 겁니다. 만약 그랬다면 애초에 이 세상에 생명이 싹 텄을 리가 없습니다."

스페라가 슬쩍 손을 들자, 기사들이 다시 정 방향으로 몸을 돌렸다. 스페라는 기사에게서 눈길을 돌려 운정에게 말했다.

"기사들이 긴장하는군요. 일단 방으로 가서 더 말해요. 불필요한 오해는 싫으니까."

"예, 알겠습니다."

운정은 다시 걸음을 걷기 시작했고, 그에 맞춰서 스페라와 기사들도 걸었다.

얼마나 걸었을까? 그들은 큰 귀빈실에 도착했다. 한쪽에는 벽난로가 있었고, 그 주변으로 일자 형태의 의자가 눈에 보였다. 운정은 처음 보는 형태의 그 의자에 어색하게 앉으면서 말했다.

"이건?"

스페라가 그의 옆에 앉으며 말했다.

"카우치(Couch)라고 해요. 폭신폭신하죠?"

"예에. 동물 털 수십 개를 깔아 놓은 것 같군요."

스페라는 슬쩍 고개를 들어 문 쪽에 서 있는 기사들을 보았다. 그들은 팔 하나를 가슴에 대는 동작을 하고는 발을 맞춰 문 밖으로 나갔다. 문이 닫히는 것을 확인한 그녀가 카우치에 발 하나를 올려놓으며 몸을 편하게 했다.

"다시 한번 말할게요. 미안해요. 이건 손수건이긴 하지만, 일단 얼굴을 닦는 게 어떠세요?"

운정은 상 위에 있는 흰 수건을 들어 눈가에 바른 흑상(黑霜)을 닦아 냈다. 그러자 그의 말끔한 옥면이 나타나 스페라의 눈길을 사로잡았다.

운정은 그들의 앞에 놓여 있는 주전자를 보며 말했다.

"엄밀히 말하면 저를 속이려고 한 건 아니지 않습니까? 괜찮습니다. 그런데 이건? 이계에도 차가 있나봅니다?"

"민트(Mint)예요."

"이건 뭡니까? 투명한 얼음 같은 건. 설마 말로만 듣던 유리(琉璃)인가요?"

"유리? 흐음. 중원에도 글래스(Glass)가 없진 않나 보군요. 단어가 있는 걸 보니."

운정은 흥미가 돋은 듯 주전자를 들어 유리컵에 민트티를 따랐다. 그리고 그것을 한 모금 음미했다.

스페라가 말했다.

"나를 제외한 모든 이가 이번 일에 찬성했어요. 국왕조차도 천마신교를 믿기 어렵다고 생각하는 모양인지, 그들 말고 중원의 황궁과 외교를 할 생각인 듯해요. 또다시 말하지만, 설마 당신이 이번 원정에 참여했을 줄은 꿈에도 몰랐어요."

운정은 속이 확 트이는 듯한 그 자극적인 맛에 눈을 동그랗게 한번 떴다. 그러곤 또다시 한 모금을 마시더니 두 눈썹을 들고 말했다.

"제가 다도는 잘 모르지만, 이만하면 중원의 것에 비해도 손색이 없는 것 같습니다."

"……"

"걸으면서 생각해 봤는데, 사실 전 천마신교의 인물들이 어떻게 되든 상관은 없는 것 같습니다. 애초에 위기에 빠져도 모른 척하겠다는 건 그쪽에서 먼저 한 말이니까요. 그러니 전 저와 카이랄, 이 둘의 신변만 보장해 주신다면 아무런 불만 없습니다."

"거듭 말하지만 그건 보장할 거예요. 정말 전쟁을 하자는 것도 아니고, 국왕도 천마신교의 인물들에게 해를 가할 순 없을 거예요. 일단 기절시킨 것도 중원의 황궁과 먼저 이야기를 하려고 한 것이니까."

"그런 것치고는 너무 거칠었지 않습니까?"

"거칠었죠. 본래 사람은 미지를 두려워하니까… 단순히 차원이동의 여파로 기절했다는 변명이 통할지는 모르겠지만, 뭐 그건 제가 신경 쓸 게 아니니까."

운정은 이야기를 듣는 둥 마는 둥 민트티를 계속해서 홀짝거렸다. 확실히 다도를 모르는 것 같았다. 스페라는 그런 그를 빤히 보다가 곧 어깨를 들썩거리고는 자기도 주전자를 들어 유리컵에 민트티를 따라 마셨다. 방 안에는 두 남녀의 홀짝거리는 소리만 연속적으로 들렸다.

그 작은 소란 속에서 운정이 말했다.

"델라이 왕국과 중원의 황궁이 이번 만남을 통해 이루려고 하는 일. 그리고 델라이 왕국의 국가급 마법."

"예?"

운정은 살짝 웃으며 말했다.

"제가 알아내야 하는 정보들입니다, 이번 원정에서."

"……"

"뭐, 전 정보를 캐내고 하는 그런 거 할 줄 모르니까, 스승님이 대신 알아내 줬으면 해서 말입니다."

태연하게 말한 운정은 민트티를 또 한 모금 먹었다. 스페라는 그런 그를 묘한 눈길로 보다가 말했다.

"아무리 우리가 스승과 제자가 되었다고 하지만, 제가 당신을 위해서 이 나라를 배신할 거라고 생각하나요?"

"배신이 아닙니다. 제가 그런 정보들을 들고 가야 천마신교는 저를 더욱 믿을 것이고, 그러면 저를 통해서 천마신교의 정보들을 얻는 것도 쉬워지지 않겠습니까? 그 구실을 달라는 것이지요."

"……."

"잘 아시다시피, 제가 천마신교에 몸을 의탁한 것은 제 개인적인 이유 때문이지, 그들에게 애착이 있거나 충성하기 때문이 아닙니다. 그들이 멸교 된다 해도 제겐 아무런 상관도 없습니다."

스페라는 눈을 가늘게 뜨며 말했다.

"개인적인 이유가 뭔지 묻고 싶은데요."

"아시지 않습니까?"

"새로운 무당파를 재건하겠다는 것? 그리고 새로운 무당파의 무공을 만들겠다는 것?"

"그렇습니다. 이번 마선공을 통해……."

스페라가 재빨리 말을 잘랐다.

"삼합사령마선공."

운정은 떨떠름하게 말했다.

"예, 뭐. 그 마선공과 마법을 통하면, 과거 무당파의 무공보다 더욱더 순수한 형태의 건기와 곤기를 기반으로 한 무공 체계를 확립할 수 있을 듯합니다. 우선은 고유 무공이 있고 또 그것을 후대에 전수할 수 있어야 개파가 가능하니 제 몸에서 일어나고 있는 모든 현상을 체계화시켜 전수할 수 있는 방도를 설계할 생각입니다. 그리고……."

"그리고?"

"단순히 새로운 형태의 무공을 전수한다 하여 하나의 문파라 할 수 없습니다. 문파란 그 문파를 대표하는 무공만큼이나 뚜렷한 개성을 지닌 도(道)가 있어야 합니다."

"흐음. 제 입장에서 그건 참으로 이해하기 어려운 단어에요. 선악의 기준 같은 거죠?"

"그보다 더 큰 개념입니다. 단순히 옳고 그름을 판단하는 잣대를 넘어서 옳고 그름의 근본을 공부하고 그것을 통해 영생에 이르는 것입니다."

스페라는 눈살을 찌푸렸다.

"영생? 갑자기 왜 영생이 나오죠?"

운정이 말했다.

"인간과 신선의 가장 큰 차이는 필멸과 불멸이라는 것이지요. 이는 분명……."

벌컥.

운정이 말을 하는 도중 귀빈실의 문이 열리고 머혼이 안으로 들어왔다. 이계의 복장을 입은 머혼은 꽤 살이 찐 것 같았다. 스페라의 환상으로 만든 머혼을 방금 전까지 봤으니, 그 차이가 더욱더 크게 다가왔다. 특히나 이계의 복장은 살과 옷

사이에 공간이 없이 딱 달라붙어서, 그 육중한 뱃살이 한껏 더 돋보였다.

머혼이 운정을 보더니 미소로 인사했다.

물론 이계의 공용어였다.

"I'm quite dethgiled for this elbaicerppa noisacco to make your ecnatniauqca once more, DaoShi Woon. But spahrep I am unable to tsiser to rednop the question of your ecneserp as evitatneserper for the TianMoShenJiao"

운정은 스페라의 눈치를 살폈고, 스페라가 방긋 웃으며 한어로 물었다.

"대강은 알아들으셨나요?"

운정은 고개를 살짝 저었다.

"아는 단어 몇 개만 들었을 뿐입니다. 내용은 모르겠습니다."

스페라는 더욱 깊은 미소를 짓더니 민트티를 마셨다. 그리고 머혼을 보며 말했다.

"You might want to use more common words, Count Mahone. He is not used to our tongue, especially noble kinds."

머혼은 억지로 미소를 지었지만, 표정에는 언짢음이 그대로 드러나 있었다. 스페라는 그런 그를 무시하고는 민트티를 다시금 유리컵에 따르며 운정에게 말했다.

"그러고 보니, 얼마나 공용어를 잘하는지 궁금하네. 차는 다 마시고 나가고 싶다고, 저 기별할 줄도 모르는 무례한 분에게 한번 알려 주시겠어요?"

그렇게 말한 스페라는 유리컵을 입가에 가져가 민트티에 입술을 담갔다. 머혼은 여전히 자기가 알아듣지 못하는 한어로 말하는 스페라를 째려보더니 운정에게로 시선을 돌렸다.

운정은 난처한 기색으로 둘의 눈치를 살피며 공용어로 말했다.

"She said, She want to finish the tea."

한 모금을 마신 스페라가 말했다.

"wants. 그리고 her tea. 그게 더 자연스러워요."

"아. 네."

"그래도 잘하시네요. 특히 발음이 좋아요."

뜬금없는 언어 교육에 운정은 어찌 반응해야 할지 몰라 가만히 있었다. 그러자 머혼은 코웃음을 한번 치더니 자신의 목에 걸고 있던 한 아티팩트(Artifact)를 가동시켰다. 그러곤 거기에 대고 말했다.

"스페라. 그녀는 가르치는 것을 사랑한다. 아마도. 그녀는 그것으로 행복을 얻는다. 나의 추측으로는, 그녀는 매일 아침 바위에게 걷는 것을 가르칠 것이다. 하지만 대부분의 그녀의 학생들처럼, 그 바위는 아무것도 배우지 못할 것이다. 그러나 그녀는 포기하지 않을 것이다. 그녀에게는 학생이 배우는 것도 배우지 않는 것도 상관없다. 오직 자신이 가르친다는 사실만이 중요하다. 나는 그녀의 학생들이 조금 안타깝다."

만약 돌멩이가 말한다면 그렇게 말할까? 딱딱하고 죽어 있는 듯한 음성이 그 아티팩트에서 나와 머혼의 말을 한어로 바꿔 주었다. 그 말이 나오는 도중 스페라의 눈썹이 파르르 떨리는 것을 본 운정은 억지로 표정을 진지하게 하며 말했다.

"아닙니다. 좋은 스승입니다."

스페라는 침과 함께 분노를 삼키더니 곧 비웃는 듯한 표정으로 운정에게 말했다.

"누구보다도 중원과 오래 교류했으면서 언어 하나 못 배우고 저런 아티팩트 쓰는 거 봐요. 나는 이토록 완벽하게 하는데 말이야. 호호호."

머혼은 즐겁게 웃는 그녀의 모습을 아니꼽게 보며 아티팩트에서 들리는 소리에 귀를 집중했다. 거친 번역은 문장의 뜻을 다소 곡해했지만, 그 안에 담긴 조롱까지 없애지는 못했다.

머혼이 스페라에게 말했다.

"May I speak to DaoShi Woon alone?"

스페라는 여전히 미소를 유지하며 어깨 뒤로 고개를 슬쩍 돌려 머혼을 흘겨보았다.

"Why? I can do better than that artifact."

"Please, It concerns with national ytiruces."

스페라는 상체까지 움직여 머혼을 다시 보았다. 머혼은 굳은 표정으로 스페라를 응시했고, 스페라는 곧 유리컵을 내려놓고 자리에서 일어나며 의복을 한번 잡았다.

"할 이야기가 있다는군요. 남자 둘이서 무슨 비밀 이야기가 있는지, 여자인 전 가 봐야 할 것 같아요. 아마도 다리 사이의 이야기겠죠. 통역이 영 시원치 않더라도 양해해 주시길. So! Count Mahone."

스페라는 꼿꼿이 선 자세로 고개를 살짝 비틀며 머혼에게 인사했다. 머혼도 그녀를 보고 똑같이 고개를 살짝 비틀며 인사했다.

"Countess Spera."

스페라는 방 밖으로 나갔고, 머혼은 천천히 카우치로 걸어와 스페라가 앉았던 곳에 앉았다. 머혼은 운정을 보며 전과 다른 맑은 웃음을 짓고 입을 벌렸는데, 그때 마침 운정이 먼저 말을 꺼냈다.

"Count가 무슨 뜻입니까? Countess는 여성형인 것 같은데."

순간 당황한 머혼이 아티팩트에 대고 똑같은 단어를 말했고, 다행히 그 단어는 아티팩트에 등록되어 있었다.

"백작이라는 뜻이다."

"그럼 방금 서로 작위와 성을 말하는 것으로 인사를 나눈 겁니까?"

"그런 것과 비슷하다. 귀족들은 서로 헤어질 때 가끔 그렇게 한다."

운정은 턱을 한번 쓸었다.

"특이하지만, 멋지군요."

"무엇이?"

"그냥, 인사 방식이요. 그 컵, 스승님께서 쓰시던 것인데 괜찮습니까?"

머혼은 막 입에 가져간 유리컵을 입술에서 떼더니 말했다.

"당신의 스승이 이 방에 있었나?"

"스페라 말입니다."

머혼은 그 말을 듣는 즉시 대수롭지 않다는 듯 다시 입에 가져갔다. 그리고 민트티를 한 모금 마시더니 말했다.

"이미 스페라의 제자가 되었나? 그 선택. 곧 후회할 것이다. 내가 아는 바에 의하면, 그녀는 수백 명의 제자를 가지고 있다. 그러나 그녀를 스승으로 생각하는 사람은 수천 명이다."

"예?"

머혼은 슬쩍 웃더니 팔 하나를 등받이에 올리고 다리 한 짝 또한 위로 올리며 편한 자세를 취했다.

그가 말했다.

"혹시 그녀가 당신에게 수제자라고 하지 않았는가?"

운정은 불길한 기분을 느끼면서 고개를 끄덕였다.

"그렇습니다만."

머혼은 한쪽 입꼬리를 올리더니, 등받이에 올린 팔을 살짝 들었다가, 턱 하고 내려놓았다.

"그녀의 수제자는 몇십 명쯤 될 것이다. 그나마 당신은 그녀를 스승으로 생각하는 수천 명의 사람이나 그녀가 제자로 생각하는 수백 명의 사람보다는 나은 처지이다. 축하한다."

"……."

"그녀의 수제자 중에는 오크(Orc)도 있다. 엘프(Elf)도 있다. 고블린(Goblin)도 있다. 심지어 토끼도 있다. 뿐만인가? 불도 있다."

"예?"

"불. 불 말이다."

"불이요?"

머혼은 눈을 살짝 찌푸리더니 아티팩트를 손으로 툭툭 쳤다.

"통역이 안 되는 것인가. 불. 불. 불. 그 뜨거운 것. 잠깐 있다 후에 사라진다."

운정은 고개를 끄덕였다.

"네, 압니다. 불. 근데 불이 수제자라니요?"

머혼은 빈 유리컵을 내려놓더니 주전자를 들어서 민트티를 따르기 시작했다. 그리고 운정을 향해 주전자를 한번 들어 보였는데, 운정은 그것이 자신에게도 권하는 것이라 이해하고는 고개를 저었다.

머혼이 주전자를 살포시 내려놓으며 대답했다.

"그녀는 유명한 배우였다. 노래도 춤도 파인랜드에서 최고였다. 하지만 불을 다루는 것은 무조건 최고 중 최고다. 그건 나도 낮게 볼 수 없다."

"……."

연극을 하는 배우가 왜 불을 다루는지 운정은 알지 못했지만, 일단은 이야기를 경청했다.

"그녀가 배우였던 시절, 그녀는 본인이 다루던 불에 이름을 붙여 주었다. 그리고 연기를 가르쳤다, 라고 나는 들었다."

"설마요."

"그녀에게 들었다. 직접. 그 불의 이름도 있다. 잊어버려서 말해 줄 수 없다. 어찌 됐든, 그녀는 마법사가 되기 전부터 이미 머리가 아픈 사람이었다."

"머리가 아프다니……."

머혼은 사악하게 웃으며 물었다.

"혹시 그녀가 당신의 미래를 책임진다고 말했는가?"

"아니요. 그러진 않았습니다."

"일부분은? 마법이나 다른 걸 가르쳐 준다는 방식으로 책임을 진다 말했는가?"

"……."

그의 웃음은 더욱 악해졌다.

"난 당신에게 쓸모 있는 경고를 한다. 그녀를 믿지 마라. 그녀의 마음은 날씨보다 더 잘 변한다."

운정은 입술을 살짝 다물더니, 머혼에게서 시선을 돌렸다. 잠시 생각하던 그는 다시 눈길을 돌려 머혼을 보았다. 머혼은 그때까지도 그를 빤히 쳐다보고 있었다.

운정이 말했다.

"스승님을 내쫓을 정도로 저와 비밀리에 해야 하는 이야기가 무엇입니까? 설마 방금 한 이야기가 그건 아니겠지요."

머혼은 유리컵을 내려놓고는 말했다.

"난 들었다. 로스부룩의 장례가 중원에서 실행됐다는 것을. 스페라에게 직접. 그런데도 천마신교가 살아 있다. 그녀는 미쳐서 파괴하지 않았다. 이유가 무엇인가?"

운정이 대답했다.

"잘 모르시겠지만, 그 장례식 때 그녀는 꽤나 미쳐 있었습니다. 산 하나를 통째로 깎아서 비석을 만들었습니다. 제가 그분의 기분을 풀어 드리지 않았다면, 얼마나 더 많은 산을 파괴했을지는 모를 일입니다."

"나는 산이 아니라 천마신교가 파괴될 것이라 믿었다. 하지만 아니다. 왜?"

어린아이가 말하는 듯한 그 말투는 묘하게 옥죄는 듯한 느낌이 있었다. 운정은 내력을 운용하여 만일의 사태에 대비하며 말했다.

"이미 답을 알고 물어보시는 것 같은데, 말씀하시지요."

머혼은 피식 웃더니 손을 모았다.

"자, 생각하자. 우리가 아끼는 장난감이 파괴되었다. 그러면 우리는 화가 난다. 떼를 쓸 수 있다. 그런데 우리가 아끼는 사람이 죽었다. 그러면 우리는 화가 더 난다. 그때는 떼만 쓰지 않는다. 복수한다. 죽인 사람을 찾아서 머리와 몸통을 나누고, 그 살을 발라서 피에 찍어 먹는다."

"그래서 하시고자 하는 말씀이 무엇입니까?"

"그녀에게 로스부룩은 사람이 아니다. 장난감이다. 사실 모든 것이 그녀에겐 장난감이다. 불도, 토끼도, 오크도, 사람도. 그녀에게는 같다."

"오해하셨군요. 스승님이 그렇게 보일 수 있다고 생각합니다만, 그렇지는 않습니다."

"내가 그녀를 더 오래 보았다."

"그래서 더 모를 수 있습니다."

머혼은 깊은 숨을 마시면서 가슴을 폈다. 그리고 반쯤 걸쳐 놓았던 다리를 다시 내리고 등받이에 등을 붙이며 정자세로 앉았다. 그러자 운정은 본의 아니게 그의 배가 얼마나 불룩한지 적나라하게 알 수 있었다.

머혼은 정면을 응시한 채로 말했다.

"로스부룩은 좋은 사람이었다. 아주 좋은 사람. 매우 드문 마음의 소유자였다. 나는 인간의 바닥을 자주 봤다. 그는 나와 다르다. 내가 아는 모든 사람과 다르다. 그는 바닥에서도 고결했다. 내가 데려갔다. 내 책임으로 중원에 같이 갔다. 그런데 죽었다. 내가 죽였다. 내가 미쳤다. 정말 미쳤다."

"……."

머혼은 울었다. 건장한 중년 사내가 그것도 배가 불쑥 튀어나온 남자가 푹신한 의자에 몸을 푹 묻은 채로 양쪽 두 눈에서 눈물을 흘리며 양손으로 마구 닦는 그 모습을 보며, 운정은 도저히 할 말을 찾지 못했다.

머혼은 몇 번이고 얼굴을 쓸며 눈물을 닦았다.

"그것을 왕도 안다. 왕도 슬퍼한다. 다행히도 왕은 나에게 분노하지 않는다. 천마신교에 한다. 왕의 슬픔은 나를 빗겨갔다. 그건 내 위치 때문이다. 내가 그만큼 이 왕국에 중요하기 때문이다. 나는 그런 존재인 것이다. 왕의 슬픔조차 빗겨가게 할 만큼 중요한 사람이다."

운정은 자신의 귀를 의심했다. 그는 눈을 똑바로 뜨고 머혼을 보았다. 머혼은 이제 자기의 뱃살을 만지작거리면서 훌쩍이고 있었다. 그러면서 그의 입술은 끊임없이 움직였다. 그리고 그의 아티팩트는 그 말을 계속해서 통역했다.

"내가 아는 운정 도사는 분명히 천마신교와 관계가 없었다. 그런데 이곳에 그들과 같이 왔다. 이해할 수 없다. 스페라의 보고가 이상하다. 그녀의 말은 그녀의 정신처럼 믿을 수 없다. 나는 어떤가? 확실히 외모는 스페라가 낫다. 하지만 그녀는 알 수 없다. 알 수 없는 사람이다. 언제 어떻게 무슨 행동을 할지 모른다. 하지만 나는 괜찮다."

그의 눈가는 촉촉이 젖어 있었지만, 더 눈물을 흘리진 않았다. 그는 자신이 낯선 중원의 손님 앞에서 눈물을 보인 것에 대해서 아무 생각도 없는 듯했다. 마치 눈물을 흘린 적이 없는 것처럼 표정의 변화가 없었다.

통역된 말투와 더불어서 그것은 더더욱 괴기하게 다가왔다. 운정이 말했다.

"그렇다면 로스부룩이 어떻게 죽게 되었는지 알려 달라는 겁니까?"

머혼은 고개를 끄덕였다.

"스페라의 이야기. 그것과 차이를 알고 싶다. 있다면, 심각하다. 없다면 괜찮다. 만약 말하고 싶지 않다면, 말하지 않는다. 하지만 앞으로 나에게 호의를 바랄 수 없다."

"이른바 협박이군요. 지금 이건?"

"친구의 죽음 앞이다. 고결함은 신경 쓰지 않는다."

운정은 머혼의 옆모습을 보았다. 그는 찻주전자와 두 유리
컵을 내려다보고 있었다. 그의 두 눈에는 깊은 슬픔과 함께
무언가 떠오르는 듯했다. 곧 그의 두 눈동자는 흔들거렸고,
눈 안에서는 눈물이 슬슬 차오르기 시작했다. 머혼은 눈을
지그시 감았고, 심호흡했다.

운정이 말했다.

"제 친우도 잡혀 있습니다. 다크엘프로, 백작님도 한 번 봤
었습니다."

머혼은 눈을 뜨고 운정을 돌아봤다.

"Dark elf?"

통역은 되지 않았지만, 운정은 고개를 끄덕였다.

"전에 동굴에서 봤었습니다. 기억하십니까?"

머혼의 시선이 조금 엇나갔다.

"기억한다. 그 또한 천마신교에 있는가?"

"예. 저와 함께 입교했습니다. 이계에도 같이 왔습니다."

머혼은 주먹을 입가에 가져가며 말했다.

"그런 일은 몰랐다."

"그를 저처럼 대접해 주신다면, 원하시는 것을 말씀드리겠

습니다."

머혼의 두 눈동자가 갑자기 뚜렷해지더니 운정을 바라보았다.

"그렇다면 말해야 한다. 우선적으로 왕은 로스부룩에 대해서 묻는다. 그 정보를 네가 주면 된다."

"약속해 주십시오."

운정의 강한 말에, 머혼은 잠시 고민했다. 그는 입가에 가져간 주먹으로 입술을 몇 번 쓰다듬더니 말했다.

"그것은 어렵다. 하지만 그를 지키는 것은 가능하다."

"그렇다면 그에게 어떠한 위해도 가해선 안 됩니다."

"구금하는 것은 바꿀 수 없다."

"알겠습니다. 안전만이라도 보장해 주십시오."

머혼은 알겠다는 듯 여러 번 고개를 끄덕였다. 그리고 즉시 큰 소리로 방 밖에 있는 기사 한 명을 불러서 귓속말로 명령을 내렸다.

기사가 밖으로 나가자 머혼이 말했다.

"당신의 말 그대로 했다. 그럼. 당신 차례이다."

운정은 천천히 그가 아는 대로 말하기 시작했다.

*   *   *

이야기를 모두 들은 머혼은 꽤 오랫동안 말이 없었다. 스페라의 말과 비교하며 혹시라도 다른 점이 있는지 생각을 정리하는 듯했다. 곧 머혼의 눈빛이 조금 안정된 것을 본 운정이 물었다.

"궁금한 것이 있습니다."

막 자리에서 일어나려던 머혼은 다시 육중한 몸을 카우치에 얹고는 아티팩트에 대고 말했다.

"무엇이?"

"그럼 델라이 왕국은 오로지 황궁을 통해서만 거래를 할 생각이십니까? 가장 큰 수출 목록은 아무래도 마법일 텐데 그것을 황궁에 수출하실지 궁금합니다."

"어렵다. 마법은 국력과 직결되는 것이다. 파인랜드 내에서도 마법 거래가 금지된 곳이 많다."

"그렇군요."

역으로 생각하면, 중원에서도 파인랜드에 함부로 무공을 팔 수는 없을 것이다. 그것이야말로 무림맹과 천마신교, 둘 다 동의하는 부분 아닌가? 하지만 양지가 있으면 음지가 있는 법. 무림도 그러할진대, 장사에 없을 리가 만무했다.

실제로 운정은 마법을 배우고 있으며, 아마 스페라도 무공을 가르쳐 달라고 할 것이다. 위에서 이런 것까지는 제지할 수는 없을 것이다.

고심하던 운정을 물끄러미 보던 머혼이 툭하니 말했다.

"난 네게 약속한다. Dark Elf에 대해서 걱정하지 않아도 된다. 그럼 왕이 널 찾을 때, 내가 다시 오겠다. 너는 기다려라."

그는 운정의 허벅지를 몇 번 두들긴 뒤, 자리에서 일어났다. 그리고 그 육중한 몸을 이끌고 방 밖으로 나갔다.

스페라와 머혼 둘 모두에게 약속을 받았으니, 여기서 소동을 피울 이유는 없다. 운정은 마음을 편안하게 먹고 푹신한 카우치에서 내려와 방바닥에 앉았다. 그리고 마선공을 떠올리며 운기조식을 취하기로 마음먹었다.

"삼합사령마선공이라… 세 개의 내공을 합쳐서 삼합(三合)이고, 네 엘리멘탈을 동시에 다루니 사령(四靈)인가? 좀 그렇지만, 스승님이 지어 주신 거니까."

중얼거린 그는 다시 정신을 집중하고 삼합사령마선공(三合四靈魔仙功)을 통해 운기조식을 시작했다. 단전에 가득한 건기와 곤기를 전신의 혈맥으로 보내 감싸고, 심장에 가득한 리기와 감기를 그 안쪽으로 역류시켜 인위적인 역혈지체를 이루는…….

[짠!]

운정은 눈을 뜰 수밖에 없었다.

그의 앞에는 귀여운 소녀의 모습을 한 실프가 있었다. 그녀는 배시시 웃더니 공중에서 뱅그르르 돌았다. 펑퍼짐한 그녀의 치마가 꽃봉오리처럼 펼쳐졌다.

운정은 설마 하는 생각에 주변을 보았다. 그가 들어왔던 호화스러운 방 그대로였다.

운정이 말했다.

[아스트랄도 아닌 현실에서 어떻게 존재하는 거야?]

그 순간 실프의 몸이 멈추고, 그녀의 얼굴에 공포가 서렸다. 그녀는 극히 두려운 표정으로 운정을 돌아보더니, 곧 달달 떨리는 목소리로 말했다.

[내, 내가 보여요?]

[응. 아주 잘 보이는데.]

[……]

[어떻게 가능하지?]

실프는 어쩔 줄 몰라 하며 양손을 모았다. 그러곤 곧 머리를 긁적이더니 또다시 배시시 웃었다.

[그럼 노움도 보이겠네요?]

그녀가 손가락으로 아래를 가리키자, 운정이 고개를 숙였다. 그러자 자신의 양 무릎 중간에 앉아서 입을 살짝 벌리고 낮잠을 자는 듯한 한 난쟁이가 눈에 보였다.

운정은 고개를 끄덕이며 다시 실프를 보며 말했다.

[응.]

[곤란하네.]

[뭐가?]

실프는 계속해서 머리를 긁적이더니 말했다.

[그… 혹시, 지금 우리한테서 에어(Aer)와 테라(Terra)를 빌려
달라고 하시는 건 아니죠?]

운정은 그녀가 하는 말이 무슨 말인지 알 듯 했다. 건기와
곤기가 폭발적으로 증폭되어 단숨에 입신의 경지에 이르는
그 형태를 말하는 것이다.

운정이 고개를 돌렸다.

[걱정 마. 건기와 곤기는 오로지 혈맥을 보호하는 데만 사
용하고, 내가 쓰는 것은 리기와 감기로 된 마기뿐이니까.]

실프는 살짝 웃었다.

[그러니까요. 에어나 테라는 모으기 아주 힘들다고요. 이렇
게 자의식을 유지하고 또 현세에 나타날 수 있을 정도로 배부
른 적은 처음이니까… 웬만하면 이대로 저희를 두셨으면 좋겠
어요. 그 이상한 검으로 아쿠아와 이그니스는 쉽게 모을 수
있으니 그걸 쓰세요. 전 또다시 배고파지기 싫어요.]

운정이 말했다.

[그렇구나. 내가 너희에게서 건기와 곤기를 빌리면 너희는
배고파지는 것이로구나.]

실프는 방긋 웃더니 말했다.

[그래도 필요하시면 드릴게요. 어차피 당신에게서 얻은 것이니.]

운정은 고개를 저었다.

[아니야. 목숨이 위험하지 않는 한 그렇게 하지 않을게.]

[아이. 착하셔라.]

까르르 웃던 그녀는 운정의 어깨 위에 앉았다. 그리고 손가락으로 운정의 볼을 톡톡 찌르며 장난쳤다. 그런데 운정은 그 감각을 전혀 느낄 수 없었다.

운정은 즉시 기이함에 사로잡혔다.

감각을 느낄 수 없는데, 어떻게 알았는가?

어깨에 앉았는데 어떻게 보이는가?

운정이 말을 조금 더듬었다.

[나… 혹시 지금 운기조식 중이야?]

실프가 대답했다.

[물론이죠. 그 정도로 고도의 집중을 하지 않으면, 우리가 아무리 배부르다 하더라도 이렇게 현세에 나왔겠어요? 아직 마법도 제대로 못 배웠잖아요?]

운정은 그제야 자신이 삼합사령마신공을 운용하고 있다는 사실을 깨달았다. 마치 사람이 숨을 쉬고 있는 것을 알지 못하다가 의식하게 된 것과 비슷했다. 새삼스레 그 사실을 알게 된 운정은 나지막하게 말했다.

[무아지경(無我之境)… 내 자의식이 내 몸과 정신에서 완전히 벗어났어. 이것이 무아지경이 아니라면 무엇이 무아지경이란

말인가? 아니지. 무아지경 중 자신을 자각한 것이니, 그것도
부족해.]

실프는 입술을 삐쭉거리더니 말했다.

[또 이상한 소리.]

운정은 작은 미소를 얼굴에 띠우며 말했다.

[그렇다면 이건 심력의 확장으로 인해 가능한 것인가? 삼합
사령마신공을 운용하는 데 필요한 모든 심력을 쓰고도 남은
양이, 내 자의식을 담을 만큼이나 크군.]

실프가 운정의 얼굴에 몸을 기대며 말했다.

[이제 우리 넷이 싸우지 않아도 되잖아요. 그러니 중재하실
필요도 없으니까요.]

[무공으로 말하면 십일성 대성한 것이로군. 애초에 내가 창
시했으니, 당연한 것이지만.]

실프는 갑자기 몸을 바로 세우더니 말했다.

[이왕 이렇게 된 거, 저랑 놀래요? 노움이 잘 때 나랑 놀아
줘야, 질투 안 한다고요.]

[논다고? 어떻게?]

실프는 혹 하고 몸을 공중에 띄우더니, 운정을 향해 손을
뻗었다. 운정이 그 손을 잡자, 그는 자신의 몸에서 완전히 빠
져나왔다.

실프는 그를 이끌고 방 안을 이리저리 돌아다녔다.

[바람은 제 권능. 바람을 타고 움직이는 것은 제게 있어 일
도 아니죠.]

[일이 아니다? 그럼 아무 데나 갈 수 있는 거야?]

[갈 수야 있지만 대부분 못 돌아올걸요? 헤헤. 그러니 돌아
올 수 있는 길로 가야 해요. 바람이 순환하는 곳으로. 그래서
제가 안내하는 것이고.]

그녀는 그렇게 말한 뒤, 운정을 이끌고 이리저리 돌아다녔
다. 방 안에서 수차례를 돌다가, 곧 그녀는 문틈 사이를 통해
밖으로 나갔다.

그들은 그렇게 한참을 왕궁 안팎을 날아다녔다. 때로는 벽
과 벽 사이를 뚫기도 하고 창문을 통해 밖으로 나갔다가 다
시 돌아오기도 했다. 하늘 높이 올라가기도 했고, 복도를 따
라 날기도 했다.

그런데 그 와중에 갑자기 운정이 다급하게 말했다.

[자, 잠깐.]

공중에 멈춰 선 실프가 되물었다.

[왜요?]

실프가 뒤돌아보니 운정이 한쪽에 시선을 두고 있었다. 그
곳에는 스페라와 머혼이 서서 서로를 보고 대화하고 있었다.

운정이 말했다.

[저들이 하는 말. 들을 수 있을까?]

[뭐. 말은 소리로 하는 것이고 소리는 바람이니 못 들을 것도 없죠.]

그녀는 대수롭지 않다는 듯 운정을 이끌고 이리저리 유영했다. 한참을 이리저리 돌아다닌 그녀는 곧 스페라와 머혼 사이에서 빠져나가지 못하고 감돌고 있는 한 바람 위에 안착했다.

양팔로 머리를 받치고 길게 누운 실프는 눈을 감고 잠을 청하듯 했다. 운정은 그녀의 옷자락을 붙잡은 채로, 머혼과 스페라가 나누는 대화에 집중하기 시작했다. 그들은 공용어로 대화하고 있었다.

[와! 아무리 그래도 그렇지 다 말했다고요? 조금 배신감 드는데?]

스페라의 표정이 실망감에 물들었다.

머혼이 말했다.

[내가 말했다시피, 그도 결국 중원인. 타인입니다. 그에게 너무 큰 믿음을 주지 않았으면 합니다.]

그 말을 듣는 즉시 실망감으로 가득했던 스페라의 표정에 작은 조소가 떠올랐다.

[아하. 이제 보아하니, 머혼 백작께서 우리 사이를 갈라놓으려는 것이로군요! 로스부룩한테도 그렇게 나하고 이간질을 하더니 이번에도 마찬가지죠?]

머혼의 눈꺼풀이 그의 두 눈을 반쯤 덮었다.

[로스부룩보다도 심하지요. 나는 그 천재 중의 천재가 당신에게 소비되어 국력이 낭비되는 게 싫었던 것입니다. 운정 도사와의 관계는 그 이상. 스페라 백작과 운정 도사 간의 관계로 인해서 델라이 왕국의 존망이 좌지우지되는 것을 보고 싶지 않습니다.]

스페라는 팔짱을 끼더니 거만한 표정으로 머혼을 보았다.

[이야. 왕궁에선 마법을 못 쓰다고 이렇게 태도가 달라지다니, 참으로 신기하군요. 전에 HMMC에선 고양이 앞의 생쥐처럼 벌벌 떨던데 말입니다.]

머혼은 공손히 대답했다.

[그야 당시 나는 당신이 로스부룩을 잃음으로 인해서 완전히 광기에 물들어 앞뒤를 생각하지 않고 난동을 피울 거라고 생각했기 때문입니다, 스페라 백작. 하지만 이토록 제정신을 유지하는 것도 모자라서 즉시 수제자를 채워 넣을 정도로 이성적인 분이란 걸 진작 알았다면 그리 두려워할 필요도 없었을 텐데 말입니다.]

스페라의 거만한 얼굴이 점차 굳기 시작했다. 그녀는 두 팔을 슬며시 내리며 말했다.

[슬퍼요, 나도.]

머혼이 여전히 공손한 투로 말했다.

[작은 일에도 그토록 충동적이신 분께서 국가 간의 관계가 걸려 있기에 애제자의 죽음에 이리도 냉정한 것을 보면 델라이를 향한 당신의 애국심은 참으로 흠모할 만합니다.]

[그렇다면 머혼 백작은 내가 슬퍼서 천마신교의 본거지라도 폭파라도 시켰어야 한다는 말인가요?]

[천마신교의 본거지를 폭파시켰다면 분명 저는 당신에게 온갖 설교를 하며 어떻게 책임을 질 거냐 윽박질렀겠지요. 델라이 왕궁을 무너뜨렸다면 목숨을 걸고서라도 당신을 막았을 겁니다. 하지만 말입니다, 스페라 백작. 지금보다는 당신을 좋아했을 겁니다.]

[그, 그건······.]

머혼은 스페라의 말을 잘랐다.

[그들이 이계에 있는 동안 운정 도사는 제가 데리고 있겠습니다. 당신이 나서서 그를 수제자라며 보호하려고 들었기 때문에, 국왕과 대신들 중 중원인인 그가 얼마나 많은 마법을 배우게 될지 또 그로 인해 얼마나 국력이 유출될지, 염려하는 사람들이 많아졌습니다. 그 때문에 겉으로라도 제가 그를 데리고 있어야 말이 나오지 않을 겁니다.]

[······.]

[그래도 정 그에게 마법을 가르치고 싶다면, 제 본가로 몰래 오셔서 하시지요. 어차피 당신은 하고 싶은 건 무조건 하시는

분 아닙니까? 말려 봤자, 힘 낭비, 돈 낭비, 시간 낭비일 뿐이
니.]

그렇게 말한 머혼은 몸을 돌려 걸어갔다. 그런 그의 뒷모습
을 보며 스페라는 몇 번이고 큰 소리를 치려 했지만, 곧 입을
다물어 버리곤 아무런 말도 하지 않았다.

그렇게 상심에 잠겨 있다가, 그녀가 갑자기 눈썹을 찌푸리
더니 운정을 돌아보았다.

[뭐야? 실프? 아닌데? 뭐지? 이상하네. 내가 예민한 건가?]

스페라가 빤히 쳐다보자, 느긋하게 잠을 청하던 실프가 후
다닥 잠에서 일어나며 운정을 이끌고 한 바람을 타고 스페라
에게서 멀어졌다. 그녀에게서 멀어지는 동안에도 스페라는 운
정을 계속해서 바라보았다.

곧 방 안으로 돌아온 실프는 안도하며 말했다.

[후우. 살았다. 설마 알아본 건 아니겠지요?]

운정은 멍한 표정으로 자신의 몸에 반쯤 들어가면서 말했
다.

[글쎄. 잘 모르겠어.]

실프는 배시시 웃더니 운정을 그의 몸에 밀어 넣으며 말했
다.

[암튼, 재밌었어요. 다음에도 또 놀아요, 알았죠?]

실프의 목소리가 희미하게 들리더니 곧 완전히 사라졌다.

운정은 눈을 떴다.

문이 열리고 스페라가 들어왔다.

"뭐야? 운기조식 중이에요?"

운정은 가부좌를 풀고 일어났다.

"다 끝났습니다."

스페라는 그를 위아래로 훑어보다가 한쪽 볼을 살짝 물며
말했다.

"다 말했더라고요?"

"예?"

그녀는 천천히 운정에게 다가오며 말했다.

"머혼 백작이 요구한 대로 로스부룩의 이야기를 전부 다 말
해 줬다고 들었어요."

"예."

"……"

"그것이 잘못되었습니까?"

태연한 표정을 짓는 운정을 보며 스페라는 눈을 게슴츠레
떴다.

"내가 다르게 보고했었으면? 그러면요?"

운정은 작은 미소를 짓더니, 그녀에게 걷자는 손짓을 했다.

"일단 국왕에게 가야 하니, 걸으면서 이야기하시죠. 국왕께
서 절 소환하신 것 아닙니까?"

스페라는 팔짱을 끼고 더욱더 불만 어린 표정을 지었지만, 일단 걸음을 걷기 시작했다. 그녀는 문밖을 나서자마자, 운정에게 쏘아붙였다.

"아니, 내가 못 미더웠어요? 내가 당신 친구 한 명쯤 신변 보장도 못 할 거라고 생각한 거예요? 나 백작이에요. 영지도 뭐도 없지만, 백작이라고. 면죄권도 있어요, 나."

운정은 천천히 그녀 옆에서 걸으며 말했다.

"그런 게 아닙니다. 다만 머혼 백작의 말과 표정을 보니 그가 의심하는 게 무엇인지 알 것 같아 그렇게 말한 겁니다."

"뭔데요?"

"아마도 그는 스승님과 제가 특수한 관계가 아닌가 하는 생각을 하는 듯했습니다. 은연중에 외모를 말하는 것을 보면 단순한 사제지간이 아니라 그 이상이 아닐까 의심하는 듯했습니다."

스페라는 입을 살짝 벌리더니 말했다.

"뭐라고요? 설마?"

"그게 아니더라도, 우선 스승님과 제 관계가 긴밀하다고는 의심하는 것 같았습니다. 그로 인해서 당신이 혹시나 델라이 왕국에 해가 될 행동을 할까도 의심하는 것 같았고."

스페라의 놀란 표정은 점차 사그라졌다.

"그건 같은 게 아니라, 그래요. 꽤나 노골적으로 말하던데."

"스승님이 델라이 왕국에 그리 큰 애국심이 없다는 걸 평소에도 노골적으로 표현했으니 그도 똑같이 노골적으로 말한 것 아니겠습니까? 그럼 나도 너를 믿지 못하겠다고."

"……."

"그러니 그 부분에 있어서 그를 안심시키고 싶었습니다. 제가 오로지 스승님만 믿겠다며 그의 제안을 단칼에 거절하면 그는 분명 우리의 유대 관계를 더욱더 위험 요소로 생각할 것이기 때문입니다."

스페라는 입술을 삐쭉거렸다가, 끼고 있던 팔짱을 풀며 물었다.

"그렇다가 내가 혹시라도 사실과 다르게 델라이 왕에게 보고했었으면요? 그랬으면, 나를 못 믿게 된 왕이 나를 바로 체포했을걸요? 여기선 마법도 못 쓴다고요. 참 나."

그러고 보니 스페라는 지팡이를 어디 두었는지 들고 있지 않았다.

운정이 말했다.

"그래서 최대한 두루뭉술하게 말했습니다. 어차피 저도 제가 아는 것만 아니, 사실만 확인시켜 주었죠."

"뭘 물어봤는데요?"

"이런저런 많은 걸 물어봤지만, 가장 그가 알고 싶어 하던 부분은 결국 로스부룩이 진짜 천마신교로 인해 죽은 것이 아니냐는 것이었습니다."

스페라는 답답한지 고개를 들고 숨을 짧게 내쉬었다.

"하! 아니라고 했는데, 그걸 못 믿어서 당신한테 접근해서 또 물어본 거야? 아니, 내가 내 제자의 죽음을 속이겠냐고? 정말 누가 의심쟁이 아니랄까 봐."

"그만큼 이 나라를 사랑하시는 것이겠지요."

스페라는 전과 똑같이 숨을 짧게 내쉬었다.

"하! 그가요? 절대 아니죠! 다들 속아도 난 알지. 그 너구리 같은 영감은 분명 꿍꿍이가 있어. 뭔지 몰라도."

"……."

"아무튼. 국왕과 만나면 최대한 공손하게, 그리고 웬만하면 진실만을 말해요. 혹시라도 내가 잘못 통역할까 봐 나 말고도 아티팩트의 통역을 동시에 들을 거예요. 그러니 당신이 하는 말을 나는 그대로 전할 수밖에 없어요."

운정은 스페라를 돌아보며 따뜻한 목소리로 말했다.

"당신이 아니었다면, 나도 지금 천마신교의 교인들처럼 되었으리라 생각합니다. 힘을 실어 주셔서 감사합니다."

"나도 뭐 나를 위해서 하는 거니 고마워하실 필요 없고. 아무튼 앞으로도 더 실어 줄 거니까, 기대해요."

그렇게 말한 스페라는 조금 기분이 풀렸는지, 발걸음이 조금 산뜻했다.

그들은 곧 큰 방 앞에 섰다. 그 앞쪽으로 여섯 명의 기사들이 서 있었는데, 머리까지 완전히 가리는 흙빛 갑옷을 입고 대방패와 대검을 각각 손에 쥔 채 땅에 세우고 있었다.

운정은 그들을 훑어보며 이계의 무사들과 한번 싸워 보고 싶다는 가벼운 생각을 하며, 그 방 안으로 들어섰다.

문이 있는 곳을 제외한 삼면과 천장이 완전히 투명한 유리로 되어 한쪽에서부터 햇볕이 그대로 쏟아지고 있었다. 그 중심에는 바로 전 방에서 운정이 앉았던 카우치보다 더욱 크고 세련된 것이 삼각을 이루고 있었는데, 그 중심에는 그에 맞춘 삼각형의 고급스러운 나무 식탁이 있었다. 그 아래로는 사자처럼 보이지만 그보다는 더욱 크고 또 색이 진한 털을 가진 어떤 동물의 가죽이 방바닥을 가득 채우고 있었다.

중심엔 한 남자가 있었다. 그는 각각의 면 중심에 놓인 세 유리잔에 티를 조심스레 따르고 있었는데, 머리에 쓴 왕관을 보면 그가 델라이 왕인 듯 보였다. 하지만 시녀도 없이 홀로 그런 일을 하고 있는 걸 보면 도저히 한 국가의 왕으로 보이지 않았다.

스페라가 반쯤 무릎을 꿇고 손을 가슴에 얹으며 말했다.

"Good afternoon, my king."

운정은 눈치껏 그녀를 따라서 말했다.

"Good afternoon, my king."

그 말을 들은 델라이는 주전자를 내려놓으며 방긋 웃었다.

"I didn't know I was your king, DaoShi Woon. Anyway, I like your accent. Very exotic. Please, have a sit."

양손으로 양쪽을 가리키며 말한 그는 그 중앙 면에 앉았다. 그리고 목에 건 아티팩트를 가동했는데, 그것은 머혼이 썼던 것과 동일한 것으로 보였다.

스페라는 그중 오른쪽으로 가며 운정에게 말했다.

"왼쪽으로. 그리고 그럴 때는 my king이 아니라 your grace라고 하시면 돼요. 당신의 왕은 아니니까."

운정은 고개를 두어 번 끄덕이더니, 왼쪽으로 가 앉았다.

둘 다 앉은 것을 확인한 델라이 왕이 운정에게 말했고, 스페라가 통역했다.

"중원인들은 차를 좋아한다지. 이곳보다 더운 지방인 제국에선 이 민트가 유명하다네. 머혼 백작이 가져온 중원의 티만큼 풍부하고 기품 있는 맛은 아니지만, 강렬하고 자극적인 게 꼭 나쁘지는 않아. 한번 마셔 보게."

운정은 그것을 한 모금 마시더니 말했다.

"차를 유리로 만든 잔에 마시니 조금 새롭습니다. 찻잔의 색이 없으니, 차 고유의 색을 볼 수 있어 좋은 듯합니다."

델라이는 포근한 표정을 지었다.

"내가 직접 재배해서 우려냈네. 저쪽에 있는 식물들이 민트지. 내가 차를 좋아해서 말이야. 아마 앞으로 중원에서 가장 많이 수입하게 될 것이 차라고 생각해. 차에 대해서 엄격한 나도 중원의 것은 정말 좋았으니까. 그것은 확실해."

그가 방 한쪽을 손으로 가리켰다. 그곳에는 그들이 앉은 카우치만큼 긴 화분에서 많은 식물들이 자라고 있었는데, 모두 같은 종류였다.

운정이 말했다.

"이곳보다 더운 지방의 식물이라 유리 안쪽에서 기르시는군요."

그런 그를 보는 델라이의 눈빛이 반짝였다. 그는 스페라를 한번 흘겨보았다.

"전혀 긴장하지 않았군. 왕을, 그것도 이계에 있는 왕을 알현하면서 말이야."

운정은 부정하지 않았다.

"제가 그래 보이나 봅니다."

델라이는 여전히 미소를 유지한 채로 운정을 찬찬히 바라보았다.

"그런 당연한 논리적 추론은 긴장한 상태에서는 의외로 전혀 하지 못한다네. 여유로운 마음가짐이 아니면 자연스러운 생각이 안 되지. 난 세상에서 내로라하는 재능 많은 인재들을 많이 봐 왔네. 대부분은 내 앞에 서면 내가 부리는 하녀들보다 더 지능이 떨어져서 말이야, 재미가 별로 없어."

"하하. 그렇습니까?"

델라이는 유리잔을 들어 차를 한 번에 반 이상 마셨다. 그의 말처럼 그는 차를 그리 즐기는 사람은 아닌 것 같았다.

그는 앞으로 몸을 기울이며 양 팔꿈치를 무릎에 대고는 양손을 모아 코 주변으로 가져갔다.

"다크엘프의 신변을 보장해 달라는 것뿐인가?"

"예?"

"조건 말이야. 우리 쪽에 천마신교의 정보를 전달해 주겠다는 조건 말일세. 자네의 친구라고 했지? 다크엘프가. 그를 우리가 지켜 주면 우리에게 좋은 정보를 줄 텐가?"

의도적인 것인지, 너무나 갑작스레 본론이 튀어나왔다. 하지만 운정은 당황하지 않으며 차분히 자신의 입장을 말했다.

"그건 저와 신뢰를 쌓기 위한 선행조건입니다. 무사히 제가 중원에 도착하면 그 이후, 델라이에게 계속 정보를 제공할지는 델라이 입장에서도 확신할 수 없지 않습니까? 우선 제게 호의를 보이시면 델라이와 좋은 관계를 쌓을 수 있다는 겁니다."

스페라는 그의 말을 번역하며 델라이의 눈치를 보았다. 델라이도 스페라의 표정을 보며 상황을 이해하곤 굳은 표정이 되었다.

"외모와 다르게 강한 사람이군. 하기야, 전혀 긴장하지 않은 것만 봐도 강하다는 걸 알겠어. 그럼 조건은 뭔가?"

"제가 스승님께도 말씀드렸던 것처럼, 델라이의 국가급 마법의 정체와 이번 황궁과의 회담의 목적, 이 두 가지에 대해서 알려 주십시오. 그러면 저도 델라이에서 원하는 천마신교의 정보를 이후 알아내서 알려 드리겠습니다."

"나도 이런저런 많은 사람을 만나 봤지만, 자네와 같은 사람은 평생 처음이네. 설마 이중 첩자질을 아주 대놓고 할 생각인가?"

"어차피 전 첩보를 할 줄 모릅니다. 양쪽에 필요한 정보를 제공하고 제가 원하는 것을 얻을 뿐입니다. 그것이 마법이든 무공이든 말입니다."

"대단한 자신감일세. 하지만 세상은 그리 호락호락하지 않지. 그렇게 하다가 양쪽 모두의 공분을 사면?"

"공분을 살 일이 뭐가 있습니까? 그저 있는 대로 말하고, 제가 원하는 것을 받아 갈 뿐입니다."

"공분을 사지 않는다 해도 양쪽 모두에게 위험한 인물로 취급될 수 있어. 그러면 어느 곳에서도 자네의 생명을 보장하지 않을 것일세."

"어차피 세상 어느 곳에서도 제 생명을 맡길 수 있는 곳은 없습니다. 제 생명은 오로지 제가 지키는 것입니다."

"……."

"전 제가 원하는 것을 말씀드렸으니, 델라이 쪽에서도 제게 원하는 것을 확실히 말씀해 주십시오. 단순히 스승님이 아끼는 제자라고 귀빈 대접을 해 주시는 건 아니겠지요."

델라이는 통역된 마지막 말을 듣더니 입꼬리 한쪽이 올라갔다. 그리고 등받이에 등을 기대고 하늘을 올려다보며 생각에 잠겼다.

운정은 느꼈다. 확실히 이계의 인간이라고 해도 인간은 인간인 듯싶었다. 전에 카이랄과 처음 만났을 때는 의사소통 자체가 뭔가 삐끗한다는 느낌을 많이 받았는데, 델라이와는 기본적으로 통하는 것이 있었다.

한참을 생각한 델라이가 말하고 스페라가 통역했다.

"차원이동의 여파로 인해 모두 기절했다고 하고, 그나마 제정신을 유지한 사람이 바로 운정 도사. 그래서 운정 도사와 이것저것 이야기를 해 보니, 말이 잘 맞아서 앞으로 그를 통해서 거래를 하겠다. 어떤가? huh? Oh. You were talking to me?"

찬찬히 통역을 하던 스페라는 그 말이 자신을 향한 줄 뒤늦게 깨달았다. 그녀는 곧 어깨를 한번 들썩이며 모르겠다고 말했다.

델라이는 운정을 보며 다시금 말을 이었고, 스페라는 조심스레 그것을 통역했다.

"운정 도사 생각은 어떤가? 내가 그렇게 해 주면, 천마신교와의 거래에 있어 모든 권한을 자네가 얻게 되는 것이지. 난 오로지 자네만 믿을 수 있으니 자네를 통해서만 거래하겠다고 고집을 부리는 거야. 그럼 천마신교도 어쩔 수 없지. 그러면 자네에게 갈 정보도 많아질 테고."

"……."

"차원이동이 정신적으로 쉬운 일은 아닌지라 황궁에서 온 사람과 간단하게 인사치레만 하고 쉬라 했는데, 그 와중에도 달라붙어서 이것저것 논하려 하니 정말 절박해 보이더군. 절박한 사람의 말은 믿을 수가 없어서 다른 귀가 필요하다는 생각이 들었네. 그 다른 귀가 운정 도사가 되어 줬으면 좋겠네. 어떤가? 그 사례는 이후 천천히 해 보도록 하지."

운정은 그 즉시 하겠다고 하고 싶었다. 하지만 이런 중요한 결정을 쉽사리 내렸다가 걷잡을 수 없게 될 수 있기에 그는 일단 보류하기로 마음먹었다. 아니, 그런 척이라도 해야 방금 델라이가 말한 것처럼 절박해 보이지 않을 것이다. 짧은 시간이지만, 세속에서의 생활이 헛으로 지나가진 않았던 것이다.

운정이 말했다.

"생각할 시간을 주십시오."

델라이는 미소 지었다.

"천마신교의 인물들은 내일 이 시간에는 깨어날 테니, 적어도 내일 아침까지는 답을 주시게."

운정은 포권을 취하며 방금 배운 것을 응용했다.

"Yes, your grace."

이후 델라이는 중원에 대해서 사소한 질문들을 했고, 운정은 가볍게 대답하며 친분을 다졌다. 궁금증 외에는 다른 의도가 담기지 않은 순수한 질문들이었기에 운정도 순수하게 중원을 알고 싶은 이방인을 대하는 태도로 자세하게 설명해 주었다.

한 시간 정도 지나자, 델라이는 운정에게 역으로 묻고 싶은 것을 물어보라 했고, 운정은 그 즉시 이계의 무학을 알고 싶다고 했다. 델라이는 웃으며 기사 한 명을 안으로 불렀고, 곧 밖에서 기다리던 기사 중 한 명이 방 안으로 들어왔다.

흑색 갑옷을 입은 그는 델라이 앞에 섰고, 운정은 그를 보며 말했다.

"철 갑옷인 듯한데, 머리까지 두르고 있는 저런 형태는 중원에 없습니다."

운정의 말을 스페라가 통역하자, 델라이의 얼굴에서 자긍심이 떠올랐다.

그가 말했고, 스페라가 통역했다.

"델라이가 자랑하는 두 기사단 중 하나인 흑기사단이지. 그런데 중원의 기사들은 갑옷을 입지 않는 이유가 무엇인가?"

"갑옷은 몸을 너무 무겁게 해서 움직임에 불편합니다. 무거움은 실질적인 무게보다는 내력(NeiLi)으로 보완하는 것이 속도에 더딤이 없습니다."

"그래도 황궁의 고수들은 갑옷을 입던데?"

"황궁의 무사들은 다수의 하수를 상대할 일이 많아 그렇습니다. 하지만 그래도 저렇게 무거운 갑옷은 절대 입지 않습니다. 내력이 담긴 고수의 검은 어차피 모든 것을 자릅니다. 그 앞에서는 천도 철도 무용지물이기에 무거운 갑옷은 득보다 실이 많습니다."

그 말을 들은 델라이는 고개를 갸웃했다. 그뿐만 아니라 전혀 살아 있는 것 같지 않던 흑기사도 짧게 호흡을 내뱉었다.

델라이는 조심스럽게 말했고, 스페라 통역했다.

"듣자하니 중원에는 검에 그 내력이라는 힘을 불어넣어 자르지 못하는 것이 없게 만들 수 있다고 들었네. 그것이 정말 실재한다면 확실히 갑옷을 입던 안 입던 차이가 없겠지. 혹시 괜찮다면 나에게 선보여 줄 수 있나?"

운정은 고개를 끄덕였다.

"제게 나중에 마법을 선보여 주시겠다 약속하시면 그렇게 하겠습니다."

델라이는 중얼거렸다.

"뭐 하나 그냥 넘어가는 것이 없… 굳이 이 말까지는 통역하지 않아도 되네. 아니, 그만 통역하라고. 스페라 백작."

스페라는 장난기 어린 표정으로 델라이를 흘겨보더니 앞에 있던 민트티를 마시면서 모르는 척했다. 그것은 그녀가 전에 내력에 대해서 말한 것을 믿지 않은 델라이를 향한 작은 투정이었다. 델라이는 고개를 도리도리 흔들더니, 옆에 흑기사에게 말했다.

"Your shield."

쿵.

흑기사가 왼손을 들고 있던 방패를 앞에 내려놓았고, 그것은 바닥을 크게 울렸다. 흑기사가 말했다.

"As you wish, my king."

묵직한 음성에는 산전수전을 모두 겪은 노장이 아니고서가 가질 수 없는 거침이 은연중에 들어 났다. 운정은 호승심을 숨기지 않으며 그 흑기사를 올려다보았고, 그제야 그 투구 속에서 강렬히 빛나고 있는 그 흑기사의 눈빛과 마주할 수 있었다.

운정의 입꼬리가 더욱 깊은 미소를 만들어 내며, 그의 몸에서 은은한 마기가 흘러나오기 시작했다. 왕과 흑기사가 심상치 않은 기운을 느낄 때쯤, 스페라가 운정의 앞에 고개를 숙내밀고, 고갯짓으로 흑기사가 앞에 내려놓은 방패를 가리키며 말했다.

"이거. 우리 세계에선 가장 강한 물질이야. 열과 충격은 물론 마법에 대한 저항력도 상상을 초월하지. 내력을 선보이기엔 안성맞춤일 거야, 제자."

운정이 말했다.

"그럼 제 검을 돌려주셔야 하지 않겠습니까?"

"아, 그렇지."

스페라는 델라이를 향해 뭐라 말했다. 그런데 말하는 도중 흑기사가 큰 소리로 그녀의 말을 잘랐다.

"Elbatpeccanu!"

스페라는 말을 멈추고 고요한 눈길로 흑기사를 올려다보았다. 흑기사는 그녀를 똑같이 마주 보며 아무런 말도 하지 않았다.

델라이는 심각한 표정을 한 운정에게 윙크를 한번 하더니 말했다.

"Don't kill me with it. Okey?"

운정은 고개를 끄덕였다.

민트티로 목을 축인 델라이는 손짓했고, 그러자 다른 흑기사 한 명이 밖에서 운정의 태극마검을 가지고 왔다. 운정이 그것을 뽑아 들자, 두 흑기사 모두 검에 손을 가져갔다.

운정은 태극마검에 내력을 불어넣었다. 리기와 감기로 된 마기는 혜쌍검마의 심득을 빌려 태극마검에 가득 차오르기 시작했다. 그러자 태극마검에선 서서히 오묘한 흙빛이 흘러나오며 모든 이의 시선을 빼앗았다.

운정은 범인의 눈에도 확인할 수 있도록, 느린 속도로 그 방패를 향해서 검을 정면에서 찔러 넣었다. 그리고 그의 검은 두부 안으로 들어가는 것처럼 방패를 뚫고 들어가 검신의 마지막까지 안으로 파고들었다.

그 광경을 보며 두 흑기사는 검을 쥐던 손에서 자기도 모르게 힘을 뺐다. 델라이는 눈을 번쩍 뜬 채 한 손을 들어 자신의 입을 가렸고, 스페라는 고개를 끄덕거리며 민트티를 마셨다.

운정은 방패에서 검을 빼고는 검집에 넣었다. 그리고 공손히 상 위에 올려놓으며 말했다.

"중원에선 절대로 찾아볼 수 없는 강도의 것이군요. 단순히 찌르는데 소비되는 내력이 이 정도라면 거의 금강석에 비견될 만합니다. 그런 물질로 전신을 뒤덮다니, 대단합니다."

운정은 정말로 감탄한 것이지만, 감탄을 넘어서 경악한 세 명은 운정의 말이 들리지도 않았다. 모두 말을 잇지 못하는데, 처음 방 안으로 들어왔던 흑기사가 델라이에게 물었다.

"My king. May I speak?"

델라이가 대답했다.

"Go ahead."

흑기사는 고개를 돌려 스페라에게 말했고, 스페라가 통역했다.

"혹시 그 검을 살펴보아도 되냐고 묻는군요."

흑기사는 운정의 검이 특이한 재질로 만들어져서 그런 일이 있어났다고 의심하는 듯했다. 운정은 기꺼이 태극마검을 내주었다.

"좋습니다. 부러뜨리지만 않는다면요."

운정이 허락하자, 그 기사는 양손으로 목 주변을 이리저리 만지작거리더니 곧 투구를 벗었다. 그 안에서 한쪽 눈에 칼자국이 있고, 머리 이곳저곳에 끔찍한 상처가 있는 중년 남성의 얼굴이 나타났다. 그의 눈은 차분했지만 동시에 뜨겁게 불타고 있었다.

그런 그를 보며, 옆에 있던 다른 흑기사는 당황했는지 짧은 소리를 내곤 곧 입을 다물었다. 그러나 중년의 흑기사는 그에 아랑곳하지 않고 운정의 검을 들더니, 자신의 하나밖에 없는 눈 가까이 그 검을 가져갔다. 눈초리를 모으고 위아래로 검신을 찬찬히 훑어보며 자세히 살펴보았다. 몇 번을 그렇게 반복한 뒤에, 그는 스페라에게 물었다.

"Are there any magical effects on this sword?"

스페라는 고개를 저었다.

"None. And even If there is, it would be useless against Melasium."

그 흑기사는 도저히 믿을 수 없다는 듯 그 검을 천천히 상위에 내려놓으면서 운정을 향해 말했고, 스페라가 그것을 통역했다.

"차원이동을 한 지 얼마 안 돼서 이런 부탁을 하기 어렵지만, 혹시 자기와 비무를 해 줄 수 있냐고 말하는군요. 양쪽 차원의 무학을 서로 나눌 수 있는 선에서 말이에요."

운정은 고개를 두어 번 끄덕였다.

"저야 좋습니다."

그 말을 들은 기사는 델라이를 보았고, 델라이도 승낙했다.

"손님께서는 머혼 백작의 집에서 머물 계획이시니, 머혼 백작이 집으로 돌아가기 전까지는 황궁에 있을 것이다. 둘 다 기사시니, 나와 재미없는 이야기를 하는 것보단 둘이서 시간을 보내는 것이 더 유익하겠지."

중년의 흑기사는 감사하는 말과 함께, 운정에게 말했고 스페라가 통역했다.

"혹 괜찮으면 지금 바로 비무해도 되냐고 묻는군요."

운정은 미소를 지으며 태극마검을 손에 잡고 자리에서 일어났다.

"좋습니다."

델라이도 자리에서 일어나더니 말했다.

"나도 관전해 보고 싶긴 하군. 다 같이 가세."

그렇게 그들은 모두 다 함께 방을 나섰다.

대략 십 분에서 십오 분 정도 걸어 그들은 거대한 연무장에 도착했다. 여기저기 다양한 종류의 무구들이 즐비했고, 짚으로 만든 허수아비와 갑옷까지 입고 있는 허수아비들도 있었으며, 한쪽에는 언제든 집어 먹을 수 있게 음식과 과일들이 쭉 나열되어 있었다.

그곳의 중앙에 자리 잡은 중년의 흑기사는 운정에게 손짓했고, 운정은 그의 앞에 섰다.

흑기사는 그의 대검을 오른손으로 잡고 허리를 튕겨 어깨 위에 올려놓았다. 얼마나 중량이 큰지, 그 순간 두 발이 흙바닥을 조금 파고 들어갔다. 그리고 그는 대방패로 자신의 앞을 가리고는 운정을 바라보았다.

운정은 칠흑 같은 그 기사를 바라보며 마치 거대한 산을 바라보는 것 같았다. 자신의 모든 내력을 동원하여 부딪친다 할지라도 무너뜨릴 수 없는 그런 중압감. 풍기는 기운이 그렇다는 것이 아니라, 실질적인 무게가 그렇게 보였다.

그는 태극마검에 내력을 주입하며 내려다보았다.

내력이 주입된 물건은 내력을 주입한 당사자를 제외하고 본래 무게에 두 배에서 세 배까지 늘어난 효과를 주며 마기의 경우 네 배에서 다섯 배까지도 가능하다.

운정은 시선을 돌려 육중해 보이는 흑기사의 대검을 보았다. 태극마검으로는 다섯 배가 아니라 열 배가 늘어나도 상대가 안 될 만큼 무거워 보였다. 내력을 가득 불어넣은 채로 충돌한다 해도, 아마 튕겨 나가는 쪽은 태극마검이 될 것이다.

그렇다면 승부를 걸어야 하는 쪽은 바로 예기(銳氣). 충돌시키는 것이 아니라 베어 버리는 것이다. 금강석과 같은 엄청난 경도를 뚫고 몸을 베려면 극심한 내력 소비가 따라올 것이고, 그것은 대자연의 기운이 이토록 메마른 이계에선 더더욱 치명적으로 다가올 것이다.

운정은 태극마검을 쥔 손에 힘을 불어넣으며 앞으로 내달리기 시작했다. 그들의 거리가 3m 정도 되었을 때, 이미 흑기사의 몸이 움직였다. 그가 어깨에 멘 대검의 길이가 운정의 키보다 컸기 때문이다.

운정은 자신에게 날아오는 대검을 보며 몸을 더욱 빨리했다. 이를 확인한 흑기사의 발놀림이 갑자기 달라졌다.

부우웅—!

흑기사는 앞이 아닌 뒤로 한 발을 내디디며 어깨에 멘 대검을 운정을 향해 휘둘렀다. 검 안으로 파고들어 손목을 치려던 운정은 갑자기 자신의 몸을 따라오는 검격에 감탄하며, 내력을 다리로 돌렸다. 보법의 도움 없이는 도저히 피할 수 있는 길이 없었기 때문이다.

그 순간 운정의 신형이 흔들리며 여러 갈래로 갈라졌다.

第三十九章

머혼은 '그것'이 무엇인지 전혀 알 수 없었다. 얼핏 보면 고명한 예술가의 작품 같기도 했고, 또 다르게 보면 어린아이가 장난친 것 같기도 했다. 혹은 한 세기를 풍미한 마법사가 만든 괴상한 아티팩트 같기도 했고, 전설에서 나올 법한 괴물 같기도 했다.

　그것을 한참 동안이나 보던 머혼은 겨우 눈길을 돌려 옆에 있는 책장을 보았다. 이런저런 책을 살피던 그는 곧 '금속에 관하여'라는 책을 찾아 책장을 펼쳤다. 그리고 그 책에서 한 금속을 찾아보았다.

멜라시움(Melasium).

그 아래로는 빼곡한 글씨가 쓰여 있었다. 그 역사와 어원 그리고 제조 방법 및 멜라시움에 관한 모든 정보가 있는 듯했다. 머혼은 눈을 가늘게 뜨고 손가락으로 줄을 따라가며 빠르게 글을 읽어 내려갔다. 그렇게 몇 장 정도 넘겼을 때, 그가 원하는 항목을 찾을 수 있었다.

그는 눈 가까이 책을 가져가 읽었다.

"강도 A급. 경도 S급. 탄성 C급. 내마성 S급. 내취성 A급. 내열성 A급. 내전성 A급… 세상에 이걸… 사람의 힘으로 저리 만들었다고?"

툭.

머혼은 자기가 책을 떨어뜨린지도 모르고 또다시 '그것'에 시선을 빼앗겼다. 그때 뒤에서 누군가 다가오는 소리가 들렸다.

머혼이 신경질적으로 말했다.

"잠깐 나가 있으라 하지 않았… 전하!"

그는 즉시 고개를 반쯤 숙이고는 한 팔을 들어 가슴에 두었다. 대장간으로 들어온 델라이는 자기와 함께 들어온 대장장이의 어깨에 손을 살짝 올리고는 말했다.

"그가 무슨 잘못을 했다고 그리 화를 내는가? 그가 없었다면 흑기사단 자체가 결성되지 못했을 것이네. 머혼 백작이 출신에 민감한 건 알겠지만, 내가 직위를 하사한 순간부터 귀족이야."

머혼은 실수했다는 걸 자각하고는 대장장이를 향해서 한 번 더 고개를 숙였다.

"큰 결례를 범했습니다, 타소노 자작."

타소노는 어색하게 웃으며 말했다.

"아닙니다. 괜찮습니다. 신경 쓰시지 마시지요, 머혼 백작."

델라이는 '그것'으로 천천히 걸어가 머혼 옆에 서며 말했다.

"업무가 다 끝나서 내게 올 줄 알았는데, 이걸 구경하고 있었나? 해가 거의 진 시각이라 출궁을 서두르는 게 좋을 텐데. 그러게 왜 수도 밖에 저택을 지어서 매번 귀찮게 구는지 모르겠군."

"혹시 모르잖습니까? 전쟁이 나서 수도에 유성이라도 떨어질지. 그리고 도시 밖 밤은 위험하지만 제게도 좋은 장벽이 되어 줍니다."

"좋은 기사를 두었다고 너무 여유 부리지 말게."

머혼도 델라이와 시선을 같이하며 말했다.

"저도 바로 출궁하려 했습니다만, 이야기를 듣고 직접 눈으로 보지 않고는 도저히 견딜 수 없어서 와 봤습니다."

델라이는 '그것'을 향해 고갯짓했다.

"처참하지? 걸레짝이 따로 없어."

"......."

"자네는 자세히 모르겠지만, 지금까지 중원인들이 델라이 왕국에 차원이동한 것은 세 번으로 알려져 있어. 오늘을 제외하면 두 번의 행적은 탐사가 목적인 듯하네. 그때 중원인의 검이 철 갑옷을 마치 종이처럼 뚫어 낸 일이 보고되었었네. 사실 오늘까지도 난 그들에게 파인랜드에 없는 어떤 미지의 금속이 있는 줄 알았어."

머혼이 나지막하게 말했다.

"제가 항상 말씀드렸다시피 그들은 물질을 가공하는 쪽으로 무학을 발전하지 않았습니다. 마나를 이용하여 물질을 강화시키는 쪽으로 발전했습니다. 그리고 오늘 그 기술이 우리의 기술을 앞선다는 걸 여과 없이 보여 주었군요. 저도 그 단순한 철검으로 멜라시움을 이렇게 만들 수 있는지는 몰랐습니다."

델라이는 고개를 끄덕이며 말했다.

"봐줬다는군."

"예?"

"슬롯 경이 말하길 운정 도사가 봐줬다고 하는군. 델라이 최고의 기사가 최고의 무구를 입고 전심전력으로 싸웠는데 말이야. 그가 말하길 운정 도사가 원한다면 얼마든지 자기 몸에도 구멍을 낼 수 있었다는 거야. 하지만 딱 갑옷까지만 베고 찌르고 해서… 딱 저런 결과가 나왔지."

"그랬다면 진작 패배를 외쳤어야 합니다. 멜라시움 플레이트 아머(Melasium Plate Armor)가 얼마나 귀중한 것인데, 그게 저리 되도록 싸움을 한답니까?"

"이기고 싶었나 보지, 그토록. 아시다시피 슬롯 경이 멜라시움 플레이트 아머세트(Armor set)를 입었을 땐 패배한 적이 없어. 파인랜드 최강의 기사 중 하나라 해도 과언이 아니지. 하지만 운정 도사가 파인랜드의 검술에 흥미가 돋지 않았었다면, 첫 일격에 패배했을 거야."

"……."

"단순 무게 차이 때문에라도, 단 한 대만 공격을 성공시켰다면 자기가 이겼을 것이라 그러더군. 하지만 마나를 불어넣는 그 기술과 동시에 말도 안 되는 움직임 때문에 졌다고 해. 자기가 멜라시움 플레이트 아머를 벗고 맨 몸으로 목검을 휘둘러도 아마 한 번도 못 맞췄을 거라 하더군."

"그건 내공(Neigong)이라고 하는 겁니다. 그들은 마나로 검을 강화시킬 뿐 아니라 신체의 능력 또한 비약적으로 발전시키죠. 그래서 눈으로 좇을 수도 없을 만큼 빨라집니다. 하지만 아무리 그래도 슬롯 경을 봐주면서 싸웠다니… 그 정도일 줄은 몰랐습니다."

"왕궁 안에선 마법이 불가능하지. 마법이 아닌 마나를 그대로 사용한다고 들었는데, 그게 그런 뜻이로군."

머혼은 델라이를 돌아봤다.

"이젠 내공과 내력의 존재를 믿으십니까?"

델라이의 표정은 크게 굳어 있었다.

"그래. 확실히. 슬롯 경과 스페라 백작 둘 다 그 검이 평범한 철검임을 확인했으니, 미지의 물질 가설은 틀렸다고 봐야지."

"그럼 제가 주장한 대로 수입 목록의 최고 우선순위는 중원의 내공으로 하겠습니다."

델라이는 고개만 끄덕였다.

머혼이 몸을 돌려 대장간에서 나가려는데, 델라이가 갑자기 그를 불러 세웠다.

"그러고 보니 운정 도사는 오늘 자네 저택에서 머문다지?"

"그를 구속할 수 없지 않습니까? 하지만 마법을 쓰지 못하는 황궁에선 그의 힘이 너무 강합니다. 자유롭게 두었다가 무슨 일이 생길지 모릅니다. 수도 안도 황궁과 너무 가깝습니다. 그러니 제 집에서 머무르게 해야 하겠지요."

"스페라 백작은 마음에 안 들어 하는 것 같지만 아무 말 안 하던데, 잘 구슬렸네."

머혼은 그 말에 대꾸하지 않고 말을 돌렸다.

"그를 잘 설득해서 우리 쪽을 따르게 만들겠습니다."

"그래, 알아서 잘하겠지. 그럼 머혼 백작. 밤이 되기 전에 어서 들어가시게. 델라이 최고 대신을 몬스터(Monster)에게 잃고 싶지 않아."

"그럼 내일 뵙겠습니다, 전하."

머혼은 델라이를 향한 간단한 인사 뒤에 왕궁의 마구간으로 빠르게 걸어갔다. 밤하늘이 서서히 찾아오는 것을 보니 마음이 불안해져, 그의 걸음은 거의 뜀박질이 되듯 했다.

그는 자신의 마차가 이미 나갈 준비를 하는 것을 보고는 그 안에 들어가려 했다. 그런데 마부석에서 로튼이 나지막하게 말했다.

"안에 운정 도사가 있습니다. 마나를 몸에 모으는 중원의 명상을 하는 것 같습니다만."

"마나스톤을 요구했었는데, 아마 싸움에서 소모한 마나를 다시 채우려는 것이겠지."

로튼은 조금 불편한 표정으로 말했다.

"아무렇지도 않게 달라는 것을 보면 우리에게 마나스톤이 얼마나 귀중한지 모르는 듯합니다."

"괜찮아. 중원에서 마나를 수입하기 시작하면 이 정도는 아무것도 아니니까."

중얼거린 머혼은 반쯤 올라갔던 몸을 다시 내리고는 마부석으로 갔다. 당황한 로튼의 표정에도 아랑곳하지 않고, 오른

손으로 손짓했고 그러자 로튼은 어쩔 수 없이 마부석 한편을
내줄 수밖에 없었다.

"아, 여기 앉으십니까?"

그는 불편하기 짝이 없는 마부석에 앉더니 깊은 한숨을 쉬
었다.

"뭘 그리 봐? 출발해."

로튼은 옆머리를 한번 긁적이더니, 고삐를 잡고 흔들었다.
영리한 네 마리의 말은 그 의미를 알아듣고 걷기 시작했다.

"안에 계시지, 왜 이쪽으로 오셨습니까?"

"중원인들이 저거 할 때는 집중을 흐려선 안 돼. 야, 야, 잠
깐!"

갑자기 소리를 지르는 턱에, 로튼은 막 힘껏 내려치려던 고
삐에서 힘을 빼고 머혼을 보았다.

"갑자기 왜 그러십니까?"

머혼은 로튼이 쥐고 있는 고삐를 빼앗아 들며 말했다.

"그뿐만 아니라 외부의 작은 충격에도 민감해진다. 달리지
말고 그냥 걸어."

로튼은 손가락으로 어둑어둑해진 하늘 이곳저곳에 슬그머
니 모습을 드러낸 여러 달들을 가리키며 말했다.

"이렇게 가서는 제시간 안에 도착하지 못합니다. 늦장 부리
셔 놓고 또 뛰지 말라니요?"

머혼은 로튼이 가리키는 달들을 이리저리 보더니 말했다.

"뭐, 잔챙이들밖에 없네. 저 정도는 네 힘으로 충분히 상대할 수 있잖아?"

로튼이 손가락을 움직여 달 하나를 가리켰다. 그것은 다른 달보다 꽤 크기가 크고 더 밝게 빛나고 있었다.

"아머(Armor) 없이 오우거(Orge)는 장담 못 합니다."

"마차 아래 대검 있잖아?"

"숄더(Shoulder)가 없잖습니까?"

"그럼 못 쓰는 거야?"

매번 알려 줘도 검술에 무지한 머혼 때문에 로튼은 머리가 어지러워지는 것 같았다.

"오우거 같은 대형을 상대로는 힘듭니다. 어깨에 메고 있다가 휘둘러야 대검의 그 무게를 온전히 사용하지요."

머혼은 비웃으며 말했다.

"마차 안에 있는 운정 도사는 델라이의 귀중한 손님이야. 이런 나라의 귀중한 손님이 밤길을 갈지도 모르는데, 황궁에서 아무런 지원이 없다? 그거 다 누가 거절했을까? 그리고 그걸 그대로 또 보내 준다고? 그건 슬롯 경도 네가 충분히 홀로 호위할 수 있다고 믿은 거 아니냐?"

로튼은 아무런 말도 할 수 없었다. 그는 곧 머혼의 고삐를 뺏어 들었다. 그리고 머혼의 말대로 천천히 마차를 운행하면서 말했다.

"그런 머리는 잘 돌아가시면서 왜 검술에 관한 이야기는 매번 듣고 까먹는 겁니까?"

"난 가뜩이나 뇌를 많이 써. 나한테 필요 없는 건 비워야지, 안 그래?"

로튼은 더 말싸움을 하기 싫은지 아무 말 하지 않았다. 흥미를 잃은 머혼은 자기도 모르게 잠에 빠져들었다.

그렇게 왕궁을 나서고 수도에서도 나가니 으스스한 기분이 들기 시작했다. 꽤 오랫동안 잠들었다고 생각한 머혼이 슬그머니 눈을 떠 하늘을 보았는데, 완전한 흑색으로 물들어 있었다.

그는 조금 불안해진 목소리로 옆에 있는 로튼에게 말했다.

"잘 가고 있냐?"

로튼이 대답했다.

"아, 일어나셨군요? 좀 더 주무시지요. 아직 한 이십 분은 남았습니다."

"왜? 내가 옆에서 귀찮게 하는 게 싫어?"

"예."

"그럼 내가 일어나 주는 수밖에 없지. 하암."

머혼은 하품을 하더니 기지개를 폈다. 그리고 그가 문득 옆을 보았는데, 저 멀리서 풀숲에서 붉은 눈빛이 이리저리 일렁이는 것이 보였다. 머혼은 순간적으로 숨을 쉬지 못했다.

"야, 저⋯⋯."

로튼은 태연하게 머혼의 말을 잘랐다.

"오크(Orc)입니다. 멀리서 간을 보는 것 같습니다만, 저들이 쓸 만한 하급마법은 마차의 방호마법에 거의 다 막힐 것이고, 그나마 화살이 문제인데 그것도 그리 신경 쓰지 않아도 됩니다."

"진짜냐? 그러다 말이 맞으면 어쩌게? 운정 도사는?"

"운에 맡겨야지요."

"너, 진짜!"

머혼의 외침에 로튼은 슬그머니 웃으며 말했다.

"장난입니다. 공격 안 할 테니 걱정 마십시오."

"으웅? 그래?"

"예. 장담합니다. 그놈들은 자기보다 강한 자는 평생 기억합니다. 이 일대 오크들 중 제 얼굴을 모르는 놈은 없을 겁니다."

머혼은 불안을 넘어서 두려움을 느꼈지만, 로튼의 얼굴은 여유롭기 그지없었다. 그는 자신이 가장 신뢰하는 기사의 자신감을 믿을 수밖에 없었다.

그렇게 그들은 로튼의 말대로 머혼의 저택에까지 도착하는 동안, 오크들의 공격을 받지 않았다.

"아버지!"

머혼은 정문에서 들리는 반가운 그 소리에 마음의 불안이 모두 가시는 듯했다.

"아시스!"

정문에 선 금발의 여인은 밝은 달빛을 받으며 성숙한 여인의 자태를 뽐내고 있었다. 머혼은 매일같이 사내처럼 아머를 착용한 것만 보다가 간만에 여성복을 입은 그녀를 보며, 이보다 더한 행복감을 느낄 수 없으리라 생각했다.

마차가 서자, 머혼은 벌떡 자리에서 내려왔다. 아시스는 자신의 아버지를 노려보며 말했다.

"밤이 되기까지 밖에 계시면 어떻게 해요? 걱정했잖아요."

"걱정? 그래? 크흐흐. 아, 걱정할 게 뭐가 있어. 여기 로튼이 날 지켜 주는데. 하하하."

"그런데 왜 마부석에 계셨……."

덜컹.

마차 문이 열리고 운정이 모습을 드러냈다.

그리고 그 순간 아시스는 말을 잊지 못했다.

"我想我需要更多的氣石."

운정은 빈 마나스톤을 앞으로 내밀며 웃었다. 머혼은 대강 그의 말을 알아듣고는 그것을 받아 들며 말했다.

"황궁에 아티팩트를 반납해서 번역이 안 돼. 앞으론 공용어로 부탁하네. 그리고 대강 눈치껏 보니, 마나스톤이 더 필요한 것 같은데 저택에도 좀 남아 있는 게 있으니, 그걸 주지. 이쪽은 내 둘째 딸인 아시스… 야, 야, 야!"

"네?"

"뭘 그리 멍청하게 서 있어?"

"아……."

"아?"

"아, 네."

"뭐라는 거냐, 너 지금?"

머혼은 천천히 아시스에게 다가가서 그녀의 얼굴을 마주 보았다. 그러자 아시스의 얼굴이 사납게 변하더니, 머혼을 째려보았다.

"저자는 누구죠? 처음 보는 괴상한 차림이군요."

"중원에서 온 손님, 운정 도사다."

"도사?"

"그런 게 있다. 우리 쪽의 프리스트(Priest)나 학자 같은 거야. 다만 검을 공부하니 검사도 되겠구나."

아시스는 그제야 운정의 허리에 달린 검을 하나 볼 수 있었다. 하지만 자꾸만 두 눈이 말을 듣지 않고 얼굴 쪽을 보려 하니, 그녀는 고개를 홱 돌려 버렸다.

"근육도 별로 없는 저런 몸으로요?"

"슬롯 경도 졌다."

"오, 그래요? 저런 가벼운 검을 휘두르니, 운이 좋으면 이길 수도 있겠어요."

"멜라시움 입고 말이야."

"예? 뭐? 뭐라고요?"

얼빠진 아시스의 표정을 보며 머혼이 슬그머니 웃어 보였다.

"멜라시움 플레이트 아머, 대검과 대방패 다 들고 졌어. 멜라시움 아머세트를 다 장비하고 졌다고."

"말도 안 돼. 아니, 어떻게요?"

"중원의 검술로."

"그, 그런……."

아시스는 도저히 받아들일 수 없는지, 지금까지와는 완전히 다른 눈빛으로 운정을 쳐다보았다. 그 눈빛에서 강렬한 호승심을 느낀 운정은 작게 웃으며 나지막하게 말했다.

"싸움은 그만하고 싶습니다. 쉬고 싶습니다."

"……."

검을 뽑아 들고 그대로 달려들 듯한 아시스의 두 눈빛은 운정의 웃음 하나에 지진이 난 듯 흔들거리더니 활활 타던 호승심이 쏙 사라졌다. 그녀는 헛기침을 하며 다시금 고개를 돌려 머혼을 보았다.

머혼의 표정에는 장난기가 가득했다.

"너 호리호리한 귀족들은 싫다며? 그런 녀석들한테 시집갈 바에야 평생 처녀 기사로 산다며? 응? 적어도 네 허리만 한 팔뚝이 아니면 남자도 아니라고 노래를 부르고 다녔으면서 갑자기 뭐냐?"

아시스는 화끈거리는 얼굴을 숨기면서 몸을 아예 돌려 버렸다.

"무, 무슨 소리세요. 아, 아무튼 전 돌아가 볼게요."

그렇게 말한 아시스는 빠른 발걸음으로 저택 안으로 사라졌다. 머혼은 그런 그녀의 뒷모습을 보고 팔짱을 끼더니 다시금 운정을 돌아보고는 음흉한 미소를 지었다. 그 미소를 본 운정은 왠지 소름이 돋는 것 같아 몸을 한차례 떨었다.

머혼이 말했다.

"저택 안은 안전하니, 안으로 들어갑시다. 늦었지만, 식사를 안 했으니 일단 식당으로 갈까? 로튼, 운정 도사를 귀빈실로 안내해 주고, 채비 후에 식당으로 불러 줘."

그들은 그렇게 저택 안으로 들어섰다.

거대한 대문을 열고 들어가자, 그곳에서 천마신교 낙양본부의 대전을 연상케 하는 큰 공간이 나왔다. 범상치 않은 조각들과 온갖 그림들이 빼곡히 벽면을 채웠다. 그리고 중앙에는 양옆으로 갈라지며 부드럽게 꺾이는 큰 계단 두 개가 양

날개처럼 있었는데, 결국 위층에서 만나는 걸 보면 실용성에
는 큰 의미를 둔 것 같지 않았다.

운정은 로튼의 안내를 받아 1층 귀빈실로 향했다. 계단 뒤
쪽으로 뻗어 있는 복도는 그 바닥에 붉은색의 카펫이 깔려
있었고, 수십 개의 작은 불빛들이 별처럼 빛나는 샹들리에가
5m마다 길을 밝혀 주고 있었다. 게다가 왼쪽으로 나 있는 창
문은 꽃봉오리 같은 아름다운 모양이었고, 복도 중간중간마
다 동물처럼 보이는 투명한 조각이 당장에라도 살아 움직일
듯했다.

한 방에 이른 로튼은 막 한쪽에서 뛰어오는 하녀들을 보며
말했다.

"너희들도 쉴 시간인데 미안하게 되었다."

하녀 두 명은 멍한 표정으로 운정을 보고 있었는데, 그중
한 명이 곧 정신을 차리고 말했다.

"아, 아닙니다. 귀빈을 모시는 것은 당연히 해야 할 일입니
다."

"그럼 부탁한다."

로튼은 걸어왔던 복도를 다시 걸어갔고, 운정은 하녀들의
안내를 받아 귀빈실 안으로 들어갔다. 그곳은 그가 황궁에서
잠깐 있었던 그곳과 비교해도 전혀 손색이 없는 고풍스러운
방이었다.

한쪽에 자리한 운정을 보며 하녀가 말했다.

"우선 목욕하시고 옷을 갈아입으시면 식당으로 안내해 드리겠습니다."

운정은 고개를 끄덕였다.

그 이후 그는 대략 한 시간 동안 이리저리 끌려다녔다. 그저 하라는 대로 정신없이 하다 보니, 어느새 몸이 씻겨져 있었고, 델라이의 남성복을 입고 있었으며 식당에 앉아 있게 되었다.

역시 대전만큼이나 큰 식당.

직사각형의 널찍한 식탁의 상석에는 편한 차림을 한 머혼이 앉아 있었고, 운정은 그의 오른편에 앉아 있었다. 그리고 머혼의 왼편이자, 운정의 맞은편에는 로튼이 있었다. 그리고 그 외의 모든 의자는 비어 있었다.

그 둘은 운정이 오기 전부터 가벼운 대화를 하고 있었다. 각각 하녀가 그들 옆에 서 있었고, 음식을 나르는 하녀들도 종종 보였으나, 그들은 일체 대화에 끼어들지 않았다.

어느 정도 시간이 흐르고, 막 고기를 뜯어먹은 머혼이 로튼에게 말했다.

"말 나온 김에 그 슬롯 경이 뭐라더냐? 몸은 괜찮대?"

로튼은 델라이 흑기사단 단장인 슬롯과 잠시 잠깐 나눴던 대화를 기억했다.

"몸은 상한 곳이 없어 보였습니다만, 명예와 자존심은 많이 상한 듯해서 그에 관해 묻지 않았습니다."

"그래도 절친한 네겐 뭐라도 말하지 않았겠어?"

"운정 도사를 양도받는 자리에서 잠깐 본 겁니다. 다른 사람들도 있는 그 자리에서 무슨 말을 더 할 수 있었겠습니까? 나중에 기회가 되면 술자리에서나 말하겠지요."

"슬롯 경이 아니라 네가 싸웠다면? 그랬으면 이겼을까?"

로튼은 슬쩍 운정을 보았다. 운정은 조용히 음식을 먹을 뿐 아무런 감정도 얼굴로 드러내지 않았다.

로튼이 말했다.

"항상 말씀드린 것처럼 슬롯과 저는 대인전에선 서로 우열을 가릴 수 없습니다. 그러니 저도 패배했을 겁니다."

"정말로 그렇게 생각하나?"

질문을 들은 로튼은 과일 하나를 베어 물고는 잠시 생각에 잠겼다. 그리고 천천히 대답하기 시작했다.

"그러니까, 모든 것을 베어 버릴 수 있는 그런 전설의 검. 그런 게 실존한다는 가정을 하고 생각을 해 보면 분명 질 겁니다. 그런 경우라면 멜라시움 플레이트 아머든, 철이든, 천이든, 맨몸이든 상관없지 않습니까? 어차피 베이고 썰리는 거면 그냥 옷 벗고 싸우는 게 낫겠지요. 그리고 또 그런 경우라면 결국 대검과 대방패보다는 사브르가 최강일 겁니다."

"그렇지. 나도 그렇게 생각해."

눈 하나 깜짝 안 하고 아는 척하는 머혼을 보며 로튼은 기가 차는 듯했지만, 조용히 설명을 이어 나갔다.

"게다가 저라면 거기에 치명적인 독을 묻힐 겁니다. 어차피 모든 것을 벨 수 있으니, 무슨 갑옷을 입던 살결에 닿을 수 있는 거 아닙니까? 독과 함께 조합한다면, 대인전은 최강이 될 수 있지요."

"흐음."

"중원에는 몬스터가 없으니, 모든 무술은 대인전뿐일 겁니다. 대인전이 곧 무술이겠지요. 그렇다면 독학도 월등히 발전했을 것 같군요."

그 말에 운정은 고개를 흔들었다. 처음으로 반응을 보인 터라, 머혼과 로튼 모두 손을 멈추고 운정을 보았다.

운정이 나지막하게 말했다.

"무공(WuGong)에는 내공(NeiGong)이 있습니다. 마나를 다룹니다. 마나로 몸이 강해집니다. 힘에서 속도에서 건강에서 모두 강해집니다. 그래서 독은 쓰이지 않습니다."

로튼이 고개를 한번 갸우뚱하더니, 상체를 기울이며 뭐라 질문하려 했다. 그러나 한쪽에서 한 아름다운 귀부인과 십 대 초반으로 보이는 소녀가 세 명의 하녀를 이끌고 나타나자 말을 아꼈다.

머혼이 물었다.

"부인, 오셨소?"

자기도 모르게 운정을 바라보던 아시리스는 그 말을 듣더니 얼굴을 확 굳히곤 머혼에게로 고개를 돌렸다.

"저희는 이미 식사를 했으니, 차만 마시겠어요. 아직 남았니?"

그녀의 질문에 하녀 한 명이 고개를 끄덕이더니, 한쪽으로 갔다. 머혼은 운정을 향해 물었다.

"운정 도사도 홍차 마시겠습니까? 전에 중원에서 홍차를 가져왔는데 부인이 매우 좋아해 많이 들여놓았습니다."

"중원에 돌아가면 많이 마십니다. 전 민트티가 좋습니다."

"정 그러시다면."

아시리스는 로튼의 옆에 앉았다. 그리고 옆에 데려온 소녀를 자신의 옆에 앉히려 했는데, 그녀가 아시리스의 손길을 벗어나더니 식탁을 빙 돌아서 운정의 옆에 가 앉았다.

소녀는 소녀답지 않게 매우 차가운 표정을 하고 있었는데, 그 얼음장 같은 표정이 아시리스를 꼭 닮아 있었다.

소녀가 운정을 올려다보며 말했다.

"중원인인가요?"

운정은 고개를 끄덕였다.

"운정 도사입니다."

소녀가 말했다.

"전 아이시리스라 해요. 저쪽은 제 어머니인 백작부인 아시리스. 그리고 제 아버지인 머혼 백작. 그 사이에는 로튼 경이시죠."

운정의 눈을 똑바로 바라보고 말하는 그녀는 십 대 초반이 아니라 이십 대 초반이라고 해도 믿을 만한 성숙한 느낌이 들었다. 운정은 그녀의 두 눈이 단순히 운정의 외모에 시선을 빼앗긴 것이 아니라 그 안에 깊은 속이 있음을 알 수 있었다. 마치 안우경이나 무허진선의 그것을 연상케 했다.

운정이 말했다.

"좋은 아버지입니다. 당신이 행복하리라 믿습니다."

소녀는 다짜고짜 질문했다.

"듣자하니, 중원의 검술에 대해서 논하시는 것 같은데, 저 또한 질문이 많아요. 식사에 방해가 되지 않는다면 이야기를 들려주실 수 있으신지요?"

다소 저돌적인 태도에 운정은 당황한 눈길로 머혼과 아시리스를 보았다. 아시리스는 운정을 못 본 척하며 옆에서 하녀가 주는 홍차를 받았고, 머혼은 푸근한 미소를 지으며 말했다.

"그 아이의 호기심은 나도 못 막습니다. 하하하. 조금만 놀아 주시지요."

운정은 어쩔 수 없이 아이시리스의 질문에 답을 해 주기 시작했다. 하지만 아이시리스는 운정의 한 답변에 열 개나 되는 질문을 연속적으로 퍼부었다. 기하급수적으로 늘어나는 질문의 양에 머혼과 아시리스가 아이시리스를 말렸지만, 운정은 부족한 언어 실력 내에서 찬찬히 설명했다.

질문은 항상 아이시리스가 했지만, 운정의 대답은 머혼과 로튼 그리고 아시리스 모두의 관심을 끌 만했다. 파인랜드와는 너무나도 다른 중원의 이야기에 모두 빠져들었다.

그렇게 대략 한 시간 정도 지났을까?

아이시리스가 뭔가 더 질문할 때쯤, 식당 한쪽 문에서 한 남자가 걸어왔다.

머리는 온통 산발이었고, 가죽옷 이곳저곳에는 흙과 피가 묻어 더러웠다. 그가 걸음을 옮길 때마다 허리춤에 맨 장검이 덜컥거렸고, 가슴 쪽에 멘 단검들은 짤랑거렸다. 그가 걷는 발자국마다 흙이 묻어 바닥을 더럽혔고, 가까이 오는 것만으로도 구린 냄새가 사람들의 코를 찌르기 시작했다.

"한슨! 밖에서 들어왔으면 몸을 씻어야 할 것 아니냐! 그리고 띠는 꽉 조이라고 있는 거야. 네가 어디 갔다 왔는지, 우리 저택에 머무는 사람들이 다 알아야 하냐?"

그는 머혼 백작의 장남, 한슨이었다.

한슨은 입을 살짝 벌리며 웃는 둥 마는 둥 하며, 느릿느릿

손을 움직였다. 그렇게 장검과 단검을 찬 가죽띠를 하나하나 꽉꽉 쪼이면서 아이시리스에게로 천천히 걸어갔다.

아시리스는 인상을 팍 쓰며 아이시리스에게 손짓했고, 그러자 아이시리스는 얼른 자리에서 내려오더니, 쪼르르 달려 어머니의 옆으로 들어갔다. 한슨은 피식 웃더니, 아이시리스가 앉았던 그 의자에 몸을 던지듯 했다.

그는 피곤한 듯 고개를 왔다 갔다 하며 목을 풀더니 슬쩍 눈길을 돌려 운정을 올려다보았다.

"처음 보는 얼굴인데? 흐음. 인간 같긴 한데, 말이야. 어디 사람이지?"

머혼이 주먹으로 상을 내려쳤다.

"국가의 귀빈이다. 네가 함부로 할 사람이 아니야. 혓바닥 제대로 못 고치냐?"

한슨은 짜증 난다는 듯 머혼을 한번 흘겨보더니, 몸을 살짝 일으켜 로튼 쪽에 있는 고기 하나의 다리를 손으로 쭉 찢어서 가져왔다. 그리고 입으로 뜯은 뒤에, 마치 모래를 씹는 것처럼 인상을 팍 썼다.

"뭐야? 레어(Rare)야?"

로튼이 말했다.

"그냥 눈으로 봐도 알지 않습니까? 로드 한슨."

한슨은 샹들리에를 째려보며 무언가 씹던 행위를 멈추고

말했다.

"어두워서. 로튼 경 앞에 있기에 당연히 웰던(Well Done)인지 알았지. 우리 같은 사람들은 레어 못 먹잖아? 언제부터 혓바닥이 이리 고급스러워졌어? 퉤."

그가 씹던 고기를 옆에 뱉어 버리자, 맞은 편에 앉은 아시리스는 인상을 팍 쓰고는 그 자리를 박차고 일어났다. 그녀는 혐오스럽다는 듯 몸을 한 번 떨더니, 머혼을 보며 말했다.

"전 가 볼 테니, 이따 침실에서 봐요."

아시리스는 아이시리스의 손을 잡고는 걷기 시작했다. 하지만 아이시리스가 손을 탁 하고 놓자 걸음을 멈추고 아이시리스를 돌아보았다.

아이시리스는 아시리스가 앉았던 그 의자에 앉으며 말했다.

"들어가세요, 어머니."

그 말에 아시리스의 눈빛이 조금 흔들렸지만, 그녀는 곧 몸을 홱 돌리곤 식당에서 나갔다.

한슨은 하녀 한 명에게 손짓하며 말했다.

"불 좀 키워. 그리고 웰던 하나 가져오고."

하녀는 고개를 끄덕이고 주방으로 갔다. 곧 샹들리에의 불빛이 밝아지며 식당은 대낮처럼 변했다.

삐딱하게 앉은 한슨이 말했다.

"그러니까, 그 말로만 듣던 다른 차원에서 오신 분이라는 거죠?"

머혼이 대답했다.

"국가 간의 외교가 달린 일이야. 그를 통해서 두 차원이 화친을 할 수도, 전쟁을 할 수도 있지. 매우 중요한 분이시다."

"와우. 그냥 보기엔 뭐 계집애나 끼고 노는 졸부 주니어 같은데 대단합니다그려? 그러고 보니, 옆에 검도 찼네?"

로튼은 가소롭다는 듯 한슨을 보며 말했다.

"멜라시움 아머세트로 무장한 슬롯과의 대련에서 수월히 이겼습니다. 대검을 쓸 줄도 모르는 로드 한슨께서는 아마 다음 생에나 이길 수 있을 겁니다."

한슨은 잠깐 놀랐다가 곧 로튼을 확 째려보더니 말했다.

"어이쿠. 그나마 로튼 경이 내 친군 줄 알았는데, 꽤 섭섭하게 말합니다?"

"항상 제가 말씀드렸지요. 겉모습을 보고 판단하지 말라고. 슬롯을 꺾은 기사에게 그리 무례하게 말씀하시는 건 제가 참을 수 없습니다, 로드 한슨."

"하아. 그래요? 흐음."

한슨은 한쪽 얼굴을 확 찡그렸다. 때마침 주방에서 하녀가 고기를 가져와 그의 앞에 두었다. 한슨은 그 고기를 손으로 뜯고는 입에 가져가며 씹었다.

머혼이 지쳤다는 듯 말했다.

"네 앞에 놓인 포크와 나이프는 대체 왜 거기 있다고 생각하느냐?"

마치 이제 막 그것을 발견이라도 한 것처럼, 눈을 동그랗게 뜬 한슨이 고기를 씹으며 말했다.

"글쎄요? 뭐 언제라도 암살당할 절 위해서 몸이라도 보호하라고 아버지께서 배려해 주신 거 아닙니까?"

"풉."

아이시리스가 입을 막고 웃자, 한슨이 슬그머니 미소 지으며 따뜻한 눈길로 그녀를 보았다. 한슨은 고기를 씹어 삼키고는 작은 목소리로 아이시리스에게 속삭이듯, 그러나 모두에게 들리듯 말했다.

"아버지는 이 오라버니가 뭐 그렇게 싫은지 손님 앞에서도 타박질을 그만두지 않아."

아이시리스도 고개를 앞으로 살짝 내밀고 입을 가리곤 속삭이듯, 그러나 모두에게 들리듯 말했다.

"딸로 태어나시지 그러셨어요. 아버지는 그냥 아들이 싫은 거라고요. 본인이 그리 좋은 아들이 아니었잖아요?"

머혼의 얼굴이 붉으락푸르락해지는 것을 본 한슨은 과장되게 고개를 끄덕거리며 반쯤 웃는 채로 말했다.

"아하. 그렇구나. 내가 남자로 태어난 게 잘못이었어. 그렇지?"

아이시리스는 목을 떨듯 고개를 마구 끄덕이더니, 짐짓 모른 척하며 머혼에게 장난스럽게 말했다.

"아버지. 오라버니께서 손으로 먹을 수도 있죠, 왜 그러세요? 아버지께서 눈치 볼 사람이 갔으니, 그냥 놔두세요. 한슨 오라버니가 손이 아니라 포크와 나이프로 음식을 먹었다고 해서 어머니가 계속 여기 있었겠어요? 무슨 이유에서든 금방 자리에서 일어났을 거예요."

머혼은 로튼을 보았고, 로튼은 작게 웃었다.

머혼이 말했다.

"그래그래, 네 마음대로 해라."

한슨은 머혼을 보며 억지 미소를 한 번 짓더니, 이젠 양손으로 고기를 들고 뜯기 시작했다. 그러다가 문득 운정을 보더니, 그의 팔을 손등으로 툭 하고 쳤다.

머혼이 즉시 호통쳤다.

"야! 그리 무례하……."

한슨은 자기 쪽으로 고개를 돌린 운정을 바라보며 머혼의 말을 잘라 버렸다.

"고기 안 먹습니까? 딱 보니까, 피가 질질 흐르는 고기가 싫어서 안 먹은 것 같은데, 푹 익힌 이거 먹어 봐요. 진짜 맛있다니까?"

"……."

"진짜로. 아, 나 한번 믿어봐. 자자, 진짜 맛있습니다."

한슨은 운정을 툭 친 그 손에 든 고기를 운정에게 자꾸만 내밀었다. 머혼은 그 모습을 보면서 더 큰 소리로 말했다.

"한슨! 당장 네 무례를 사과하지 못하겠느냐! 중원의 도사 는 고기를 먹지 않… 그… 그러니까… 그… 운정 도사?"

운정이 태연하게 한슨이 준 고기를 들고 먹으니, 머혼은 말 을 멈출 수밖에 없었다. 한슨은 다시 머혼을 보더니 코웃음을 쳤다.

"이 나라의 모든 외교를 담당한다더니, 뭔 손님한테 고기 하나 줄 줄 몰라."

"……."

한슨은 막 고기를 씹어 삼킨 운정을 기대하는 눈길로 보며 물었다.

"맛있지 않습니까? 이 고기가 훨씬 낫죠?"

운정이 대답했다.

"예. 생각보다 맛있습니다."

한슨의 두 눈이 휘둥그레졌다. 정작 운정이 공용어로 대답 할 줄은 몰랐던 것이다.

그는 밝게 웃으면서 말했다.

"와우. 우리말을 할 줄 아셨네? 게다가 발음도 좋고. 뭐 약 간 억양이 섞였지만, 뭔가 특이하고 듣기 좋은 억양이라 괜찮을 것 같습니다. 아니, 공용어 할 줄 알았으면서 왜 지금까지 가만히 있었대? 큭큭큭. 자자, 고기 더 먹어 봐요."

운정은 손바닥을 보이며 말했다.

"괜찮습니다. 배부릅니다."

한슨은 몇 번 더 권했지만, 운정이 계속해서 거절하자 곧 고기를 자기의 입으로 가져갔다.

그렇게 분위기가 조금 어색해지자, 한슨이 로튼을 향해 물었다.

"그래서, 그 이야기나 해 줘 봐요. 그 중무장한 슬롯 경이 어떻게 졌는지."

그 말에는 머혼이 대답했다.

"그 전까지 말로만 떠돌던 중원의 놀라운 기술이 실질적으로 입증되는 순간이었다."

그렇게 말을 시작한 머혼은 로튼과 나눴던 대화 위주로 짧게 싸움에 대해서 설명했다. 그 이야기를 들으며 한슨은 도저히 믿을 수 없다는 듯 운정을 몇 번이고 위아래로 훑어보았다. 머혼의 이야기를 끝까지 듣고는 운정의 태극마검을 물끄러미 보았다. 그의 두 눈에는 의심이 가득했다.

그가 한쪽 눈을 찡그리며 말했다.

"만약 뭐든 베는 검이 있는 세상이라면 차라리 아예 가볍고 빠른 검이 좋지 않습니까? 그런데 귀빈이 쓰는 검을 보면 그냥 제 장검이랑 비슷비슷한데요? 통상적인 길이에, 통상적인 굵기… 뭐 하러 이런 검을 쓰는지 모르겠습니다."

꽤나 합리적인 의심에 머혼은 조금 놀랐다. 사실 한슨은 거의 모든 학문에 있어 평민만도 못하지만 무에 있어서는 뛰어난 통찰력을 타고나, 때때로 이렇게 사람들을 놀라게 할 때가 있었다.

로튼 또한 마찬가지로 감탄했다. 아시리스가 나타나기 전에, 그가 운정에게 물어보려고 했던 것이 바로 그것이기 때문이다. 무에 관해서 같은 질문을 생각했다는 건, 적어도 검술에 대한 이해 그 자체는 비슷한 수준이란 뜻이다.

운정은 잠시 생각하곤 설명했다.

"내력(NeiLi)을 넣은 무기들은 서로 비교가 가능합니다."

한슨이 인상을 쓰며 고개를 살짝 갸우뚱하자 머혼이 말했다.

"상대적이라는 말을 하고 싶은 것 같다. 그러니까, 무엇이든 벨 수 있는 무기끼리는 또 위아래가 있다는 거겠지."

"그럼 무엇이든 벨 수 있는 게 아니지 않습니까?"

"무한한 것끼리는 또 지들끼리 비교할 수 있어. 내가 평소에 수학을 좀 배워 두라고 했지? 응?"

"그건 아버지도 잘 못하지 않습니까? 참 나."

"뭐야?"

로튼은 부자간의 대화를 뒤로한 채, 운정에게 직접 물었다.

"그럼 멜라시움에도 그 내력이란 것을 불어넣으면 귀빈께서도 뚫어 내지 못합니까?"

운정은 천천히 또박또박 대답했다.

"내력의 양에 따라 다릅니다. 내력의 질에 따라 다릅니다. 또 무거운 건 그릇이 큽니다. 끝까지 담기 위해서 더 많은 내력을 필요로 합니다. 멜라시움은 매우 무겁습니다. 그래서 매우 많은 내력이 필요할 것입니다."

머혼은 그 말을 듣고는 고개를 몇 차례나 끄덕였다.

"후우. 그래. 그런 거라면 가공 기술이 아주 의미 없지는 않겠어. 다행이야. 난 또 우리의 기술 하나가 완전히 의미를 잃어버리나 했지."

한슨은 로튼과 머혼을 번갈아 보다가 로튼에게 물었다.

"그러니까, 내력이 있는 건 내력이 없는 걸 못 막지만, 내력이 있는 것끼리는 천인지 철인지 멜라시움인지 의미가 있다는 거 아닙니까?"

"그렇지."

"그러면 중원도 더 강한 물질을 가공할 이유가 아주 없는 건 아니지 않습니까?"

또다시 날카로운 질문. 물론 한슨치고는 날카로운 것이지만, 머혼은 조금 기분이 좋아져 부드럽게 설명했다.

"그보다는 무사들 각자 내공을 더 익혀서 더 강한 내력을 사용한다는 말이지. 강함이 물건에 있으면 이 사람 저 사람에게로 옮겨 다니지만, 강함이 각각 사람에게 있으면 그 사람의 고유한 실력이 되니까."

"아, 무슨 소리입니까, 그게?"

한슨의 말에 머혼은 버럭 소리 질렀다.

"아니, 이 말도 이해를 못 하냐? 응? 내가 평소에도……."

"아아. 됐고. 로튼 경이 설명해 주시죠. 아버지는 화를 내지 않고는 설명할 수가 없나 봅니다."

머혼은 그 말을 듣고서야 자기가 소리를 질렀다는 사실을 깨달았다. 때문에 조금 미안한 눈빛을 하긴 했지만, 분이 풀리진 않는지 씩씩거렸다.

로튼이 한슨에게 말했다.

"파인랜드에선 물질의 강함이 그 물질에게 있다는 것입니다, 로드 한슨. 내가 아무리 뛰어난 기사라고 해도, 나무로 철을 베거나, 철로 멜라시움을 벨 수는 없습니다. 그러니 멜라시움의 강함은 멜라시움에게 있는 것이지, 멜라시움을 들고 있는 기사에게 있는 건 아니지 않습니까?"

한슨은 얼굴을 조금 찌푸렸다.

"멜라시움의 무게를 견뎌 가며 검과 방패를 다룰 수 있는 기술이 있어야 하지 않아? 아무리 좋은 아머세트라 해도 기사가 그걸 다루지 못하면 아무 쓸모없다고 내게 가르친 건 로튼 경이잖아요?"

"검술을 말하는 게 아니라 검 자체를 말하는 겁니다. 검술이 아무리 뛰어나다고 해도 철검으로 멜라시움 갑옷을 뚫을 수는 없습니다. 물질의 근본적인 차이 때문에요."

"그야, 그렇죠."

"하지만 중원에선 내력이라는 것이 있어서, 물질에 마나를 불어넣어 그 근본적인 차이를 뛰어넘을 수 있게 해줍니다. 다시 말하면 내가 마나를 불어넣는 기술을 깊게 연마했다면, 나는 철을 멜라시움처럼 쓸 수 있는 겁니다. 그럼 나에겐 그 누구에게도 빼앗길 수 없는 멜라시움이 생긴 것과 동일하지요. 타인에겐 그저 철에 불과하니."

"아하. 그래서 물질을 가공하는 기술보다는 기사들 본인들이 마나를 물질에 불어넣는 그 기술이 더 발전했다 이 말이군요?"

머혼이 한마디를 붙였다.

"돈은 빼앗길 수 있지만, 지식은 빼앗길 수 없지. 그거와 같은 이치야."

한슨은 머혼의 말을 완전히 무시하곤 운정을 바라보며 말했다.

"혹시 이 자리에서 보여 줄 수 있습니까? 진짜 보고 싶은데?"

그 말에 머혼이 또다시 화를 내려 하는데, 운정이 자리에서 순간 확 일어났다.

"살기(ShaQi)?"

갑작스러운 한어에 한슨이 운정을 보는데, 그 순간 척추를 관통하는 듯한 찌릿한 소름을 느꼈다. 어찌나 강렬한지 소름이 고통으로 다가올 정도였다.

"으으악."

"끼악."

"캭."

하녀들과 머혼이 짧은 비명을 지르며 몸을 부르르 떨었다. 모두들 눈을 동그랗게 뜨고 서로를 보았는데, 서로의 눈빛에서 각자 똑같은 기분을 느꼈다는 것을 알 수 있었다.

로튼이 소리쳤다.

"설마 워메이지(Warmage)? 로드 머혼! 괜찮습니까?"

그의 말이 끝나기 무섭게 하녀 한 명이 앞으로 꼬꾸라져 식탁에 몸을 박았다.

쿵.

바닥에 쓰러진 그녀를 보곤 운정과 로튼을 제외한 모든 이의 얼굴이 공포로 물들었다.

운정의 시선은 한 창문을 향해 있었다. 그는 그곳에 눈을 그대로 둔 채로, 옆으로 움직여 쓰러진 하녀에게로 다가갔다.
그리고 그녀의 목 주변에 손가락을 두었다.

"죽었나?"

머혼의 질문에 운정은 손가락을 떼며 말했다.

"살아 있지만, 약합니다. 바로 회복해야 합니다."

그렇게 말한 뒤, 그는 그대로 식탁 위에 올라갔다. 로튼과
한슨은 그런 그를 보며 자기도 모르게 검에 손을 가져갔는데,
운정은 아랑곳하지 않고 그대로 발에 내력을 불어넣으며 태극
보를 펼쳐 날아올랐다.

쨍그랑―!

창문이 깨지고, 밖으로 나간 운정이 땅 위에 섰다. 찬 공기
가 얼굴을 쓸었다. 그가 고개를 들고 사방을 살피자, 그 강렬
했던 살기의 행방이 숲속으로 이어지는 게 보였다. 식당의 모
든 사람을 소름 끼치게 만들 정도로 강렬한 살기라 그런지 그
흔적이 공기 중에 은은히 퍼지고 있었다.

그는 심장으로부터 마기를 공급받으며 제운종을 펼쳐 숲속
으로 빠르게 들어갔다.

쿵.

쿵.

한 발, 한 발 지면을 때리는 듯한 그 걸음은 제운종에 있지
도 않고 있어서도 안 되는 것이었다. 본디 바람 속에서 유영

하듯 움직이는 것이 제운종의 기본인데, 마기로는 그 심득을 제대로 끌어올릴 수 없었다. 혜쌍검마록에 담긴 수준으로는 제운종을 완전히 마공화하지 못하기 때문이다.

운정은 점차 희미해지는 살기의 흔적에 마음이 다급해지는 것을 느꼈다. 흉수와 거리가 오히려 멀어지고 있는 것이다. 그는 최대한 마기를 끌어올려 제운종을 펼쳤지만, 도저히 흉수와의 거리를 좁힐 수 없었다.

"흠?"

탓. 탁. 탁.

운정은 한 숲속에 멈췄다. 살기가 옅어지고 있는 것은 똑같았지만, 문제는 그 궤적이 이곳에서 확 끊겨 버린 것이다. 이것은 흉수가 빠른 속도로 그와 멀어져서 생긴 일이 아니라, 이곳에서 모습을 완전히 감춰 버린 것이다.

운정은 눈을 살포시 감고 기감을 깨웠다. 그러자 이곳저곳에서 그를 향한 살기들이 느껴졌다. 나무 뒤, 돌 뒤, 언덕 아래, 심지어 나뭇가지 사이에서도 미약한 살기들이 어둠 곳곳에 숨어 있었다.

하지만 그중 어떠한 것도 방금 식당에서 느꼈던 그 살기와 비교할 수 없었다. 그 살기는 일평생을 복수심에 불타오르던 사람이 결국 원수의 심장에 칼을 찔러 넣었을 때나 뿜어질 만큼 강렬했다. 하지만 주변에서 느껴지는 살기는 사람을 두고 죽일까 말까 고민하는 정도.

운정은 조용히 태극마검을 꺼내 들었다. 흉수는 완전히 도망을 갔거나, 아니면 여기서 잠복하고 기회를 노리고 있을 터. 어떤 경우라도 곳곳에서 미약한 살기를 보내고 있는 자들을 상대해야 한다는 점에선 같았다. 그 와중에 어디서든 흉수의 암격이 올 수 있다는 것은 항상 염두에 두어야 할 것이다.

"취이익."

"취이익."

사람이 일부러 돼지의 울음소리를 따라 하는 것 같은 소리가 여기저기서 들리기 시작했다. 그리고 실제로 돼지와 사람을 반쯤 섞어 놓은 듯한 괴물들이 모습을 드러내기 시작했다. 전체적인 크기는 인간과 비슷했지만, 달빛에 반사된 그들의 피부는 어둡고 칙칙했으며, 손에는 반사광으로 이리저리 빛나는 날카로운 무기들을 들고 있었다.

"취이익."

"취이익."

그들은 서서히 운정을 포위했다. 바위에서, 땅에서, 나무에서 하나둘씩 나타난 그들의 총 숫자는 대략 삼십여 마리. 그들은 동일한 소리를 내면서 운정을 위협하려는 것 같았다.

"취익! 취이이익!"

괴물들 중 하나가 큰 소리를 지르며 마구 운정에게 달려오기 시작했다. 짧은 단검을 양손으로 들고 앞으로 내지르고 있는데, 그 꼴이 딱 막 성년이 된 남자가 처음으로 검을 들고 사람을 찌르려고 하는 모습과도 같았다.

운정은 그 괴물이 다가오자, 왼손을 부드럽게 뻗어 그 괴물의 손목을 치고는 그대로 그 손목을 돌려 잡은 뒤, 다리를 슬쩍 걸었다. 그러자 그 괴물은 단검을 놓치곤 꼴사납게 엎어졌다.

"취이익. 취이익! 취이익!"

비명을 마구 지르던 그 괴물은 엎어진 채로 마구 뒷걸음질을 치더니 뒤로 물러났다. 그러자 다른 괴물들도 같은 소리를 내지르며 한 발자국씩 뒷걸음질을 쳤다.

"크— 왕!"

갑자기 한쪽에서 산 전체를 울리는 듯한 소리가 울렸다. 그리고 실제로 운정이 밟고 있는 지면이 떨리기 시작했다.

쿵!

쿵!

쿵!

어둠 사이로 모습을 드러낸 괴물은 방금 전 꼴사납게 엎어진 괴물과는 차원이 다른 크기를 가지고 있었다. 키는 사람 세 명 정도 되며, 어깨는 그보다도 더 컸다. 그리고 그 넓은 어깨에 달려 있는 두 팔 또한 땅에 닿을 만큼 길었는데, 그 끝에는 역시 사람만 한 도끼 두 자루가 있었다.

그 거대 괴물이 한 발, 한 발 앞으로 나서자, 처음 나왔던 괴물들도 뒷걸음질을 멈추고 다시 운정을 포위하기 시작했다. 운정은 차분한 눈길로 가만히 그 거대 괴물을 올려다보았고, 그 괴물은 자신과 눈을 피하지 않는 운정에게 극도로 흥분하기 시작했다.

"크와앙!"

세상이 떠나가라 또 한 번 소리친 그 거대 괴물은 마구 달리기 시작했다. 중간중간 나무가 그 거대 괴물을 막았지만, 거대 괴물은 아랑곳하지 않고 나무들을 도끼로 잘라 냈다. 사람이 수백 번은 도끼질을 해야 쓰러질 법한 나무들이 단 한 번의 도끼질로 모두 쓰러졌다. 그것은 그렇게 길을 스스로 만들며 운정에게 뛰어왔다.

운정은 평생 처음 보는 생명체에 들뜨는 마음을 조용히 다스렸다. 냉정한 눈으로 그 거대 괴물을 보았다. 고대 신화나 소설에서나 나올 법한 괴물이지만, 그 움직임이 단순하다. 물론 그 가공할 힘 때문에 단 한 대라도 허용한다면 온몸의 뼈마디는 가루가 되겠지만, 무공의 현묘함에 전혀 못 미치는 그 도끼질에 맞을 리 만무했다.

흑기사와 크게 다를 바가 없다.

더 크고 더 세지만, 더 단순하고 더 얕다.

거대 괴물이 도끼를 하늘 높이 들었다가 운정을 향해 찍었다. 운정은 그 순간 태극보를 펼쳐 옆으로 피해 냈다.

쿵─!

거대한 도끼가 패고 들어간 땅에는 작은 균열과 함께 흙먼지가 자욱하게 풍겼다. 손끝에서 아무런 감각을 느낄 수 없던 거대 괴물이 이상하다는 표정을 지었는데, 그 순간 자욱한 흙먼지 속에서 검은 인형 하나가 앞으로 튀어나왔다.

퍽. 퍽. 퍽.

거대 괴물의 팔을 그대로 타고 올라오는 운정의 걸음은 한 발, 한 발이 강한 충격을 뒤로 남겼다. 그의 양발은 거대 괴물의 피부를 파고 들어가, 초록색 핏물을 토해 내게 만들었다.

"크─하앙!"

고통에 더욱 분노가 쌓인 거대 괴물은 다른 손을 휘둘러 운정을 공격했다. 하지만 이미 그 공격이 오는 것을 알았던 운정은 하늘에 몸을 던져서 수월하게 피해 냈다.

탁.

공중에서 한 바퀴를 돈 운정은 정확히 그 거대 괴물의 머리 위에 안착했다. 그는 태극마검에 가공할 내력을 담고는 그 검면으로 거대 괴물의 뒷목을 냅다 후려쳤다.

쿵─!

"쿠─ 하악!"

거대 괴물은 입에서 초록색 체액을 한 사발 토해 내더니, 그대로 아래로 꼬꾸라지기 시작했다. 눈동자가 위로 올라가며 눈꺼풀이 감겼고, 그 상체는 그대로 땅에 곤두박질쳤다.

쿠—웅!

가볍게 땅 위에 착지한 운정은 주변을 보았다. 처음 이곳저곳에 숨어 있었던 돼지 괴물들은 이미 사라지고 없는 상태였다. 다만 한쪽에서 흙빛이 모여들고 있어, 운정의 시선을 사로잡았다.

어둠 속에서 빛나는 흙빛이라.

마법이 아니고서야 불가능하다.

운정이 다급히 검에 내력을 넣으려는데, 그 순간 마법이 시전되었다.

[파워—워드 킬(Power—word kill)]!

운정에게 죽음이 내려지는 그 순간 한쪽에서 밝은 빛이 났다. 그 빛은 번쩍하더니, 곧 무언가가 그 빛을 타고 날아와 흙빛에 도달했다.

"크악!"

짧은 비명과 함께 어둠 속에 한 그림자가 일렁거렸다. 그러자 또다시 두어 번의 밝은 빛이 났고, 그곳에서부터 쏘아진 무언가가 또다시 그림자를 맞혔다.

"크악! 카악! 으윽."

비명 소리와 함께 그림자가 점차 사라지더니, 그 안에서 기묘한 복장을 한 남자가 무릎을 꿇고 한 손에 든 지팡이로 겨우 몸을 지탱하고 있었다. 그 남자는 가슴 언저리와 팔 그리고 다리에 구멍이 뚫려 선혈이 흘러내리고 있었다.

세 빛이 쏘아진 곳에서 한 엘프가 갑자기 나타났다. 긴 금발과 긴 귀도 시선을 빼앗을 만하지만, 그녀의 아름다운 얼굴만큼은 아니었다. 엘프는 천천히 걷고 있었지만, 그 속도만큼은 사람이 뛰는 것보다 월등히 빨랐다. 어느새 쓰러진 남자에게 도착한 그 엘프는 다리로 그 남자가 힘겹게 들고 있던 지팡이를 쳐 냈다.

"크윽."

그가 땅에 엎어진 것을 확인한 엘프는 분노에 가득 찬 눈빛으로 그 남자를 째려보았다. 그녀가 고개를 한번 흔들자, 등 뒤에 매달린 그녀의 활이 그녀의 품으로 자연스럽게 들어왔다. 그 활의 양쪽 끝은 그녀의 머리카락을 위아래로 모으고 있어, 그녀의 머리카락이 그 활의 활시위가 되었다.

그녀는 활시위, 다시 말하면 자신의 머리카락을 붙잡고 힘을 주었다. 그러자 활이 부드럽게 꺾이며, 그 중심이 그 남자의 머리를 조준했다. 그 순간 뒤에서 소리가 들렸다.

"죽이지 마세요."

그 순간 엘프의 두 눈이 동그랗게 떠졌다. 손에서 힘이 자연스럽게 빠졌다. 그녀는 믿을 수 없다는 듯 뒤를 보았다.

그곳에는 운정이 태극마검을 검집에 넣고 있었다.

"어, 어떻게 살아계시죠?"

그녀의 질문에 운정이 살짝 웃었다.

"잊으셨습니까? 전 그 마법으로 죽지 않습니다."

"아! 그렇죠! 하지만 아무리 그래도 그렇지, 그렇게 대책 없이 마법사를 상대해서는 안 돼요. 즉사주문 의외에 다른 마법도 많아요."

"압니다. 하지만 즉사주문이 편리합니다. 그래서 항상 먼저 씁니다. 암살자는 더욱 그렇습니다. 그러나 당신의 충고 또한 맞습니다. 기억하겠습니다."

"……."

"오랜만입니다, 시르퀸."

시르퀸의 얼굴이 급속도로 밝아졌다. 그녀는 금세 운정에게 달려오더니, 그의 얼굴을 이리저리 확인하면서 말했다.

"난 당신이 그대로 죽어 버린 줄만 알았어요. 그런데 이제 공용어를 정말 잘하시네요."

"당신 때문입니다. 처음에 잘 배웠습니다."

"아니에요."

안도의 한숨을 내쉰 시르퀸은 다시금 쓰러진 남자를 보았다. 그 남자는 그 와중에도 몸을 움직이며 어떻게든 땅에 버려진 자신의 지팡이를 짚으려고 안간힘을 썼다. 다만 구멍 난 그의 몸이 제대로 움직이지 않아, 그의 행동은 한낱 꿈틀거림 밖에 될 수 없었다.

운정은 그 홍수에 대해서 관심을 거두며 말했다.

"무엇으로 인해 이곳에 있습니까?"

시르퀸은 운정 뒤로 쓰러진 괴물에 시선을 절로 빼앗기며 대답했다.

"장로님에게 차원이동이 거행됐다는 이야기를 듣고 혹시나 당신이 온 건 아닐까, 델라이 수도 주변에 왔는데 역시나 당신의 냄새가 나는 거예요."

"나의 냄새?"

시르퀸은 맑게 웃더니 말했다.

"다크엘프와 엘프의 냄새가 함께 나는 자는 이 세상에 당신뿐이죠. 어떻게 보면 당신의 냄새라고 할 순 없지만."

"아……."

"그런데 저 오우거는 홀로 죽이신 건가요?"

"오우거? 이 거대 괴물을 말합니까?"

"예, 강한 줄은 알았지만 설마 맨몸으로 오우거를 죽이시다니."

"죽이지 않았습니다."

"예?"

"기절했습니다. 오우거."

"세상에. 그냥 놔뒀나요?"

시르퀸은 눈을 크게 뜨더니, 곧 다급히 움직였다. 그녀의 눈빛 속에서 살기를 읽은 운정은 그녀의 앞을 바로 가로막았다.

"죽입니까?"

"당연하죠. 그건 몬스터예요."

"이 또한 생명 아닙니까?"

"아니, 생명이긴 하지만 몬스터라니까요? 죽여야 해요."

"몬스터?"

"예!"

운정은 이해할 수 없다는 듯 시르퀸을 보았고, 시크퀸도 같은 눈빛으로 운정을 보았다.

"크흐흥!"

그 순간 오우거의 입에서 거친 소리가 흘러나왔다. 하지만 아직 정신을 차리진 않았는지, 쓰러진 그대로 가만히 있었다.

시르퀸은 안 되겠다는 듯 운정 옆으로 돌아가 고개를 한번 흔들어 활을 품에 쥐었다. 하지만 운정이 또다시 그녀의 앞에 따라가 막아서며 말했다.

"생명을 죽여선 안 됩니다."

시르퀸도 단호한 목소리로 말했다.

"비키세요. 몬스터예요. 당신 또한 악인이라면 죽이지 않나요?"

"오우거가 무슨 나쁜 일을 했습니까?"

"첫째로는 당신을 죽이려 했겠죠. 몬스터니까요. 둘째로는 이대로 놔둬 봤자, 어차피 악행을 저지를 거예요."

"모릅니다, 그건. 모르는 일입니다."

시르퀸은 운정을 위아래로 훑어보더니 나지막하게 말했다.

"당신, 변했군요? 전에는 이렇지 않았는데."

"다행입니다. 제가 변한 것은."

시르퀸은 쓰러져 있는 오우거를 한 번 더 보더니, 곧 활에서 힘을 뺐다.

"전에는 엘프 같더니, 이젠 진짜 인간이 되었군요. 선도 악도 뚜렷하지 않고 흐릿한 인간. 모든 것이 확고했던 과거의 당신은 어디 있죠?"

"……."

"이제 이것은 당신의 책임입니다. 전 상관하지 않겠어요."

시르퀸의 표정에는 실망감이 맴돌았지만, 운정은 마음 쓰지 않기로 했다. 아름다운 얼굴이라고 해서 그 표정 하나하나에 휘둘리기엔 그가 겪은 일이 너무 많았다.

운정은 숲 한쪽을 바라보며 말했다.

"도움 고맙습니다. 하지만 사람이 옵니다. 오우거의 소리를 듣고 옵니다. 나중에 당신을 만나고 싶습니다. 어떻게 하면 될니까?"

시르퀸도 운정이 느낀 기척을 느끼는지, 운정이 바라보는 곳을 바라보며 말했다.

"수도 안에 있으면 절 보기 어려워요. 이 저택 주변이 그나마 좋아요."

"매일 저녁 이 저택에 있습니다. 숲으로 나오겠습니다."

"알겠어요. 곧 누군가 도착하겠군요."

시르퀸은 그렇게 말한 뒤에, 걸음을 걷기 시작했다. 그런데 그녀의 속도가 비이상적으로 빨라지더니, 곧 운정의 시야에서도 사라졌다.

그와 거의 동시에 말을 몰고 온 한슨이 운정 앞에 도착했다.

"세상에! 오우거라니! 아. 아직 살아 있네?"

한슨은 말 위에서 내려오며 믿을 수 없다는 눈길로 오우거를 보았다. 그는 오우거를 이리저리 살펴보다가, 오우거가 또다시 낸 호흡 소리에 놀라 뒷걸음질을 쳤다.

이후 바로 한슨 뒤에 나타난 로튼은 말에서 내리더니, 바로 검을 뽑았다. 그는 한슨처럼 상당히 놀란 표정을 하고 있었지만, 눈빛만은 매섭기 그지없었다.

"로드 한슨. 물러나십시오. 오우거는 위험합니다."

운정은 로튼의 앞을 막았다.

"생명을 죽여선 안 됩니다."

운정의 말에 로튼이 인상을 팍 구겼다. 지금까지 단 한 번도 감정을 잘 내비치지 않았던 터라, 그의 얼굴에 담긴 혐오감이 더욱 잘 드러났다.

"그런 고리타분한 소리를 하다니, 이계의 프리스트라는 말이 정말이군요. 나와 같은 무사인 줄 알았는데 말입니다. 하지만 전 물러설 수 없습니다. 이 오우거는 죽어야 합니다."

운정이 물었다.

"이것은 그저 가만히 있었습니다. 그래서 죽입니까?"

"그럼 중원에선 그 누구도 무엇이든 절대로 죽이지 않습니까? 비키십시오."

"이곳에는 재판이 없습니까? 생명을 죽이려면 최소한 재판을 해야 합니다."

로튼의 일그러진 표정엔 이제 분노까지 담기려 하고 있었다. 막 그 분노가 쏟아지려는데, 로튼은 눈을 한번 감고는 깊은 숨을 쉬었다. 그러곤 생각을 한번 정리한 뒤 말했다.

"몬스터는 생명이지만, 존중되어야 할 것은 아닙니다. 오직 인간만 존재하는 중원에서 오셨으니, 그 의미를 모를 수도 있다곤 생각합니다만 당신은 이곳의 문화도, 이곳의 역사도, 이곳의 생리도, 이곳의 선악도 모릅니다. 몬스터(Monster)와 퍼슨(Person)의 차이조차 이해할 수 없으시니 뒤로 물러서시지요."

운정은 도저히 로튼을 이해할 수 없었다. 오우거라는 이 생명체는 운정을 죽이려 했다. 그러니 그 오우거를 죽이겠다는 결정권은 사실 운정 외에는 없다. 그런데 시르퀸도 그렇고 로튼도 그렇고, 본인들이 무슨 권리로 오우거를 죽이려 한다는 말인가? 오우거는 그들에게 어떠한 죄도 저지르지 않았는데 말이다.

하지만 운정은 동시에 로튼 또한 자신을 도저히 이해할 수 없어 한다는 걸 그의 눈빛을 통해 알 수 있었다. 몬스터를 죽여야 하는데 왜 막는 것인지 그 행동을 이성적으로 받아들일 수 없는 것이다.

생각을 마친 운정은 태극마검을 검집에 넣고 옆으로 살짝 물러났다. 로튼은 그런 그의 행동을 보고는 더욱더 이해할 수 없다는 눈빛을 했지만, 그에겐 더 급한 일이 있었기에 서둘러 움직였다.

중무장을 하지 않았으니, 오우거가 깨어나기 전에 죽여야한다. 만약 한 번에 오우거를 죽이지 못하면, 오히려 깨우는 꼴이 될 것이고, 그러면 즉시 상황은 역전된다.

누워 있는 오우거의 머리 앞에 선 로튼은 자신의 애검을 양손으로 들고 침을 한번 삼켰다. 그리고 신중에 신중을 기해서, 오우거의 뒷목 사이에 단번에 검을 찔러 넣었다. 그 순간 오우거의 두 눈이 크게 떠지고 입이 벌려졌지만, 그뿐이었다.

"후우… 후우……."

로튼은 심호흡을 하며 이마에 송골송골 맺힌 땀을 닦아 냈다. 그때 한쪽에서 운정의 소리가 들렸다.

"이자가 즉사주문을 썼습니다."

로튼과 한슨이 뒤돌아보니, 운정 옆에 고통스러워하고 있는 남자가 한 명 보였다. 오우거로 인해 흥분했던 그들의 마음이 그 남자의 얼굴을 보는 순간 지극히 차가워졌다.

"워메이지가 맞습니까?"

한슨의 질문에 로튼은 고개를 한번 끄덕이며 그 남자에게 걸어갔다. 그는 그 워메이지와 그 주변을 이리저리 살피더니 지팡이에 시선을 고정하곤 운정에게 물었다.

"저것이 이자의 것입니까?"

"예."

로튼은 망설임 없이, 그 지팡이로 걸어갔다. 그 워메이지의 얼굴이 핼쑥해졌지만, 로튼은 과감히 검을 휘둘러 그 지팡이를 반으로 동강 내 버렸다.

한슨은 쭈그려 앉아 워메이지와 눈높이를 맞추더니 말했다.

"흐음. 워메이지는 처음 보는데. 아버지께서 그토록 두려워했던 워메이지가 고작 이 정도라니 조금은 실망이네요."

로튼은 부러진 지팡이를 들고 확실히 그것이 망가진 것을 확인한 후에 다시 버리며 말했다.

"원래 그들은 사로잡고 나면 허무할 정도로 나약합니다. 그들이 공포의 대상이 된 것은 전쟁에서의 유용성과 그것에서 파생된 암살능력 때문이지, 마법사로서의 능력은 사실 대단치 않습니다."

"흐음. 흐음."

로튼은 워메이지를 가만히 바라보다가 한슨에게 말했다.

"로드 한슨께서 한번 직접 그를 포박해서 저택에 감금해 보시겠습니까? 이런 쪽으로 경험을 쌓아 두면 좋을 겁니다."

한슨은 턱을 한번 만지더니 말했다.

"뭐, 지팡이도 없는 마법사니 어려울 것 없겠지요."

로튼이 낮은 목소리로 주의했다.

"그렇다고 마법 시전이 불가능해진 것은 아닙니다. 입으로 외울 수도 있고, 조금씩 마나를 모아서 주변의 사물을 임의로 움직일 수도 있습니다. 마법사를 감금하고 관리한다는 건 꽤 책임이 필요한 겁니다."

한슨은 로튼을 슬쩍 올려다보며 말했다.

"나 같은 사람한테 그런 걸 맡겨도 돼요?"

"로드 한슨께서는 망나니지만, 자존심이 세서서 일단 책임감을 가지면 누구보다도 확실히 일을 끝내시지요."

한슨은 비릿하게 웃었다.

"칭찬인지 모르겠지만, 고맙군요. 뭐 한번 해 보지요. 워메이지를 제가 관리한다고 하면 누이들이 꽤나 질투할 것 같거든요? 하하하."

"먼저 가시지요. 전 오우거를 정리하겠습니다. 기사들과 함께 짐을 실을 말 두어 마리만 데려오십시오."

한슨은 운정과 로튼을 번갈아 보며 그들 사이에 흐르는 묘한 분위기를 읽었다. 그 속에서 자리를 비켜 달라는 의미를 읽은 그는 마법사에게로 걸어가서 그의 다리와 양팔을 부여잡고는 그대로 어깨 위로 들어 올려 버렸다.

"크학."

구멍 난 상처에서 상당한 고통을 느낀 워메이지가 신음했다. 한슨은 천천히 걸음을 걸으며 워메이지를 위협했다.

"조금이라도 이상한 낌새가 느껴지면 사지를 하나씩 잘라버릴 테니 각오해. 암살하려 했으니, 내 뒷조사는 했겠지? 나 인간의 사지 자르는 거 잘해. 알지?"

"……"

"그래 얌전히 가자고."

그 말을 끝으로 한슨은 저 멀리 사라졌다.

로튼은 오우거를 보며 운정에게 물었다.

"어떻게 이런 일이 벌어졌는지 설명해 주시겠습니까?"

"복잡합니다. 나중에 설명해 드리겠습니다."

운정은 진심이었지만, 그의 대답을 아니오로 들은 로튼은 입을 한번 굳게 닫더니, 오우거를 이리저리 둘러보고는 말했다.

"가슴을 열어야 합니다. 다만 안타깝게도 그러려면 가슴에 올려져 있는 오우거의 오른팔을 치워야겠는데, 좀 도와주시겠습니까?"

운정은 천천히 로튼에게로 다가갔다. 자세를 잡고 오우거의 오른팔을 들었는데, 그 무게가 상당해서 운정은 내력을 조금 사용해야 했다. 그렇게 오우거의 오른팔을 가슴에서 치우고 나니, 로튼은 옷을 하나씩 벗기 시작했다.

로튼이 다시 말했다.

"조금 물러나 주시는 게 좋을 듯합니다. 피가 어디로 튈지 모르는데, 그럼 빨래하는 하녀들이 힘들지 않겠습니까?"

운정은 굳은 표정으로 말했다.

"이미 죽었습니다. 더 베고 찌를 겁니까?"

막 상의를 모두 벗고 하의로 손을 가져가려던 로튼은 몸에 힘이 빠지는 것 같았다. 도대체 어디서부터 어떻게 설명해야 할까?

그는 다시금 옷을 벗으면서 말했다.

"물론 당신의 말이 맞습니다. 그저 화를 내고 도끼질 좀 했다고 인간을 죽일 순 없습니다. 그리고 그 시신에 유용한 것이 있다고 훼손해서도 안 됩니다. 그것은 극악한 행동임이 분명합니다. 하지만 어디까지나 이 오우거가 퍼슨, 아니… 퍼슨이란 개념 자체를 모르시니 인간이라고 하죠. 이 오우거가 인간이라는 가정하에 말입니다. 그리고 이건 정말 부탁인데, 뒤로 좀 물러나 주십시오."

운정은 몇 발자국 뒷걸음질을 치더니 말했다.

"인간, 오우거. 왜 다릅니까? 이해 가지 않습니다."

옷을 모두 벗은 로튼은 그 옷가지를 한 번에 모아서 저 멀리 던져 버리더니 자신의 애검을 들며 말했다.

"동물은 있겠지요? 그렇죠? 중원에도."

"예."

"동물을 사냥하고 그 고기를 먹고 그 가죽으로 옷을 입고… 그런 겁니다. 지금 제가 하는 건."

로튼은 두 눈을 운정에게로 똑바로 둔 채, 검을 오우거의 심장 부근에 찔러 넣었다. 그러자 그 심장에서 분수처럼 피가 뿜어져 나와, 로튼의 얼굴과 상체 그리고 하체의 반을 단번에 핏물로 적셨다. 피가 비처럼 쏟아지는 가운데, 운정을 똑바로 쳐다보는 그의 두 눈에는 조금의 죄책감도 없었다.

운정은 오우거를 내려다보며 말했다.

"동물은 걷지도 뛰지도 도끼를 사용하지도 않습니다."

분수처럼 뿜어지던 핏물을 향해서 로튼은 다시금 검을 찔러 넣어 그 틈을 벌렸다. 그러자 더 이상 피가 솟구치진 않게 되었다.

"그럼 동물이 행여나 걷거나 뛴다면, 혹은 입으로 도끼를 물고 휘두른다면, 그 즉시 그것은 인간처럼 존중받아야 한다는 겁니까?"

운정은 죽은 오우거가 자신의 하체를 가리기 위해 입은 가죽옷에 시선이 갔다. 그것은 그저 거적때기에 불과하지만 엄밀히 말하면 옷이다.

그리고 동물은 옷을 입지 않는다.

"인간과 많이 비슷하면, 그렇습니다."

피로 가득한 로튼의 얼굴에 비웃음이 서렸다. 그는 이제 한 손으로는 검 손잡이를 잡고 다른 손으로는 검날의 중간에 손바닥을 대곤 오우거의 가슴 위에서 동그랗게 돌며 그 심장을 도려내기 시작했다.

"좋습니다. 그렇다면 선이 있겠군요. 인간인 것과 인간이 아닌 것을 가르는. 중원에는 그런 기준이 필요하지 않다 해도, 우리에겐 필요합니다. 왜냐하면 우린 중원과 다르게, 인간과 동물의 사이에 있다고 해도 좋을 것들이 많기 때문입니다. 그 선의 존재는 인정하십니까?"

운정은 그의 논리가 어디로 흐르는지 알 것 같았다. 그렇기

에 이미 자신의 논리가 틀렸다는 것도 깨달았다. 하지만 그는
자신이 지도록 두기로 했다. 어차피 대화는 평행선으로 흐를
것이기 때문이다.

그가 말했다.

"인정합니다."

심장과 연결된 핏줄을 모두 베어 낸 로튼은 검을 옆으로 버
렸다. 그러곤 가슴에 난 상처 안으로 두 발을 집어넣은 채 운
정을 한번 보며 말했다.

"그 선은 사람마다 다르지요. 사상마다 다릅니다. 하지만
우리에겐 그 선과 씨름한 오랜 역사가 있습니다. 그 역사 속
에서 수많은 선들이 집단에 의해서, 나라에 의해서, 개인의 의
해서, 종교에 의해서 채택되었습니다. 수없이 많은 시행착오가
있었고, 그로 인한 전쟁도 있었고, 이후 발전이 있었습니다.
그리고 작금에 와서는 정답이라고 단언해도 좋을 만큼 보편
적인 선이 있습니다. 이 선은 모두 보편적으로 인정하는 선입
니다. 그것을 당신이 우리와 전혀 교류가 없던 중원에서 발생
한 사상으로 뒤엎는다? 조금 자신의 위치를 벗어난 행동이라
고 생각하지는 않습니까?"

"……."

"개념을 설명드리자면, 선 안쪽의 생명체를 퍼슨, 그리고 선
밖의 생명체를 몬스터라 합니다. 파인랜드에 있는 동안은 꼭

알아 두서야 합니다."

로튼은 피가 가득 고인 가슴의 틈 안으로 잠수했다. 그리고
그는 곧 양손으로 오우거의 심장을 뽑아 들었다. 사람의 것보
다 적어도 열 배는 커 보이는 오우거의 심장은, 거대한 오우거
의 육신 곳곳에 대량의 피를 공급하기에 충분해 보였다.

운정은 로튼이 얼마든지 자신을 무시할 수도 조롱할 수도
있다는 걸 알았다. 그가 말한 정도라면 사실 엄청나게 배려해
준 것이다. 운정은 조용히 대답했다.

"평생 산속에 살았습니다. 밖에 나온 건 두 달 전입니다. 제
가 제 위치를 자주 잊습니다. 배려 부탁드립니다."

로튼은 무거운지 얼굴을 찡그리며 양손에 든 심장을 밖으
로 내던졌다. 턱하고 땅에 떨어진 심장은 여전히 많은 양의 핏
물을 가지고 있었는지, 그 주변에 피 웅덩이가 생겼다.

그는 다시 검을 집어 들더니 운정을 힐긋 보았다. 티 없이
맑은 그 눈빛을 더는 볼 수 없었던 로튼은 눈길을 아래로 가
져가며 말했다.

"제가 당신 나이일 땐, 술집에서 여자 치맛자락이나 들추고
있었습니다. 그토록 젊은 나이에 오우거를 맨몸으로 상처 하
나 없이 기절시킨 당신에게 제가 그런 말을 한 걸 보면 사실
위치를 잊은 건, 저로군요. 사과드립니다."

그는 겸손히 말한 뒤, 다시 검을 들고 오우거의 사타구니

쪽으로 갔다.

운정은 그의 논리를 이해했지만, 그의 행동이 여전히 잘못되었다는 느낌을 지울 수 없었다. 마음이 따라가지 않는 것이다.

운정이 물었다.

"그 선에 대해서 더 설명해 주십시오. 알고 싶습니다."

막 검을 휘두르려던 로튼은 양 눈썹을 살짝 들더니 손가락 하나로 밤하늘을 가리켰다.

더 정확하게는 밤하늘에 떠 있는 달이었다.

第四十章

"이거… 설마 그건 아니죠?"

말 위에 놓인 짐 안을 살짝 풀어 본 한슨의 목소리에는 놀람을 넘어선 경악이 담겨 있었다. 그곳엔 사람의 주먹만 한 검은 것이 담겨 있었다. 로튼은 막 하녀가 건넨 큰 수건으로 온몸에 더덕더덕 묻어 있는 오우거의 피를 닦아 내면서 말했다.

"워메이지는 어떻게 했습니까?"

"기사들에게 양도했습니다만."

로튼은 눈살을 찌푸렸다.

"본인께서 책임을 지겠다고 하지 않으셨습니까?"

"아니, 아버지가 저도 대책 회의를 하러 안으로 들어오라는데 그러면 어떻게 합니까? 그리고 상속자인 제가 중요한 대책회의에 빠진 채 워메이지를 감시하고 있어야 한다는 말입니까? 예?"

로튼은 조금 화난 듯한 한슨을 타일렀다.

"당신을 무시하려는 뜻이 아닙니다, 로드 한슨. 기사들은 대부분 워메이지에게 앙금이 있어서, 그들에게 맡기는 것이 좋지 않을 것 같아서 하는 말입니다. 그렇게 되었다면 어쩔수 없겠습니다."

머쓱해진 한슨은 헛기침을 하더니, 고개를 돌려 운정을 보았다. 그는 눈을 말똥말똥하게 뜨고 가만히 서서 기다리고 있었다. 그러다 그의 주변에서 하녀들이 섣불리 그에게 다가가지도 못하고 곁눈질로 그의 외모를 훔쳐보고 있는 것을 알게 되었다. 한슨은 팔짱을 끼더니 말을 이었다.

"참 나… 저렇게 생긴 게 뭐가 그리 좋다고. 몸 다 닦았으면 들어와요."

로튼이 말했다.

"그래도 피 냄새가 심해 물로 한번 씻는 게 좋을 것 같습니다만?"

"아버지 명령입니다. 암살 위협을 받았으니, 다들 식당에 모여 회의하려 하는데 로튼 경과 중원인이 오시지 않으면 시작하지 않겠다고 합니다."

"그렇습니까?"

로튼은 한숨을 쉬고는 하녀를 향해 고개를 끄덕였다. 그러
자 하녀는 로튼의 옷을 주었고, 그는 아직 몸 여기저기 핏자
국을 묻힌 채로 옷을 입어야만 했다.

로튼은 운정을 데리고 한슨과 함께 식당까지 갔다.

그곳에는 이미 많은 사람들이 있었다. 의자에 앉아 있는 사
람들은 모두 고급진 옷을 입고 있었고, 주변에 서서 경계하는
기사들과 하녀들도 꽤 많았다. 운정이 등장하자, 모두들 그를
뚫어지게 보는데, 운정은 아무런 감정도 얼굴에 떠올리지 않
으며, 하녀가 안내한 자리에 착석했다.

상석에 앉은 머혼이 말했다.

"손님이 있으니, 우선 소개부터 해야겠군. 오른쪽은 아까
본 내 아내, 아시리스. 그리고 순서대로 첫째 시아스, 둘째 아
시스, 그리고 막내 아이시리스. 첫째는 이제 처음 보지?"

운정이 고개를 끄덕이며 시아스를 향해 포권을 취했다. 시
아스는 어머니와 자매들과 다르게 머혼처럼 흑발을 가지고
있었지만, 얼굴만큼은 역시 미인이었다. 그럼에도 왠지 모를
탁한 기운이 눈가에 가득했는데, 운정을 바라보는 눈빛에는
놀람과 설렘이 공존하고 있었다.

시아스는 운정의 포권을 보곤 어쩔 줄 몰라 하며 눈길을 확

피해 버렸다. 그녀는 곧 자신이 실수했다고 생각하고는 미안한 눈길로 운정을 다시 보았는데, 여전히 자신을 똑바로 보고 있는 운정의 강한 눈길에 또다시 자기도 모르게 고개를 돌려 버렸다.

머혼이 말했다.

"그리고 왼쪽으로는 우리 백작가를 책임지는 자들. 차례대로 집사인 르아뷔, 기사단장 고폰, 그리고 하녀장인 퀼린."

머혼이 자기 이름을 말할 때마다, 셋은 고개를 한번 숙이는 것으로 인사했고, 운정은 포권을 취해 맞인사 했다.

집사인 르아뷔는 빼빼 마른 몸의 꼬부라진 머리카락과 눈썹 그리고 얇은 수염을 가지고 있었다. 다소 비겁해 보이는 인상이나, 두 눈만큼은 모든 것을 꿰뚫어 보는 듯한 느낌이었다.

고폰은 말 그대로 전형적인 기사로, 우락부락한 몸에 자신감 넘치는 얼굴이었다. 식당에 앉아 있는 이 순간까지도 아머세트를 입은 채 투구만 벗고 있었다.

마지막 하녀장인 퀼린은 조금 뚱뚱한 체질로 이 자리에 앉아 있는 것 자체가 너무나 불편한지 다소 긴장한 표정을 하고 있었다. 그녀는 그녀의 반대편에 앉아 있는 아시리스의 눈치를 수시로 살피며 자세를 바로 하고 있었다.

머혼은 다시금 청중들을 보며 말했다.

"한슨과 로튼 그리고 운정 도사가 왔으니 논의를 재개해 보지. 일단 그 워메이지를 사로잡은 운정 도사에게 감사의 말을 전하네. 게다가 오우거를 사냥하는 쾌거까지 이루었으니, 오히려 이번 사건이 좋은 일이 되었어."

그 말에 집사인 르아뷔가 말했다.

"로드 머혼, 이번 일이 좋은 일이라니요? 아무 백작도 아니고 로드 머혼의 저택에서 일어난 암살미수 사건입니다. 이는 단순히 로드 머혼의 안위를 넘어서 국가의 안위가 의심스러운 상황입니다."

머혼은 조금 지친 어투로 말했다.

"그래서, 친애하는 집사께선 여전히 이번 일을 왕궁에 알리자는 입장인가?"

"당연합니다. 폐하의 지원을 받으면 백작가 내에서 처리하는 것보다야 훨씬 명명백백하게 이번 사건의 배후를 밝힐 수 있을 것입니다."

그 말에 머혼의 부인인 아시리스가 말했다.

"아까도 말했지만, 전 반대예요. 백작의 식당에서 워메이지가 암살에 거의 성공할 뻔했다는 것이 외부에 알려지면, 그것만큼 수치스러운 일이 어디 있죠? 우리가 나서서 우리의 실수를 만천하에 공개할 이유도 없어요."

그 말이 끝나기 무섭게 둘째 딸인 아시스가 아시리스를 돌아보며 말했다.

"어머니. 저도 어머니의 말이 틀렸다고는 생각하지 않아요. 하지만 폐하께서도 알아야만 해요. 아버지의 신변이 위협받은 문제는 단순히 저희 가문의 일이 아니라 국가의 일이에요. 아버지께서 델라이 왕국을 위해서 섬기는 위치를 생각해 보세요."

아시리스는 눈을 감으며 단호하게 고개를 저었다.

"절대로! 절대로 약점을 보여 줘서는 안 돼요! 안 그대로 당신은 델라이 왕국에 절대 권력을 휘두르고 있어요. 왕이 당신을 전적으로 신임해서 일을 맡기는 것도 있겠지만, 당신만이 할 수 있는 일이기 때문에 맡기는 것이에요. 그러니 대신 모두들 당신 앞에선 웃지만, 누가 당신의 뒤에 칼을 꽂을지 몰라요."

그 말에 고폰이 고개를 크게 끄덕이며 말했다.

"마담 아시리스의 말이 맞습니다. 왕조차도 말이죠."

그의 말 한마디에 식당의 공기가 차갑게 변했다.

머혼은 검지를 들고 흔들며 고폰에게 말했다.

"아니, 그건 너무 갔어. 왕이 나를 암살하려 해서 뭐 하려고? 그리고 왕이 암살하려 했다면 하녀 하나 제대로 못 보낸 풋내기를 썼겠어? 적어도 지금 병실에서 생사를 오가고 있는 건 내가 되겠지. 그도 아니면, 스페라 본인을 불러다가 우리 저택을 잿더미로 만들었을 거야."

고폰은 눈썹을 들어 올리며 말했다.

"그냥 가능성을 말해 본 겁니다. 가능성을. 뭐, 다들 놀라고 그러시는지."

한슨은 그때까지 가만히 있다가 말했다.

"오늘은 일단 자고 내일 하면 안 되겠습니까? 그 워메이지를 심문하면 뭐라도 나오겠지요. 아니, 이렇게 우리가 모여서 회의한다고 뭐 새로운 정보가 나오겠어요? 적어도 아이시리스라도 재워요."

한슨은 옆에 앉은 아이시리스의 머리를 한번 쓸어 넘겼다. 아이시리스는 기분이 좋은지 싱긋 웃었지만, 그녀는 곧 고개를 마구 흔들었다.

"전 여기 있을 거예요. 재밌게 돌아가는데, 저만 빠질 순 없죠."

"……."

머혼은 답답한지 자리에서 일어나며 한심하다는 듯 말했다.

"그래서 일단 우리가 결정할 수 있는 걸 결정하자고 모인 것 아니겠느냐? 후우. 그것도 모르다니. 자, 이번 일. 외부에 비밀로 할지, 아니면 알릴지. 네 생각은 어떠냐, 한슨? 네가 한번 말해 봐라."

한슨은 입술을 아래로 내리더니, 자신에게 고개를 돌린 사람들을 이리저리 훑어보았다. 그러곤 자신 없다는 듯 말했다.

"뭐, 알린다고 워메이지 배후를 알아낼 수 있겠어요? 아버지 적이 한두 명도 아니고. 일단은 워메이지를 심문해서……."

"고문이겠지. 그것도 추잡하기 그지없는 걸로. 넌 지금 이 상황에도 네 은밀한 취미 생활밖에 생각하지 않는 거야?"

싸늘한 아시스의 말이 한슨의 말을 막았다. 한슨은 잠시 할 말을 잃어 벙하다가 나지막하게 말했다.

"아, 뭐. 아무리 은밀한 취미 생활이라고 해도 때로는 쓸모가 있다고? 응? 솔직히 봐 봐, 누이. 우리 저택에서 그 워메이지 심문할 사람이 누가 있어? 응? 여기 기사도 중요시하는 고폰 경이 하시겠어? 아니면 기사의 명예를 아는 신사 로튼 경이 하겠어? 아님 우리의 귀여운 막내 아이시리스가 하려나?"

"으으! 그 더러운 입으로 내 딸의 이름을 담지 마!"

경멸을 가득 담고도 모자라 넘쳐흐르는 목소리가 아시리스의 입에서 터져 나왔다. 한슨의 표정이 일순간 서늘하게 뒤바뀌면서, 장내의 분위기가 삽시간에 얼어붙었다. 그때 아이시리스가 자신의 토끼 인형을 만지작거리면서 말했다.

"해 보고 싶긴 해. 고문."

"……."

"……."

다들 할 말을 찾지 못하는 와중에, 로튼이 말을 시작했다.

"외부에 알리더라도 내일 바로 궁에 보고할 필요는 없을 듯합니다. 그러니 일단은 로드 한슨의 말대로 워메이지를 심문해서 나오는 정보까지 본 뒤에 앞으로의 행동을 결정하면 될 듯합니다. 외부의 도움이 필요할 수도, 필요하지 않을 수도 있습니다. 그전에 애초에 즉사주문이 왜 식당 안으로 뚫고 들어올 수 있었는지부터 알아야 하지 않습니까? 방호마법은 잘 작동되고 있는 겁니까?"

머혼은 팔짱을 끼더니 자리에 다시 앉으며 말했다.

"안 그래도 그걸 두 번째 안건으로 두려 했다, 로튼. 일단 방호마법은 다시 잘 돌아온 듯해. 무슨 이유에선지 딱 그때만 방호마법이 벗겨졌다는 게 유일한 해석이다. 지금 저택에 있는 마나스톤을 모조리 긁어모아서 3단계까지 올렸다. 이 식당만 우선적으로. 가뜩이나 마나스톤이 고갈되는 시국에, 으휴."

"그래서 식당으로 다 모이신 것이로군요. 혹. 이렇게 하기를 적이 노렸다면?"

"뭐?"

머혼의 반문에 로튼과 고폰이 눈을 마주쳤다. 고폰은 고개를 한번 끄덕이더니 말했다.

"염두에 두었다. 기사단을 모조리 식당에 두고 싶었지만, 아니다 싶어서 반을 떼서 저택 전부를 지키라 했어."

로튼도 고개를 끄덕이며 말했다.

"아닙니다. 쓸데없는 걱정을 했군요. 일단 그런 것이라면 다행입니다. 3단계라면, 이곳에서 누군가 즉사마법에 당할 일은 없겠군요."

"자세한 건 마법사를 불러 봐야 알아. 하지만 그건 또 정보가 외부로 유출되는 루트가 될 수 있지."

"진작 제가 말씀드린 대로 전속마법사를 고용해 두었다면, 괜찮았을 겁니다."

그 말에 르아뷔는 대뜸 소리를 높였다.

"지금 절 비난하시는 겁니까?"

로튼은 르아뷔를 똑바로 바라보며 말했다.

"전속마법사가 있었다면, 이번 일에 훨씬 더 많은 정보를 얻어 낼 수 있었을 겁니다. 마법의 흔적은 빠르게 사라집니다. 내일 마법사를 은밀히 불러 이번 사태를 조사하라 해도 얻을 수 있는 것이 많지 않을 겁니다."

르아뷔도 지지 않고 말했다.

"마법사들의 정신 상태를 잘 아시면서 그런 말씀을 하시는 겁니까? 지식욕에 허우적거리는 그들은 절대로 신용할 수 없습니다. 게다가 전속으로 두고 쓰려면 적어도 그랜드위저드는 되어야 유용합니다. 그런데 그런 급의 마법사가 어디 돈에 좌지우지된답니까? 돈으로 얻을 수 있는 지식 정돈 이미 흥미를 잃었을 테죠. 그러면 대체 무슨 지식으로 그를 붙잡아 둡니까? 또한 마법사라고 해서 마법의 흔적을 다 잘 찾아낼 수 있는 게 아닙니다. 특별히 조사에 관련된 마법을 익힌 마법사들이 잘하는 것이지요. 그랜드위저드가 전속으로 있었다면 방어하는 데는 도움이 될지 모르지만, 사건을 조사하는 일에는 아마 도움을 줄 수 없었을 겁니다."

"……."

"로튼 경의 검술과 충성심은 모든 이가 인정하고 또 저도 존중하지만, 제게 이 저택의 살림을 어떻게 해야 할지 혹은 해야 했는지를 가르치진 마십시오."

가만히 이야기를 듣고 있는 로튼의 표정은 전혀 변화가 없었지만, 모두들 그가 단단히 화가 났다는 것을 알 수 있었다.

그때 운정이 조금 손을 들었다.

"아, 얼마든지 말씀해 보세요."

머혼의 허락에 운정이 말했다.

"왜 당신을 암살했다고 생각합니까?"

"예?"

"식당에는 사람이 많았습니다. 왜 당신입니까?"

"……."

그 질문에는 누구도 대답하지 못했다.

조용한 가운데 한슨이 식탁을 한번 탁 하고 내려치며 말했다.

쿵.

"맞아! 왜 아버지를 암살하려 했다고들 생각하는 거지? 암살은 실패로 돌아갔고, 즉사주문은 옆에 있던 하녀에게 스며들었지만 그 역시도 완전하지 않아 죽지 않았잖아? 우리 모두 다 당연히 아버지를 죽이려는 암살 시도이겠거니 했지만, 그게 꼭 아버지라는 법은 없지!"

"그럼 워메이지가 하녀라도 죽이려고 했다는 거야?"

아시스의 조롱에 한슨은 또다시 소리치려 했지만, 머혼이 그의 말을 막으며 운정에게 말했다.

"그럼 운정 도사. 당신은 워메이지가 당신을 죽이려고 했다고 생각하십니까?"

운정이 말했다.

"아니요."

"그럼?"

"그때에는. 그, 그. 흐음. 그… 살기(ShaQi)가 퍼져 있었습니다. 그러니 한 명을 공격하지 않았습니다."

"예?"

"살기. 공용어로 모릅니다."

그 말에 모두 아리송한 표정으로 운정을 보았다. 운정은 잠시 고민하더니 다시 말했다.

"사람이 사람을 죽입니다. 그러면 살기가 나옵니다."

로튼이 물었다.

"피? 피를 말하는 겁니까?"

운정이 고개를 흔들었다.

"아닙니다. 감정 같은 것입니다. 혹 보여 드려도 되겠습니까?"

"보여 준다고요? 뭘? 뭘 보여 준다는 겁니까?"

"살기를 보여 드리겠습니다. 놀라지 마십시오."

운정은 자신을 바라보는 모든 인물들, 그러니까 식당에 있는 모든 사람들에게 살기를 내뿜을 생각으로 눈을 감았다. 순수한 무궁건곤선공이라면 어려웠겠지만, 마기를 다루는 지금은 숨 쉬는 것만큼이나 쉬웠다.

운정이 팟 하고 눈을 뜨자 극마급의 살기가 식당을 가득 채웠다.

"끼악—!"

"끼악—!"

"허억!"

각양각색의 신음 소리가 여기저기서 터져 나왔다. 시녀들은 모두 주저앉았고, 기사들은 하나같이 검을 뽑아 들었다.

머혼은 뒤로 벌러덩 자빠졌다. 아시리스는 창백한 안색으로 변해 운정을 노려보았고, 시아스는 손으로 얼굴을 가리고 엎어져 있었다. 아시스는 자리에서 벌떡 일어나 있었고, 아이시리스는 흥미로운 눈길로 운정을 보았다. 르아뷔는 손을 떨면서 자신의 수염을 만지작거렸고, 퀼린은 기절했는지, 눈을 감은 채 축 쳐져 있었다.

그리고 로튼과 고폰은 각각 식탁 위와 의자 위, 운정의 양쪽에서 검을 겨누고 있었다.

운정은 몸을 가만히 둔 채로 말했다.

"이것입니다. 살기란."

로튼과 고폰은 맹수의 눈빛으로 운정을 보다가, 곧 서로와 눈이 마주쳤다. 그들은 동시에 검을 내려 자신의 검집에 넣었다.

고폰이 말했다.

"스케어(Scare)마법입니까?"

로튼이 고개를 저었다.

"아주 순수한… 그런 위협입니다. 모두들 그렇지만 내가 죽겠다는 공포를 느꼈겠지요. 그것을 한 번도 느껴 본 적이 없는 사람은 온몸이 얼어 버렸을 겁니다."

로튼은 식탁에서 내려와 자기 자리로 가서 앉았고, 고폰 또한 자기 자리로 돌아가, 기절해 있는 퀼린을 깨웠다. 그녀는 정신을 차리고는 고폰이 내민 물컵을 들고 물을 허겁지겁 마셨다.

막 자리에서 엉거주춤 일어나 의자를 세우고 다시 앉은 머혼이 말했다.

"글쎄. 지금까지 죽을 것 같은 기분은 많이 느껴봤지만, 이 정도로 강렬한 건 처음이야. 부인, 안 그렇소?"

아시리스는 대답하지 않고는 퀼린처럼 앞에 있는 물컵을 들어 벌컥벌컥 마셨다. 평소 그녀가 얼마나 기품을 강조하는지 잘 아는 시아스는 그런 어머니의 모습을 눈으로 보면서도 믿겨지지 않는지 입을 살짝 벌렸다. 아시리스는 물을 다 마시곤 자신의 첫째 딸의 시선을 느끼자, 곧 모른 척하며 물컵을 슬그머니 앞에 내려놓았다.

운정이 말했다.

"전에 즉사주문이 시전되었습니다. 살기, 그러니까 스케어? 이것이 식당에 퍼졌습니다. 하지만 그것은 한 명에게 가지 않았습니다. 모두에게 갔습니다."

한슨이 그 말을 듣고 고개를 느릿하게 끄덕이며 말했다.

"맞아. 그때 모두가 놀랐지. 만약 즉사주문이었다면, 모두 다 그런 공포감을 느꼈을 리가 없어."

머혼이 눈을 찌푸리며 말했다.

"그럼 무슨 말이냐? 워메이지가 공포주문을 쓰고 달아났다는 뭐 그런 소리냐? 뭔 말 같지도 않은 소리야?"

한슨은 얼굴을 확 구기더니 말했다.

"그 말이 아니지 않습니까? 예? 그 워메이지가 와서 즉사주문을 쓰려 했지만, 뭐 식당에 걸려 있는 방호마법에 의해서 약화되거나 그런 것이겠지요. 그래서 공포주문이 된 거 아니겠습니까?"

모든 이의 시선이 한슨을 향했다. 모두들 이상한 표정을 짓고 있어 한슨이 영문을 몰라 하는데, 대표로 아시스가 물었다.

"즉사주문이 약화돼서 공포주문이 되었다는 게 무슨 말입니까?"

한슨은 로튼과 고폰까지도 자신을 묘하게 쳐다보고 있다는 사실에 당황하며 말했다.

"뭐야? 나만 아는 겁니까?"

"……."

"……."

"아니, 즉사주문의 원리가 어떻게 되는지 아무도 모른다고요?"

"……."

"……."

한슨은 어이가 없다는 듯 숨을 살짝 뱉더니 말했다.

"공포주문을 강화시키고 또 강화시키면 그게 즉사주문이 됩니다. 그래서 공포를 느끼지 못하는 것에는 즉사주문이 들지 않는 것이고요. 즉사주문은 공포주문을 기반으로 하여 절대명령의 힘을 받아서… 와 진짜 이걸 아무도 몰랐다고? 아니, 뭐들 그렇게 보십니까?"

그 질문에도 모든 사람이 말없이 한슨을 보고만 있었고, 그 침묵을 깬 건 아이시리스였다.

"우린 오라버니가 맨날 밖에 싸돌아다니면서 허튼짓만 하는 줄 알았죠. 마법에 관한 지식이 있으리라고 생각지도 못했어요."

"뭐? 아니, 마법을 공부한 건 아니고. 그냥 즉사주문이 가장 큰 위협이 되니까 미리 읽어 둔 거지. 그거 우리 저택에 있는 책이에요. 책 제목이 뭐였더라? '마법혁명이 마법발전의 방향에 미친 영향'이었나?"

"……."

"……."

모두들 눈을 더 크게 뜨고 입은 더 크게 벌리고 한슨을 보았다. 한슨이 어이없다는 듯 그들을 살피는데, 이번에도 아이시리스가 침묵을 깼다.

"오라버니가 책을 읽었다니, 더 신기하네. 저택에 들어오기 전까지 문자도 모르던 사람이."

"아니, 그게 그렇게 놀랄 일이야? 우리 다 언제라도 암살 위협 받는 거 나밖에 모르나? 이 정도는 다 알고라도 있어야지?"

머혼은 고개를 몇 번이고 갸웃하더니 곧 조금 큰 소리로 말했다.

"아무튼, 한슨의 말이 맞다는 가정하에 이야기를 하자면, 워메이지의 즉사주문이 약화돼서 공포주문으로 변했다는 것이로군. 그렇다면 애초에 식당의 방호마법은 잘 작동되었다는 것이겠지."

그 말에 지금까지 말을 아끼던 퀼린이 조금 눈치를 보다가 말했다.

"죄송하지만 로드 머혼, 그 당시 마나스톤에는 마나가 없었나 봅니다. 다시 보니 마나스톤이 빛을 잃어······."

그녀의 말이 끝나기 무섭게 아시리스가 소리쳤다.

"뭐라고, 하녀장? 지금 뭐라고 했지? 마나스톤이 빛을 잃었다고?"

퀼린은 몸을 움츠리며 말했다.

"아, 예예."

쿵!

주먹으로 식탁을 내려친 아시리스가 표독스러운 말로 퀼린에게 말했다.

"어떻게 하녀장이라는 사람이 이 저택에서 가장 중요한 일을 까먹을 수 있지? 당신 때문에 내 딸이 죽을 수도 있었어!

당장 이 저택에서 나가! 아니! 아니야! 당신이 혹시 일부러 마나스톤을 바꾸지 않은 거 아니야? 워메이지와 한패 아니냐고! 머혼. 이 사람도 심문해 봐야겠어요!"

그녀의 말에 퀼린은 얼굴에서 핏기가 완전히 가셨다. 퀼린은 당장에라도 눈물을 떨어뜨릴 것 같은 표정으로 머혼을 보았다.

"로, 로드 머혼, 제, 제가 죽을죄를 지었습니다. 하지만. 하지만 정말로 마나스톤은 제 시간에 바꿨습니다. 그런데 이번에 가보니 마나스톤이 빛을 잃은 겁니다. 제가 마법사도 아니고… 마나스톤에 마나가 얼마나 있는지 어떻게 압니까? 그저 빛나는 마나스톤으로 정해진 때마다 바꿀 뿐입니다. 그 속에 마나가 충분한지는 제가 알 수 있는 게 아닙니다."

아시리스는 또다시 큰 소리를 내려 했지만, 머혼이 양손을 들어 그 둘을 막았다.

"일단 알겠다. 부인도 진정하시지요. 이 이야기는 향후에 좀 더 하고. 일단 논의를 진행시키면, 당시 방호마법이 작동하고 있지 않은 건 확실한 것이지?"

"예에. 암살 시도 이후 제가 바로 확인했을 때, 마나스톤의 빛이 없었습니다."

"그럼 그 암살마법을 막아 내느라, 마나스톤의 마나가 고갈되었을 수도 있겠어."

"그, 그보다는 아마⋯⋯."

퀼린은 한슨의 눈치를 보았다. 머혼은 따스한 말투로 말했다.

"괜찮으니 말해 보게."

퀼린은 잠시 가만히 있다가 결심하곤 말했다.

"로드 한슨께서 식당 샹들리에의 빛을 키워 달라고 했기에 고갈되지 않았나 합니다. 요즘 마나스톤의 가격이 만만치 않아서 저희가 최소한으로 쓰고⋯⋯."

한슨은 버럭 소리를 질렀다.

"그게 무슨 말이야! 그럼 내가 워메이지를 도우려고 일부러 주방 샹들리에의 빛을 키웠다는 거야?"

퀼린은 아시리스의 눈치를 슬쩍 보았다. 방금 전까지도 분노에 차 있던 그녀의 두 눈이 부드러워져 있자, 퀼린은 얼른 말을 꺼냈다.

"그런 말은 아니고, 그저 그것 때문에 마나스톤이 일찍 고갈되어서 방호마법이 작동하지 않았을 수도 있다는 걸 말한 것뿐입니다."

한슨이 자리에서 벌떡 일어나자, 퀼린이 다시금 몸을 움츠렸다. 그러자 아시리스가 한슨을 보며 말했다.

"그 자리엔 나도 있었어. 넌 분명히 샹들리에의 빛을 키워 달라고 말했지."

한슨은 코웃음을 치더니 말했다.

"이봐요, 양어머니. 이런 식으로 나를……."

머혼이 한슨의 말을 잘랐다.

"어머니다, 한슨."

"……."

"제대로 말하거라."

한슨은 입술을 한번 비틀더니 말했다.

"그럼 어머니는 제가 그 워메이지와 한패다 뭐 그런 뜻입니까? 예?"

아시리스가 홱 하고 눈길을 거두며 말했다.

"난 단지 네가 샹들리에의 불빛을 밝게 해 달라고 말했던 걸 증언했을 뿐이야. 하녀장의 말이 상당히 신빙성이 있으니까. 그리고 네 말대로 어차피 워메이지를 고문할 만한 사람은 너밖에 없으니, 다양한 가능성을 염두에 두는 것이 좋은 것이지."

"뭐라고요? 아니, 지금 내가 내 아버지를 뭐 죽이려고 했다 뭐 그런 겁니까? 그럼 그 워메이지를 불러요 지금 당장. 내가 어머니 앞에서 그놈 고문해 줄게. 그놈이 나랑 한패면 내가 자길 고문하는 걸 그냥 당하고만 있겠어요? 그거 보여 주면 내가 결백한 거겠지요?"

"흥!"

"참 나! 야! 거기 서서 뭐 해. 데려와, 당장!"

한슨의 말에 기사 중 한 명이 고폰을 보았다. 고폰이 고개를 끄덕이자, 그 기사는 말없이 식당을 나섰다.

아시리스는 더 이상 아무 말 하지 않고 가만히 있었다.

머혼은 이마를 부여잡더니 말했다.

"참 나. 뭐 하나 제대로 흘러가는 게 없네. 응? 워메이지를 사주한 사람이 누군지도 몰라. 그리고 그놈이 누굴 죽이려 했는지도 몰라. 아니, 저기 계신 운정 도사 아니었다면 그 워메이지도 놓쳤을 것 아니야? 게다가, 덤으로 오우거까지 사냥하셨다는데… 아, 참 일이 긴박하게 돌아가느라 그에 대해서 감사도 못 드렸습니다. 용서하십시오."

막 깨달은 머혼은, 자리에서 일어나 공손히 운정을 향해 인사했다. 운정이 포권으로 받자, 옆에 있던 르아뷔가 말했다.

"안 그래도 말씀드리려 했습니다만, 이왕 말이 나온 김에 동의를 얻고 싶습니다. 오우거의 심장과 오우거의 가죽 등등 오우거에서 나오는 모든 물품은 당연히 운정 도사님의 소유입니다. 다만 그것을 운반, 가공, 및 판매까지 하실 수 없으시니, 저희 백작가에서 대신 해 드리겠습니다. 이에 남는 이윤 중 오십 퍼센트를 드리겠습니다. 비용은 전부 저희 쪽에서 계산하고요. 어떠십니까?"

운정이 뭐라 대답하려는데 머혼이 말했다.

"육십으로 드려."

르아뷔가 다시 말했다.

"예, 로드 머혼. 육십 퍼센트로 드리겠습니다, 운정 도사. 저희 머혼 백작가의 인프라를 이용하는 상인 중 육십 퍼센트를 가져가는 건 지금까지 전례가 없을 정도로 파격적인 겁니다."

운정이 대답했다.

"잘 모릅니다. 모두에게 좋게 주세요."

르아뷔는 뒤를 보며 한 하녀에게 손짓했다. 그러자 그걸 본 아시스가 말했다.

"지금 여기서 사인까지 해야겠어요? 일단 이 회의의 목적부터 달성하죠, 아버지. 일단 외부로 알릴지 말지부터 정하죠. 거수로 찬반을 표하는 건 어때요?"

막 종이와 펜을 가져오던 하녀는 머쓱하게 돌아설 수밖에 없었다.

로튼이 말했다.

"제가 말한 조건은 어떻게 됩니까? 황제에게만 은밀히 말하는 건."

아시스가 말했다.

"그럼 그것은 주먹으로 의사 표현을 하십시오. 거수하죠. 외부에 알리자는 손바닥, 외부에 알리지 않자는 엄지손가락, 그리고 로튼 경의 주장대로는 주먹. 의견이 없다면 손을 들지 마십시오."

이후, 거수가 진행되었다.

손바닥을 보인 사람은 아시스, 르아뷔, 한슨.

엄지손가락을 든 사람은 고폰, 아시리스, 퀼린.

주먹을 든 사람은 로튼, 시아스.

그리고 손을 들지 않은 사람은 운정, 아이시리스, 머혼.

결국 머혼이 결정해야 한다.

그렇게 모두들 머혼을 바라보니, 머혼은 마음이 무거워지는 것을 느꼈다. 하지만 쉽사리 결정을 내리지 못하고 한숨만 내쉬고 있는데, 문이 벌컥 열리면서 워메이지를 데리러 간 기사가 나타났다.

"워메이지가 사라졌습니다."

"뭐?"

"그, 워메이지가 사라졌습니다. 산속으로 흔적이 나 있는 걸로 보이는데, 그 몸으로 혼자 도망칠 순 없고, 누군가 조력자가 있는 듯합니다."

안 그대로 침침했던 식당의 분위기는 더욱 악화되었다.

고폰은 기다렸다는 듯 큰소리를 치며 그 기사에게 말했다.

"알렉스! 조력자라니? 내 기사 중에 그 누구도 나를 배신할 사람이 없다! 누구냐! 누가 감시한 거냐?"

알렉스는 식당에 있는 다른 기사들과 눈빛을 교환하고는

말했다.

"그것이… 지하 감옥에 감금하고 나서는 아무도 지킨 사람이 없다고 합니다."

"뭐?"

기가 막혀 하는 고폰에게 알랙스가 조금 거친 어투로 말했습니다.

"아시잖습니까, 단장님. 워메이지입니다. 아무도 그 신변을 보호할 생각이 없었습니다."

"그게 지금 헛바닥으로 할 말이냐!"

고폰은 자리에서 거칠게 일어났다. 그가 입은 중장비의 갑옷 때문에 의자가 반쯤 박살이 났다. 그가 당장에라도 칼을 뽑아 자신의 기사에게 휘두를 기세로 성큼성큼 걸어가는데, 그 뒷모습을 경멸의 시선으로 바라보던 아시리스가 차갑게 말했다.

"자기 책임을 덮고자 억지로 화내는 모습… 추해요, 고폰 경. 앉으세요. 얘, 저기서 의자 하나 가져오렴."

고폰은 우두커니 그 자리에 섰다. 그의 몸이 서서히 돌면서 아시리스를 향했는데, 그 표정은 더 이상 일그러질 수 없을 만큼 일그러져 있었다. 아시리스는 하녀에게 손짓하며 고폰과 눈도 마주치지 않았다.

그는 분노를 가까스로 참아 내며 말했다.

"마담. 지금 제가 억지로 화를 낸다고 하셨습니까?"

아시리스는 그런 그를 완전히 무시한 채로 한슨을 돌아보며 말했다.

"네가 내 앞에서 고문할 거라는 워메이지가 아주 자연스럽게 사라졌구나. 네겐 아주 좋게 되었어."

한슨도 자리에서 벌떡 일어나며 큰 소리를 치려는데, 아이시리스가 툭하니 한마디를 내뱉었다.

"조력자 맞아요?"

"……"

"……"

말을 한 시점이 아주 묘해서, 모든 이의 시선이 그녀에게 꽂혔다. 아이시리스는 자기 토끼 인형의 양팔을 붙잡고 좍 잡아당기면서 말했다.

"로튼 경이 전에 제게 말해 주셨죠? 전투에서 워메이지는 기사들에게 공포에 대상이라고. 자기만 쏙 숨은 채로 기사들을 저격해서 그냥 픽픽 죽여 버리니 말이에요. 그래서 기사들은 워메이지를 찾아내면 시체를 알아볼 수도 없게 만든다면서요?"

머혼이 괴상한 눈길로 로튼을 보았다.

"너 내 딸한테 그런 쓸데없는 소리도 했었냐?"

로튼은 헛기침을 하더니 말했다.

"제가 그런 말도 했었군요. 어렴풋이 기억납니다."

아이시리스는 머혼을 보며 맑게 웃었다.

"제가 궁금해서 막 졸라서 물어본 거니까, 로튼 경에게 너무 뭐라 하지 마세요."

"……."

"그러니까, 기사들은 대부분 워메이지를 증오하기 때문에 기사들이 워메이지를 붙잡고 이런저런 나쁜 짓? 호호. 뭐 그런 걸 해도 다들 그냥 모른 척해 준다면서요?"

로튼은 고개를 끄덕였다.

"그렇습니다. 그러면 레이디 아이시리스께서는 이번에 저희 암살미수 사건을 벌인 워메이지가 조력자에 의해서 탈출한 것이 아니라는 겁니까?"

"네. 아마도 백작가의 기사들이 암묵적으로 어디 뒷산에 끌고 가서 재미 좀 보고 있지 않을까요?"

그 말을 들은 모든 이는 식당을 지키고 있는 기사들을 한두 명씩 훑어보았다. 그들 사이에서 왠지 모르게 분위기가 무겁게 가라앉기 시작했다.

한슨은 비웃듯 고개를 한번 느리게 끄덕이더니, 로튼을 보았다.

"아하. 그래서 아까 제게 그 워메이지를 맡으라고 한 겁니까? 기사들한테 맡기면 어떻게 될지 모르니까?"

로튼은 한숨을 푹 쉬더니, 고폰을 슬쩍 보았다.

고폰은 입을 굳게 닫은 채로 가만히 있었다.

이미 그도 알고 있는 것이 분명하다.

그리고 그렇게 되도록 둔 것도 맞다.

로튼이 말했다.

"정리하면, 그 마법사의 몸 상태로는 절대 혼자 탈출할 수 없습니다. 누군가의 도움이 아니고서야 불가능합니다. 그렇다는 뜻은 기사들 중 조력자가 있다는 건데 그 또한 전 신빙성이 없다고 생각합니다. 고폰은 저와 다르게 실력보다 충성심을 먼저 볼 정도로 그 부분에 관해서 철저합니다. 그러니 레이디 아이시리스께서 말씀하신 것이 아마 맞을 겁니다."

머혼은 로튼의 말을 듣는 동안 고폰과 알렉스의 표정을 주의 깊게 살폈다. 또한 식당을 안에서 지키고 있는 기사들의 표정도 유심히 보았다. 평생 무술만 갈고닦은 이들이 태반이라 그런지 표정도 눈길도 숨길 줄 몰랐다. 그들 사이에서 무거운 기류는 아이시리스의 말이 맞다는 것을 너무나 확연히 나타내고 있었다.

표면에 끌어내서 처벌해야 하나?

아니면 이대로 묻어야 하나?

머혼은 슬쩍 르아뷔를 보았다. 르아뷔는 고개를 살짝 흔드는 것으로 자신의 의사를 밝혔고, 머혼도 그 생각에 동의했다.

그는 관자놀이를 짚더니 말했다.

"집안 꼴이 아주 잘 돌아가! 응? 손님 모셔 놓고 못 보여 드리는 게 없군. 참 나. 암살시도를 당할 만큼 방호마법도 병신이고 기사들 기강 상태도 아주 해이해. 아주 미숙하기 짝이 없어. 참 나."

르아뷔는 어두운 표정을 하고 있는 고폰을 지그시 보다가 곧 그 옆에 있는 운정 도사에게 시선을 돌리며 말했다.

"일단 아까 말한 운정 도사와의 계약을 체결하겠습니다. 이렇게 된 이상, 오우거를 통해 수익이라도 내야겠습니다."

아시스가 말했다.

"아니, 지금 상황에 그걸 꼭 해야겠어요? 예?"

그녀를 포함한 대다수는 기가 막힌다는 표정을 지었지만, 머혼은 귀찮다는 듯 손짓했다. 그러자 하녀가 다시 종이와 펜을 가져왔다.

르아뷔는 그 자리에서 계약서를 일필휘지로 빼곡히 작성한 뒤, 운정에게 건넸다. 운정은 가만히 그것을 보다가 하녀가 손가락으로 가리키는 곳에 자신의 이름을 적었다.

雲靜.

한슨은 낯선 그 글자를 물끄러미 보다가 나지막하게 말했다.

"그래서 어떻게 할 겁니까? 이번 사건. 외부에 공개할 겁니까, 말 겁니까?"

그 말을 들은 머혼이 식탁을 쳤다.

쿵!

그는 자리에서 벌떡 일어나 뒷짐을 지더니 깊은 한숨을 쉬고는 말하기 시작했다.

"하아. 중원에서 돌아오는 게 아니었어. 거기만큼 편하고 좋은 데도 없는데, 뭐 하러 이런 골치 아픈 곳에 와서는 젠장. 아니, 뭐 하나 확실한 게 없잖아? 아니, 누가 암살시도를 한지도 모르고? 누가 암살시도를 당했는지도 모르고? 그리고 겨우 붙잡은 그 뭐야? 워메이지? 그놈도 조력자가 있어서 탈출했는지, 아니면 기사들이 분풀이를 하고 있는 건지도 모르고? 응? 아니, 뭐 하나 확실한 게 있어야지? 젠장! 야 다 집어치워. 나 들어가서 잘 테니까. 니들도 그러든 말든 해. 누가 뒤지면 뒤지는 거고 응? 살면 사는 거지. 정 무서우면 식당에서 자던지. 인생 두 번 사냐? 한 번 살지. 됐다! 됐어. 거수로 봤을 때 어차피 내가 결정해야 하니까, 내가 다 알아서 할게. 그냥 자자. 쓸모도 없는 것들. 그럼 나 간다? 그리고 너희! 니들 기사들은 그냥 여기 있어. 내 명령도 제대로 듣지도 않고, 니들 좆대로 해? 됐다. 젠장. 내가 니들한테 보호받느니 그냥 내 몸은 내가 지킬 테니까. 쯧! 짜증 나게 말이야."

그렇게 말하며, 머혼은 식당을 나가 버렸다.

쿵—!

모두 머혼이 문 쪽으로 걸어가는 것을 빤히 보고 있었지만, 그가 밖으로 나가고 문이 닫히는 소리를 듣고서야, 그가 정말로 밖에 나갔다는 사실을 인지했다.

또 다른 암살 위협이 두렵지도 않은가?

"……."

"……."

모든 이들은 서로의 눈치만 보았다. 그러자 아시리스는 기품 있는 자세로 자리에서 일어나며 자신의 딸들에게 말했다.

"너희 아버지는 평소 형편없어 보이지만, 자기 살 길은 누구보다도 잘 아는 사람이다. 그가 저리 말했지만, 무언가 확신이 있으니 나간 것일 게다. 나는 올라갈 테니, 정 불안하면 식당에서 자거라. 마나스톤이 모자라 저택 전체의 방호마법을 3단계로 올릴 수 없으니."

그녀는 그렇게 말하곤 딸들 하나하나의 이마에 키스를 했다. 하지만 한슨에겐 인사조차 하지 않고 머혼이 사라진 방향으로 나갔다.

탁. 탁.

거만하게 두 다리를 식탁 위에 올린 한슨이 운정을 보며 손짓했다.

"그거? 나도 봐도 되겠습니까? 불안해서 방은 못 가겠고. 밤새 여기 있어야 할 거 같은데 졸리지는 않고. 그 계약서나 함 읽어 봅시다."

운정은 계약서를 들어서 한슨에게 건네주었다. 한슨이 그것을 들고 천천히 읽기 시작하자, 르아뷔가 작게 웃으며 말했다.

"로드 한슨께서 계약서를 읽으시려는 것을 보니, 그쪽으로 흥미가 생기신 모양입니다. 혹 원하신다면 제가 옆에서 가르쳐 드려도 되는지요."

"됐습니다. 친애하는 집사께서는 잠자리에 드시지요. 그냥 혼자 읽어 보겠… 고환? 오우거 고환? 아, 맞네. 아까 본 게 고환 맞았어. 와. 이것도 파는 겁니까? 아니, 어떤 미친놈이 오우거 고환을 산답니까?"

그 말에 아시스는 혐오감에 몸을 떨며 자리에서 탁 하고 일어났다. 그녀는 운정을 한번 보고는 말했다.

"그럼 전 가보겠습니다. 손님께서도 편히 계시길."

그 인사를 끝으로 아시스가 다른 쪽 문을 향해 걸어갔다. 그러자 시아스가 얼른 자기 자리에서 일어나 총총걸음으로 자신의 듬직한 여동생을 따라갔다. 그러곤 아시스의 한 팔을 꽉 붙잡는데, 아마 아침에 해가 오기 전까지 놔줄 생각이 없는 듯했다.

그들이 나가고 르아뷔가 한슨의 질문에 대답을 하려는데, 로튼이 먼저 말을 뺐었다.

"조금만 먹어도 육십을 넘긴 남자가 이십 대의 스태미나를 가지게 됩니다. 왕궁 내는 물론 파인랜드 전체에서 부르는 게 값입니다."

"우와. 대단하네. 그건 안 팔면 안 됩니까?"

"젊은 남자에겐 그리 효과가 없으니 단념하십시오. 게다가 이것의 주인은 엄연히 운정 도사이십니다. 원하시면 그에게 직접 돈으로 사시면 됩니다."

한슨은 실망한 표정으로 말했다.

"효과가 없으면 됐습니다. 그나저나 심장은? 심장도 팔 겁니까? 우와. 예상값이 진짜 어마어마하네. 이참에 운정 도사에게 가끔씩 오우거 사냥 좀 도와 달라고 하면 어때요? 아예 그쪽으로도 계약을 해 버리지요."

"글쎄요. 국가의 귀빈과 그런 계약을 할 순 없을 듯합니다."

"개인 대 개인으로 하는 것이죠. 그럼 되지 않나?"

운정은 작은 미소를 지으며 자리에서 일어났다.

"어렵습니다. 할 일이 많습니다."

한슨이 놀란 눈으로 그를 보았다.

"방으로 가시게요? 암살 위협이 더 있다면 아버지 다음으로 위험한 게 당신입니다. 예? 가지 말고 여기 있는 게 좋을 텐데요?"

운정은 희미한 미소를 짓고는 말했다.

"저는 괜찮습니다. 손님방으로 안내해 주십시오. 모두 좋은 밤 되십시오."

운정은 식당에 남아 있는 인물들에게 포권을 취해 보였다. 그리고 그에게 다가온 하녀의 인도를 따라서 그가 처음에 안내되었던 방에 도착했다. 하녀는 운정이 처음 머혼에게 부탁했던 마나스톤 몇 개를 그에게 주더니 얼굴을 붉히며 사라졌다.

그는 방 한쪽에 마련된 물로 얼굴과 손 그리고 발을 씻고는 침상 위에 누웠다. 침상의 바닥이 너무 푹신하여 그대로 빨려 들어갈 것 같았고, 몸을 덮은 이불은 가볍고 따뜻해서 마치 수많은 새들에게 둘러싸인 듯한 착각을 주었다.

운정은 그대로 잠을 청하고 싶었지만, 자리에서 일어나 가부좌를 틀었다. 그리고 마나스톤을 양손에 쥐고 운기조식을 시작하려 했다.

그런데 그때 누군가 문을 열고 그가 머무는 방 안으로 들어왔다. 운정은 마나스톤을 내려놓고는 침상 옆에 두었던 검집을 잡으며 눈을 떴다.

눈앞에는 아이시리스가 있었다.

그녀는 잠옷을 입은 채 토끼 인형을 두 손에 들고 있었다.

그녀의 손에 들린 작은 랜턴(Lantern) 안에는 따듯한 불길이 일렁이며 방 안을 조금 밝혀 주고 있었다.

그녀가 배시시 웃으며 물었다.

"你在睡覺嗎?"

그녀의 입에서 나온 말은 놀랍게도 한어였다.

"주무시고 계셨나요?"

운정은 공기 속에 흐르는 냄새조차 낯선 세상에서, 색목인보다 더욱더 색목인의 특징이 두드러지는 파인랜드의 작은 소녀에게서 나온 한어가 그렇게 반가울 수가 없었다. 왕궁에서 떠나고 난 후부터, 짧은 공용어로 의사 표현을 하느라 쌓였던 답답함이 한 번에 날아가 버리는 느낌이 들었다.

하지만 운정의 표정은 곧바로 굳어졌다.

"마법사이군요?"

아이시리스는 그 차가운 얼굴에 조금 당황했지만 미소를 잃지 않으며 고개를 살짝 끄덕였다.

"스승님이 절 보고 흥미가 돋으셨는지, 조금 알려 주셨어요. 그 이후로는 거의 독학하는 처지지만. 그런데 어떻게 아셨어요? 마법사 티는 전혀 내지 않았는데?"

유창한 한어를 들으며 운정은 더욱 확신했다.

"마법사는 공통적으로 언어적 능력이 뛰어나지 않습니까? 마법의 부수적인 효과 중 하나죠. 기회가 많이 없었을 것이 분명한데도, 그토록 자연스러운 억양을 가지신 걸 보면 마법사가 아니고서야 거의 불가능하다고 생각했습니다."

"아. 그냥 깜짝 놀라게 해 주고 싶어서 그런 건데, 재미없게 됐네요. 아무튼, 제가 스승님에게 먼저 가르침을 받았으니까, 그쪽 말로는 사저예요."

"예?"

아이시리스는 천천히 걸어가 방 한쪽에 자신이 들고 온 랜턴을 걸며 말했다.

"레이디를 계속 이렇게 둘 거예요? 자리에 앉아 달라고 말이라도 해 주시지."

운정은 방 안에서 의자를 찾았지만, 보이지 않았다. 그는 침상 밑에 다리를 내려놓고 말했다.

"아, 어디든 앉으십시오."

"배려에 감사해요."

그렇게 엎드려 절 받은 그녀는 운정의 옆으로 다가와 침상에 걸터앉았다. 그녀는 방긋 한번 웃어 보이더니 말했다.

"스승님이 엘프만큼 잘생겼다고 했는데, 정말이네요. 사람 같지 않네요."

"칭찬 감사합니다. 그런데 아까 사저라고 한 건 무슨 뜻입니까?"

아이시리스는 토끼 인형을 품은 채로 팔짱을 끼며 허리를 꼿꼿이 펴 보였다.

"같은 스승님에게 가르침을 받았으니, 저와는 동문이지요. 다만 제가 앞선 가르침을 받았으니 사저라는 거예요."

"……."

"못 믿겠으면, 내일 아침 궁에 들어가서 스승님에게 물어봐요. 아, 밤이 깊었으니 오늘이겠네."

"정말입니까?"

"정말이고말고요. 파인랜드에서 이 정도로 한어를 한다는 그 자체만으로도 스페라 스승님과의 연관성을 무시할 순 없을 거예요, 맞죠? 스승님 말고 누가 이렇게 중원의 언어를 잘하겠어요?"

"흐음 그렇군요, 아이시리스 사저."

그 말을 듣자 아이시리스는 살짝 고개를 들어 운정을 올려다보았다. 장난스럽게 웃고 있는 표정을 예상했는데, 막상 진지하게 턱을 쓰다듬고 있자 오히려 그녀가 당황해 버렸다.

"아, 날 진짜로 사저라 부를 거예요?"

운정은 즉시 고개를 끄덕이며 말했다.

"당연합니다, 아이시리스 사저. 사저께서는 이 사제를 향해 말씀을 놓아 주십시오. 제가 불편합니다."

아이시리스는 운정이 진심을 다해 그렇게 생각한다는 걸 그의 표정과 눈빛으로 확실히 알 수 있었다.

그녀는 오묘한 표정을 지으며 한쪽 머릿결을 쓸어 넘겼다.

"그, 그게. 장난인데. 호호. 그, 그래도 제가 말을 놓진 않을 게요. 운정 도사께서도 규율에 너무 얽매이진 마세요. 델라이 왕국은 그런 게 심하지 않으니까."

운정은 그 말을 듣고 묘한 기분에 사로잡혔다.

그러고 보면 언제부턴가 사부님조차 찾지 않게 되었다. 그런데 배분을 운운한다? 그는 자신의 본능이 아직까지 무당파에 젖어 있음을 다시 한번 깨달았다. 그 가르침에는 수없이 많은 의구심이 있지만.

그리고 그는 그 모순이 그리 싫지 않았다.

운정이 말했다.

"그래도 사저는 사저니 사저로 모시겠습니다."

운정은 침상에서 벌떡 일어나 아이시리스 앞에 섰다. 푹신푹신한 침상은 그 반동을 고스란히 아이시리스에게 가져다 주었고, 그녀는 운정이 앞에서 한쪽 무릎을 꿇고 포권을 취하는 동안 몸을 제대로 가누지 못했다.

운정은 자리에서 일어나며 조금 지난 옛 질문이 떠올랐다.

"그런데 전부터 알고 싶었습니다만, 스페라 스승님과 아이시리스 사저께서는 언제 처음으로 한어를 배우시게 된 겁니까?"

아이시리스는 자세를 잡다가 자기도 모르게 손으로 짓눌러 버린 토끼 인형을 발견하곤 얼른 다시 무릎 위에 두며 대답했다.

"모르셨겠지만 일여 년 전부터 지금까지 중원과의 차원이동을 통해서 몇 차례 비공식적인 왕래가 있었어요. 우리 쪽에서도, 저쪽에서도 몇 명씩 보내곤 했죠. 제가 알기론 그때 처음으로 우리 쪽으로 넘어와 고생하던 중원의 무리들을 저희 스승님께서 도와 고향에 돌려보내 주신 것으로 알아요."

"그때 그들을 통해 한어를 배우신 것이로군요."

아이시리스는 자기 가슴을 탁탁 치며 말했다.

"한 번은 황궁에서 공부하고 있는데, 우연치 않게 스승님의 연구지를 줍게 되었죠. 할 것도 없고 해서 이리저리 해석을 해 보았는데, 글쎄 그걸 보고는 스승님이 절 제자로 받으셨어요. 그 연구지에 적혀 있던 게 한어였죠."

운정은 밤중에 나타난 이 귀여운 불청객에게 묻지 않을 수 없었다.

"그럼 스페라 스승님께서 제게 하고 싶은 이야기가 있으신 겁니까?"

아이시리스는 눈을 동그랗게 뜨더니 말했다.

"아뇨. 왜 그렇게 생각했어요?"

운정은 아이시리스를 내려다보며 대답했다.

"그야, 그것 때문에 절 찾아온 것이 아닌가 해서 말입니다."

아이시리스는 고개를 살짝 흔들었다.

"아니에요. 제가 여기 온 건 스카우트(Scout)! 그 때문이에요."

"스카우트?"

아이시리스는 토끼 인형을 만지작하더니 말했다.

"마법을 배우다 보면 그 똑똑해지잖아요? 지능도 지혜도 다."

"예, 심력이 성장하지요."

그녀는 작은 한숨을 쉬며 문 쪽을 바라보았다.

"하아. 그러다 보니, 제 마음속에 있던 순수함이 다 사라져 버린 듯해서 조금 슬퍼요. 또 어머니는 제가 아직 어린아이였으면 해서 열심히 아이인 척을 하는데, 어머니도 보통 분이 아니라서 요즘엔 눈치채신 것 같고."

운정은 그녀의 문제가 뭔지 알 것 같았다.

"마법 공부로 인해서 조숙하셨군요."

"일 년 동안 그냥 어른이 됐죠."

"제가 아는 사람 중에는 나이가 어리고 심력이 바다와도 같지만, 아직 성숙하지 못한 사람이 있습니다. 그러니, 꼭 마법 공부로 인해서 지능이 성장해 조숙하게 된 건 아닐 겁니다."

"남자애 맞죠? 남자겠죠, 당연히. 아니면, 지능과 지혜가 올라가면서 정신적으로 성숙하지 않을 수 있는 초능력이 안 없을 리가 없겠지."

순간 이해하지 못한 운정은 조금 생각한 뒤, 그 말에 문제가 없다는 것을 깨달았다. 잘 들어 본 적도 없는 언어로 유창

하다 못해 언어유희까지 하는 걸 보면, 그녀는 본래부터 오성이 남달랐던 것이 분명하다.

운정이 말했다.

"그래서, 스카우트가 무엇입니까?"

아이시리스가 말했다.

"한마디로 말하면, 회유예요. 제 편이 되어 달라고 부탁하는 것이죠. 뭐 대가가 없진 않을 테니 부탁이라고 하긴 뭐하지만. 후원이라고 해도 좋고."

"그 뜻은?"

"네, 맞아요. 제가 머혼 가의 상속자가 되고 싶다는 뜻이에요."

운정은 금발의 색목인 소녀의 두 푸른 눈과 눈을 마주쳤다. 그리고 그 눈 속에 들어 있는 마음을 들여다보았다. 그리고 그 속, 그 가장 깊은 곳에서 뜨겁게 타오르는 불꽃을 볼 수 있었다.

운정은 팔짱을 껴 보이더니 말했다.

"왜입니까?"

"네?"

"왜 상속자가 되고 싶으십니까? 이유가 타당하면 힘이 되어 드리지요."

아이시리스는 주먹을 불끈 쥐더니 말했다.

"이대로 한슨이 백작이 되어 버리면 델라이 왕국은 그날로 망해요. 아버지나 한슨은 델라이 왕국에 큰 정이 없지만, 전 달라요. 델라이 왕국을 제 조국으로 생각하고 그것을 지켜 나가야 한다고 생각해요. 아버지처럼 권력을 즐기기만 하거나, 한슨처럼 권력을 남용해선 안 된다고 생각해요."

운정은 느리게 고개를 끄덕이더니 말했다.

"그러면 당신의 언니 두 분은 어떻습니까? 왜 그들은 상속자가 되면 안 됩니까?"

"시아스 언니는 심약해서 왕국은커녕 백작가도 못 지킬 게 뻔하고 아시스 언니는 속이 너무 여려서 큰일을 할 수 없기 때문이죠. 이 백작가를 이끌 다음 머혼은 제가 되어야 해요."

"그렇군요. 나름 타당할 수도 있겠다고 생각합니다만, 전 이 집안의 사정을 잘 모르니 일단 그렇다고 하죠. 그래도 사저. 갑자기 외부인인 제게 이렇게 힘을 빌려 달라고 하는 건, 저로서도 너무나 갑작스러운 일입니다."

"외부인이 아니라 동문이죠. 맞죠?"

그 귀여운 지적에 운정은 웃을 수밖에 없었다. 하지만 귀여운 건 귀여운 것이고 안 되는 건 안 되는 것이다.

운정이 말했다.

"예, 동문입니다, 사저. 하지만 전 힘을 빌려 드릴 수 없을 듯합니다. 개인적으로 집안 내부의 일은 집안 내부에서 해결

하는 것이 가장 좋다고 생각합니다. 저명한 귀족 집안의 일에
는 형제자매 간 유혈 사태가 벌어질 수도 있으니 더더욱 안에
서 해결해야 하지 않겠습니까?"

"앞으로 중원과의 교류는 더 이상 피할 수 없는 운명이에
요. 이번에 중원에서 넘어온 모든 이들 중에, 이렇게 홀로 저
희 집에 초대되신 것을 보면 아버지께서 운정 도사께 특별한
생각이 있으신 듯해요. 아니, 델라이 국가에서 당신을 특별히
생각하는 것이죠. 전 그걸 계승하고 싶어요. 그 관계를, 그 목
적을, 그 계약을."

"……."

"절 도와주신다면 당장 제가 드릴 수 있는 건 거의 없어요.
하지만 제가 상속자가 되어 머혼 백작이 되면 그때는 많은 것
을 드릴 수 있겠지요. 제 힘이 되어 주세요!"

아이시리스는 양손으로 운정의 오른손을 꼬옥 잡았다. 그
리고 간절한 표정으로 운정을 올려다보았다. 운정은 그 모습
에 웃음이 터져 나올 것 같으면서도 마음 한편이 따스해졌다.

그는 막 중원에 출도해서 이런저런 사람들과 심계를 다투었
다. 당시 그들 눈에는 그가 이렇게 보이지 않았을까?

운정은 부드러운 미소를 지으며 말했다.

"좋습니다. 그럼 한 가지 묻고 싶은 게 있습니다. 혹 지금까
지 사저께 힘이 되어 드린다고 한 사람이 얼마나 됩니까? 방

금 그 식당에 있었던 사람 중에 말입니다."

그 말에 아이시리스의 간절한 눈빛이 와르르 무너졌다. 그녀는 이리저리 눈길을 피하더니 말했다.

"그, 그러니까. 지, 진실을 말하면 아직 아무도 없어요. 일단 로튼 경을 섭외하고 있지만, 쉽지는 않아요."

운정은 몸을 움직여 아이시리스 옆 침상 위에 걸터앉았다. 그녀가 빤히 그를 쳐다보자 운정은 침상 위에 털썩 누워 버렸다. 그러자 지진이 난 듯 울리는 침상 때문에 아이시리스도 그의 옆에 눕게 되었다.

"저도 사람과 많이 교류를 해 본 건 아닙니다만, 그래도 지난 두 달간 꽤나 많은 일들을 경험해 보았습니다. 때문에 사저처럼 빠르게 성숙해진 감이 있습니다."

키 차이 때문인지, 아이시리스는 고개를 돌렸음에도 운정의 상체밖에 볼 수 없었다. 그녀는 몸을 돌려 침상 위에 엎어지고는 슬금슬금 기어 올라가 운정과 눈높이를 맞추며 양손을 받침 삼아 머리를 그 위에 올렸다.

"그래요?"

"그중에는 상대방과 거래하는 일도 잦았습니다. 서로의 이익을 위해서 각자의 조건을 수용하고 이행하는 일이었지요. 아이시리스 사저, 상대방에게 거래를 제안할 때는 상대방이 원하는 것을 미리 알아 두는 편이 좋습니다."

운정이 자신을 올려다보자, 아이시리스도 그를 내려다보며 말했다.

"그럼 운정 도사가 원하시는 게 뭔데요?"

운정이 희미한 웃음을 얼굴에 그리며 말했다.

"허가(許可)입니다."

그 말을 듣자 아이시리스가 고개를 갸웃했다.

"허가?"

"그런데 그 말을 하기 앞서 한 가지 묻고 싶은 게 있습니다."

"네, 물어보세요. 뭐든지."

운정의 눈빛이 조금 낮게 가라앉았다.

그가 낮은 목소리로 물었다.

"오늘 식당에 있었던 암살 사건의 배후를 아시나요?"

아이시리스는 너무나 순수한 표정으로 대답했다.

"네."

"······."

"운정 도사는요?"

운정은 의미심장한 미소를 짓더니 대답했다.

"방금 그 대답 때문에 알 것 같습니다."

아이시리스의 표정도 운정의 그것과 똑같이 변했다.

*　　　　*　　　　*

저벅. 저벅. 저벅.

로튼은 발소리가 들리는 지하 계단 쪽을 바라보았다. 시계 방향으로 돌아가는 원형 계단에서 작은 불빛이 새어 나오고 있었는데, 발소리가 한 번씩 울릴 때마다 그 불빛 또한 강해졌다. 로튼은 슬그머니 자신의 장검에 손을 가져갔는데, 발소리의 주인이 계단에서 나오자 바로 손을 떼고 가슴 위에 주먹을 올렸다.

"백작님, 방으로 가신 줄 알았습니다만. 집사님도 계셨군요."

르아뷔는 횃불을 들고 머혼의 뒤를 따르고 있었다. 그는 살짝 고개를 숙이며 로튼에게 인사하고는 곧 감방 이곳저곳에 불을 나누었다.

머혼은 로튼 앞에 있는 감방을 향해 고갯짓하며 말했다.

"거긴가? 워메이지가 감금되었던 곳이?"

"감방 중 가장 최근에 쓰인 흔적이 있습니다. 백작가에는 장기 수감자가 없으니 이곳이 맞겠지요. 그런데 정말 이렇게 돌아다니셔도 되겠습니까?"

"돼. 뒈지려면 자다가도 뒈지고, 살면 불 속에서도 사는 거야. 그리고 암살 위협은 더 이상 없을걸? 워메이지가 더 있었으면, 한 번 할 때 같이했겠지. 식당에 애들을 모아 놓은 건 그냥 애들 반응 좀 보려고 한 거야."

"만약이라는 것이 있습니다."

머혼은 코웃음을 치더니 천천히 감방 쪽으로 걸어오며 말했다.

"근데 흔적은 왜 찾아? 그냥 고폰한테 어느 감방에 수감했는지 물어보면 되잖아?"

로튼은 감방 안으로 들어가려는 머혼에게 길을 비켜 주며 말했다.

"기사단의 일에 대해서 제가 관여해선 안 됩니다."

머혼은 한쪽 벽면에 붙은 채 아무렇게나 풀어져 있는 빈 수갑 두 개 앞에 쭈그리고 앉았다.

"그냥 물어보는 것도 그러겠어? 벌써 십 년은 지난 이야긴데 말이야."

"……"

로튼은 아무런 대답도 하지 않았다.

마침 감방의 횃불들에 대강 불을 붙인 르아뷔가 머혼이 있는 감방 안으로 들어오면서 로튼에게 말했다.

"아무런 빛도 없이 이곳에 서 계셨던 겁니까?"

로튼은 이제 감방 안에 횃불을 밝히는 르아뷔를 향해 말했다.

"워메이지의 입장이 되어 보았습니다. 기사들이 친절하게 횃불을 붙여 주진 않았을 테니까요."

"그래서 나온 답은?"

"절대 혼자로 탈출할 수 없었을 겁니다. 달빛도 제대로 들어오지 않으니, 그 몸으로는 더더욱 탈출할 수 없었겠지요."

머혼은 빈 수갑을 들고는 빛에 비추어 보았다. 그 위에 빼곡히 음각되어 있는 마법진이 다양한 색깔로 아름답게 빛났다.

그가 말했다.

"마법도 못 썼을 것이고. 수갑은 아예 열쇠로 연 것처럼 잘 풀려 있지. 참 나, 기가 막혀서. 이건 뭐 대놓고 우리가 했는데 뭐 어쩌라고란 식이네?"

로튼이 말했다.

"식당에서 기사들을 추궁하지 않은 건 정말 잘하셨습니다."

머혼은 자리에서 일어나더니 로튼 앞으로 다가갔다.

"내가 잘했나? 집사가 잘했지. 진짜 집사 아니었으면 그 자리에서 방방 뛰었을 거야. 그리고 난 아직까지도 그러고 싶고. 그러니까 네가 날 잘 설득해야 할 거야. 내가 이걸 왜 묵인해야 하는지, 로튼."

로튼은 자신을 뚫어지게 바라보는 머혼의 눈빛을 마주 보았다. 그 속에 꿈틀거리는 분노는 자신의 일가족 모두를 하루아침에 불태워 버린 남자의 광기가 서려 있었다.

로튼이 말했다.

"고도로 훈련된 워메이지는 홀로 기사단을 묶어 둘 정도의 힘을 가졌습니다. 전투에 승리한 기사단이 한 마을을 점거해도, 한 명의 워메이지가 마을에 숨어든 채 하나둘씩 암살하기 시작하면 결국 기사단은 물러날 수밖에 없습니다. 때로는 그 한 명에 의해서 장군이 암살됨으로 대군 전체가 진격을 멈출 때도 있습니다. 워메이지를 잡는 방법은 딱 두 가지. 같은 워메이지가 잡거나, 워메이지가 있을 만한 곳을 마법으로 초토화시키는 것. 그 둘 외에는 엄청난 희생을 각오해야 합니다. 우선 워메이지는 전쟁에서 그러한 위치에 있는 자들입니다."

"알겠어. 듣고 있으니 더 말해."

"때문에 기사들이 워메이지를 향해 가지고 있는 악감정은 상상을 초월합니다. 생각해 보십시오. 전투의 승리 후 생사고락을 함께한 전우 기사와 함께 축배를 들다 갑자기 눈앞에서 죽어 버리는 것을요. 적이 있으리라고는 생각하지도 못한 허허벌판을 한가로이 행군하다가, 갑자기 같이 걷던 기사가 피를 토하는 것을요. 워메이지의 암살은 징조가 없습니다. 앞에 날아오는 칼날이나 마법사의 시동어는 그나마 자신의 죽음을 예상이라도 할 수 있게 해 줍니다. 하지만 워메이지의 암살은 언제, 어디서, 어떻게 이뤄질지 알 길이 없습니다. 언제나 암살 위협을 받는 백작님도 분명 워메이지가 두려우실 테지만, 전장을 겪어 본 기사들만큼은 절대 아닐 겁니다."

"……"

"때문에 기사들은 워메이지를 사로잡고 나면 세상에서 가장 잔인한 방법으로 죽입니다. 그들이 아는 모든 방법을 동원해서 괴롭히고 또 괴롭힙니다. 그들은 특수한 교육을 받기 때문에 아는 정보가 많아 장군들은 항상 그들을 생포하라고 합니다만, 그런 일이 이뤄지는 경우는 열 번 중 한 번도 되지 않습니다. 특히 이 일에서만큼은 단장들도 기사들과 마음을 같이합니다. 자신이 교육하고 지도한 기사가 몇 번이고 눈앞에서 죽어 버리면 아무리 마음이 강한 단장이라고 할지라도 어쩔 수 없습니다."

머혼은 눈을 감으며 몸을 살짝 떨었다.

"그렇다고 나를 암살하려 했던 자를 그냥 죽여? 버젓이 생포했는데? 하. 진짜 그 자리에서 네게 고폰을 베어 버리라고 명령하지 않은 게 다행이지."

"아마 그랬다면 식당에 있는 기사들은 모두 고폰을 보호하고, 저와 백작님을 사로잡았을 겁니다."

"참 나, 기사들 내에서 고폰의 위치가 그 정도야? 그래도 널 믿고 존경하는 자들도 많잖아? 네가 직접 지도한 놈들이 몇 명인데?"

"워메이지가 관련되었기에 그렇다는 겁니다. 다른 일 때문이라면 편이 갈렸겠지만, 워메이지에게 복수하는 것 때문에 단장이 죽어야 한다면 평소 그 단장을 우습게 생각했던 기사들조차 어떻게든 그 단장을 보호할 겁니다."

머혼은 심호흡을 하며 마음을 한번 가라앉혔다. 하지만 뜻대로 잘 되지 않는지, 여전히 분노에 찬 목소리로 말했다.

"좋아. 그랬다 쳐. 그럼 내부 조력자는 정말 없는 거지? 내부 조력자가 있을 것 같아서 그 책임을 회피하기 위해서 고폰이 그딴 말을 지껄인 건 아니지?"

로튼이 확고하게 말했다.

"아까도 말씀드렸다시피 저는 실력을 먼저 봅니다만, 고폰은 충성심을 먼저 봅니다. 그래서 애초에 제가 백작가 기사단장직을 그에게 양보한 것입니다. 그의 휘하에 있는 기사들은 실력이 부족하면 부족했지, 마음이 다른 데 향한 자는 없을 겁니다."

"그런 놈들이 워메이지를 몰래 빼돌려서 고문해?"

"워메이지 문제는 정말 어쩔 수 없는 겁니다. 즉결 처형을 심심치 않게 허락하는 제국군 내에서도 워메이지 문제는 암묵적으로 넘어가 줍니다."

"후. 알겠어. 좋아, 후우. 짜증 나는군. 내일도 일이 산더미인데 오늘 밤은 다 잤어. 젠장. 로튼, 기사들이 워메이지를 어디로 끌고 갔다고 생각해?"

머혼의 질문에 로튼이 조금 뜸을 들이더니 말했다.

"꼭 시체를 확인하셔야겠습니까? 처참할 텐데요."

"어. 오늘 밤 워메이지 시체가 안 보이면 내부 조력자가 있다고 하고 그 책임을 물어서 기사단 해체시켜 버릴 거니까."

르아뷔가 로튼와 눈빛을 교환하고는 말했다.

"백작님, 그건 그리 좋지……."

"닥쳐라. 내 결정은 정해졌으니, 더 이상 토 달지 마."

르아뷔는 머혼이 웬만해선 분노를 겉으로 드러내지 않는다는 것을 잘 알았다. 하지만 그가 한 번씩 분노를 드러낼 때마다 정말 상상을 초월하는 일을 아무렇지도 않게 해 버린다는 것을 잘 알았기에, 마음이 조급해졌다.

르아뷔는 초조한 표정으로 로튼에게 말했다.

"로튼 경, 시체를 찾아 주실 수 있습니까?"

로튼은 잠시 입술과 눈을 굳게 닫았다. 그렇게 조금 생각하더니 옆에 있는 횃불 하나를 챙겨 들고는 말했다.

"예상 가는 곳이 있습니다. 안내하겠습니다."

머혼이 르아뷔에게 일갈했다.

"르아뷔, 네가 볼 건 못 될 듯하니까 여기 불 다 끄고 그냥 네 방에 들어가라."

그렇게 말한 머혼은 르아뷔의 대답을 듣지도 않고 로튼을 따라 지하 감옥을 나섰다.

원형 계단을 통해 저택 마당으로 나온 로튼은 자신의 뒤를 묵묵히 따르는 머혼에게 말했다.

"만약 제가 시체를 찾아 드리지 못한다면 정말로 기사단을 해체하실 겁니까?"

머혼은 낮게 으르렁거리며 말했다.

"해체? 깡그리 모아서 뒷산에 생매장할 거다."

"……."

다소 과장된 말처럼 들렸지만, 머혼을 잘 아는 로튼은 머혼이 실제로 그렇게 할 것이란 걸 누구보다도 잘 알았다. 그래서 더더욱 아무 말도 하지 못하고 걸음을 옮길 수밖에 없었다.

머혼이 말을 이었다.

"나와 내 아내. 그리고 내 자식 놈까지 있었던 식당이야. 거기서 암살이 거의 성공할 뻔했지. 게다가 그 워메이지는 운정 도사가 아니라면 잡을 수도 없었다. 겨우 귀빈의 손을 빌려서 잡은 범인을 지가 뭐라고 지 맘대로 처리해? 좋아. 워메이지와 기사 간의 관계를 생각해서 거기까진 봐줄 수 있어. 하지만 만약에라도 놓친 거라면? 이건 조금도 용서할 건더기가 없다, 로튼."

로튼은 조용히 침을 한번 삼키더니 말했다.

"꼭 찾아 드리겠습니다, 백작님."

"제발 그래 줘. 뒷산에 기사 놈들 전부 모아다가 생매장시키는 계획을 막상 실행에 옮기려면 나도 머리 아프니까."

"……."

이후 그들은 대화를 하지 않고 저택 한구석에 있는 지하 창

고에 도착했다. 흙바닥에 정사각형으로 난 문은 굳게 닫혀 있었다. 로튼은 문고리를 이용해 문 한쪽을 들며 말했다.

"아직 달이 떠 있어 몬스터가 많습니다. 몬스터는 피 냄새에 민감하니 방호마법이 전혀 없는 저택 밖에서 기사들이 함부로 워메이지를 고문하거나 할 순 없었을 겁니다. 그럼 저택 안에서 해야 할 텐데, 저택 안에선 아마 이곳이 제격일 겁니다."

머혼은 로튼이 연 지하 문 안쪽을 보았다. 경사가 높은 돌계단이 어둠 속으로 들어가고 있었다. 그는 천천히 내려갔고, 로튼이 횃불을 들고 뒤따라 들어갔다.

지하 창고는 내려가면 내려갈수록 서늘해졌다. 이곳저곳에서 각종 식료품 냄새가 서서히 올라왔다. 하지만 무엇보다 철 냄새가 점차 진해졌다.

그렇게 계단 끝까지 내려온 머혼은 중심 기둥에 묶인 채로 숨을 헐떡이며 전신에서 피를 쏟아 내고 있는 한 남자를 발견할 수 있었다. 머혼은 그를 뒤따라오며 횃불을 높게 든 로튼을 돌아보며 말했다.

"축하한다. 오늘 네가 머혼 백작가의 기사들을 모두 살렸어."

"……."

머혼은 천천히 그 남자에게 다가갔다. 그러자 그 남자는 고개를 들어서 머혼을 보곤 겨우 말했다.

"아, 아무… 것도 말하지 않아. 고, 고통이 어, 없으니까."

그렇게 말한 워메이지는 이리저리 붓고 터진 얼굴로 비웃음을 만들어 냈다. 반 이상 빠진 치아가 불빛에 의해 훤히 드러났다.

　머혼이 로튼을 보자 로튼이 말했다.

　"고통을 없애는 마법을 썼나 봅니다. 그래서 기사들이 아직까지 살려 두었군요. 이 마법이 해제될 때까지 기다렸다가 제대로 고문하려고. 이 또한 자주 있는 일입니다."

　머혼은 그 워메이지와 똑같은 표정을 짓더니 그를 돌아보고 말했다.

　"돈을 얼마나 받았지? 내가 두 배, 아니, 세 배는 주지. 어때?"

　워메이지는 반쯤 찢어진 혓바닥을 내밀곤 웃었다.

　"키. 키킥. 키키킥."

　머혼이 그 워메이지의 두 눈을 응시하며 말했다.

　"뭐, 돈 때문에 움직인 것이 아닌가 보군. 하기야 내게 원한이 없는 게 이상하지. 하지만 그렇다고 혼자 이런 일을 할 수는 없어. 저택에 걸려 있는 방호마법을 깰 정도의 강력한 마법을 개인이 했다? 말이 안 되지. 거기에 소비되는 마나스톤 때문에라도 누군가 도움이 있었겠지. 아니야?"

　"키킥. 자식 농사를… 자, 잘못했더군, 머혼. 키킥."

　"그야 네가 알려 주지 않아도 잘 알아. 누구야, 자식 중에. 어차피 내 집안에서 피바람 불면 너도 좋잖아? 응? 아니야?

내가 내 손으로 내 자식을 쳐 죽이는 꼴도 네겐 재밌잖아. 그치? 그러니까 알려 줘 봐. 응?"

워메이지는 고개를 느리게 끄덕거리더니 말했다.

"확실히. 킥키킥."

"그래. 말해 봐. 누구야?"

워메이지는 한동안 머혼을 지그시 바라보았다.

머혼도 워메이지를 지그시 바라보았다.

얼마나 지났을까?

워메이지가 숨결을 토해 내듯 말했다.

"아시스."

머혼의 눈이 동그랗게 변하자, 워메이지의 두 눈이 반달처럼 휘었다.

『천마신교 낙양본부』 9권에 계속…